KB059221

나﹁만﹁의﹁비﹁밀﹁

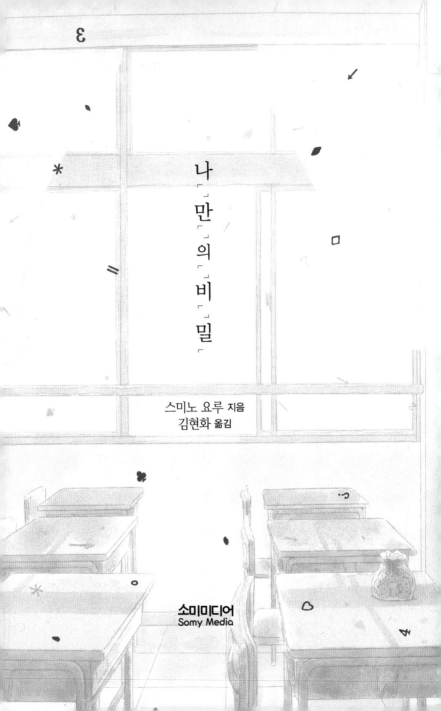

나만의 비밀

스미노 요루 지음
김현화 옮김

소미미디어
Somy Media

목 차

나
만
의
비
밀

프
롤
로
그

"난 엄청난 힘을 가지고 있어서 에잇 하면 이 세상을 파괴할 수 있어."

"그렇구나."

"뭐야. 그렇게 말할 때가 아니잖아. 그런 능력이 있으면 좀 더 빨리 말할 것이지, 라는 생각 안 들어?"

"모르는 게 있다 해서 이상할 건 없잖아."

"몰랐다는 게 싫지 않아?"

"모르는 게 있었다고 해서 싫어지는 건 아니니까."

"왠지 부끄럽잖아. 관둬."

"왜 갑자기 대마왕이라는 사실을 밝히는 거야?"

"계속해봐."

"재밌을 것 같아서?"

"그런 기대감을 받으면 압박이 느껴져."

"힘들다면 됐어."

"그런 말을 들으면 물러설 수 없지."

"그러라고 한 말은 아니지만, 그럴 것 같았어."

"자, 그게 그러니까, 첫 번째는 이 세상을 멸망시키러 왔어."

"무서운 마왕이네."

"무섭지. 크항—."

"그건 안 무서워."

"하지 말걸 그랬네."

"계속 해봐."

"응, 하지만 정찰하는 동안에 모두가 좋아졌어."

"마음씨 고운 마왕이라서 다행이야."

"그중에서도 특별히 착한 사람이 있어서 털어놓는 거야."

"마왕이 날 그렇게 생각해준다면 기뻐."

"여기까지."

"끝이야?"

"끝."

"저기, 지금 한 이야기를 듣고 생각했던 거 말해도 돼?"

"물론이지, 마왕이 허락하겠어."

"고마워. 다들 주변 사람들의 뭔가를 알아두는 편이 좋을까 싶더라."

"무슨 말이야?"

"어쩌면 마왕도 마왕이라는 사실이 알려지면 미움받을지도 모르잖아."

"그렇긴 하네."

"무서워도 지금까지 친하게 지낸 마왕을 믿고 여전히 좋아해주는 사람도 많이 있을지도 모르고."

"그럼 기쁘겠다. 마왕이 아니라 해도."

"다들, 뭘 알고 여러 사람들을 좋아하는 걸까?"

나,
만·의
!
비
?
밀

내가 하는 말이지만 여자아이에게서 나는 향기의 차이를 알아차리다니 대단히 위험한 일인 것 같다. 하지만 알아차린 이상 어쩔 수 없다. 오늘은 아침부터 미키가 "좋은 아침이야. 몸은 어떤가? 소년" 하고 말을 걸어서 "우, 우리 동갑이잖아"라고 썰렁한 말밖에 못한 것을 후회했다. 하지만 오늘 하루도 힘낼 수 있을 것 같다는 생각을 하며 스쳐지나갈 때 알아차렸다. 그녀의 주변을 살랑살랑 감돌고 있는 샴푸 향기가 평소와 달랐다.

샴푸를 바꾼 건가. 전에 좋아하는 게 있어서 병째로 늘 가지고 다닐 정도라고 말했던 것 같지만, 아무리 그래도 그런 걸 물어볼 수는 없다. 그런 행동을 한다면 미키가 나에게 정나미가 떨어져서 꺼림칙하게 여길 것이다. 나는 지금의 좋지도 싫지도 않은 남자애의 자리를 지켜내고 싶다. 물론 실은 거짓말이지만.

창가쪽 맨 뒷자리에서 멍하니 그런 생각을 하고 있는데, 교실 앞쪽에서 미키에게 힘껏 달려들어 여자아이가 안겼다. 그녀의 정수리에 물음표가 떠 있었다.

"밋키, 샴푸 바꿨어? 왜?"

끌어안는 것은 그렇다 쳐도, 나도 저런 식으로 평범하게 물어봤으면 좋았을 텐데. 아니, 나라면 굴욕적인 결과를 맞이했을 게 눈에 선하다. 이 점에서는 대신 물어봐준 걸 순순히 감사하자.

그렇게 몰래 상황을 살피고 있자, 미키는 그 질문에 "하핫"하고 코맹맹이 소리로 웃은 후 "비밀"이라고 머리 위에 느낌표를 띄우며 말했다. 질문 받은 것이 기쁘다는 뜻이다.

이럴 때 나란 녀석은 멋대로 추측을 한다. 샴푸가 다르다. 거기엔 비밀스런 이유가 있다. 하지만 물어봐줘서 기쁘다.

남자 친구라도 생긴 건가?

굉장히 서운하고 안타까운 기분으로 나는 8시 반 종소리를 들었다.

"이미지(いみじ)와 이토(いと)*의 차이, 제대로 알고 있니?"

고전 문법 시간, 선생님의 질문에 반 친구 대부분의 머리 위에 물음표가 떠오르는 모습이 보였다. 내 것은 보이지 않지만, 틀림없이 내 머리 위에 떠 있는 것도 물음표일 것이다.

머리 위에 느낌표나 온점을 내건 사람은 극히 일부로, 이윽고 그중에서 보다 눈에 띄고 싶어 하는 사람이 손을 들었다. 즉 미키를 말하는 것이다.

"네."

씩씩하게 손을 든 미키는 자신만만한 고전 문법 시간에는 늘

---

*いみじ(이미지)와 いと(이토)는 '무척이나'라는 뜻을 가진 고어이다.

가만히 있지를 못한다. 반대로 수학 시간에는 머리 위에 내내 말줄임표를 떠올리고 끙끙댄다. 뒷모습만 보고 있어도 질리지 않는다. 하지만 지나치게 빤히 보고 있다가 누군가에게 들키면 끝장이므로 눈이 즐거워지는 때를 살펴야 한다. 다만 오늘은 눈이 호강하는 일도 내가 떠올린 상상이 훼방을 놓는 바람에 기분이 썩 좋지 않았다. 분명 남자 친구 앞에서는 더 다양한 얼굴을 보여주고 있겠지.

수업이 끝나고 책상에 고개를 숙이고 있자, 옆의 빈자리에 누군가가 앉는 소리가 났다.

"다음 영어시간, LL교실이래."

"아, 그렇구나."

"괜찮냐? 너, 수업 시간에도 멍했잖아."

"아, 그렇구나."

"그렇구나라니, 네 일이잖아."

고개를 들자 즈카는 볕에 그을린 얼굴로 밝게 웃고 있었다. 태양 빛이라도 흡수한 건지 눈이 부셨다.

"어디 아파?"

"아니, 그냥 조금 졸릴 뿐이야."

"그래? 나도 졸려."

내 얼버무림에 납득한 즈카는 머리 위에 온점 하나를 떠올리며 하품을 크게 했다. 1학년 때부터 친구였던 그는 오늘도 예쁘고 가지런한 눈썹과 얼굴을 세련되게 움직여 표정을 짓는다.

"야, 빨리 안 가면 영어로 혼날 거야. 오늘 난 숙제도 깜박했어."

즈카는 즐거운 듯이 웃더니 내 어깨를 두드리고 자신의 자리로 돌아가 영어 수업 준비를 하기 시작했다. 나도 교과서와 노트, 그리고 필기도구를 가지고 복도로 나갔다. 바로 뒤에서 즈카의 발소리가 들렸다.

"어젯밤에 국가 대표가 시합했잖아. 보고 잤더니 잠이 부족해. 너도 봤어?"

"아니, 안 봤어."

"뭐야. 국가 대표라니까."

솔직히 축구인지 야구인지 알 수 없었던 나는 "대표였어? 굉장하네"라고 적당히 대답했다. 그러자 즈카가 기쁜 듯이 "그렇지?" 하고 고개를 끄덕여주었기에 한시름 놓았다.

즈카는 나와 사이가 좋지만 나와는 전혀 다른 타입의 인간이다. 사이가 좋은 것은 음악 취미가 비슷하기 때문으로, 그 외의 공통점은 없었다. 게다가 즈카는 운동부 부원에 밝고 얼굴도 잘생겼다. 모르는 사람이 보면 키 차이를 포함해 우리 둘이 어울리지 않는다고 생각할 것이다. 나는 그걸 조금 신경을 쓰곤 한다. 그야 나 같은 애들은 잘나가는 아이와 같은 물건을 소지하는 것조차 부끄럽고 비굴한 생명체니까.

그렇다, 분명 즈카 옆에는 즈카와 마찬가지로 운동부 계열에 밝고 잘생긴 아이가 어울릴 거라는 생각이 문득 들었다.

예를 들어 우리 반에서 고르자면.

"저기, 즈카, 나, 뭐 바뀐 거 없어?"

미키는 나와 나란히 서 있는 즈카 옆에서 갑자기 그렇게 물었다.

"음, 잘 모르겠어. 넌 알겠냐?"

나는 이야기를 넘겨받았다. 그렇지만 샴푸 향기라고 말할 수 없었다. 하지만 미키를 기쁘게 해줄 만한 다른 답도 찾을 수 없었기 때문에 "아니……" 하고 마치 흥미가 없는 듯한 대답을 해버렸다.

"거봐, 밋키, 남자애들은 여자들이 머리카락 1센티미터 자르는 것도 못 알아봐."

즈카의 성의 없는 말에 미키는 평소라면 눈을 끔뻑거리면서 웃으며 대답했을 것이다. 하지만 오늘은 달랐다. 미키의 머리 위에 말줄임표가 떠올랐다. 떠오른 마크와 사람의 감정에는 저마다 특징이 있는데, 미키의 말줄임표는 불쾌하다는 뜻이었다.

"그러니까 선배한테 차인 거야."

미키는 꽤 심한 말을 던지고 빠른 걸음으로 가버렸다. 그녀가 말한 대로 즈카는 요전에 사귀던 선배와 헤어졌다. 음악 취향이 달라서라고 말은 했지만 사실 여러 가지 일이 있었던 것 같은데, 본인이 신경 쓰는 것 같지 않아서 나도 신경 쓰지 않기로 했다.

즈카는 평소대로 "저 녀석 너무하네"라며 웃었다. 머리 위에 온점이 떠올랐다. 완전히 미키를 받아들이고 있다는 증거다.

에어컨이 잘 작동되는 덕분에 시원한 LL교실에 들어가서부터 나와 즈카는 헤어져 교실에서 앉는 자리 순서대로 똑같은 장소에 앉았다.

LL교실에서는 두 사람씩 직사각형 책상에 나란히 앉는다. 직사각형 정중앙에는 모니터가 내장되어 있어서 이 모니터로 두 사람이 함께 영어 교재를 보게 된다.

오늘도 영어로 인사를 하고 선생님과 서로의 일상을 이야기한 후, 우리는 듣기 연습으로 영화를 보게 되었다. 학급 인원이 짝수인 우리 반에서는 모든 자리에서 두 사람이 모니터를 함께 보게 된다. 꼼꼼하게 보기 위해서는 부끄러워질 만큼 두 사람이 가까이 다가가야 해서 나는 그것만으로도 위축되곤 했지만, 지금은 괜찮다. 나는 모니터를 독점할 수 있다. 내 옆자리만 최근에 늘 비어 있었기 때문이다.

우리 반에는 이른바 등교 거부 학생이 있다. 옆자리의 미야자토는 골든위크[*]가 시작된 날부터 두 달 가까이 학교에 오지 않고 있다. 우리 반에서는 괴롭힘이나 파벌도 들어보지 못했으니 그렇게 알기 쉬운 이유 때문은 아닐 테다. 하지만 내성적인 나보다 더 내성적인 미야자토. 소란을 피우지도 떠들지도 않는 데다 취미는 소지품 손질인 지극히 얌전한 아이다. 누구에게도 말할 수 없는 무언가가 있을지도 모른다.

2학년이 되고 나서 한 달 동안 미야자토 옆에 앉았던 나로서는 설마 내가 원인이 아닐까 싶어 이따금 두려워졌지만 확인할 방법

---

*일본에서 4월 말부터 5월 초까지 공휴일이 모여 있는 주간을 말한다.

이 없었다. 전혀 짐작 가는 바가 없다면 스카를 통해 다른 누군가에게 물어볼 수도 있을 텐데, 그러질 못하니 나는 겁쟁이다. 사실 어쩌면 2개월 전 어느 날 한마디로 나는 그녀에게 미움받았을지도 모른다.

미키 이외의 여자아이와는 어느 정도 이야기를 나누는 편인 나는 옆자리에 있던 미야자토와는 그럭저럭 친했으니, 그 아이의 등교 거부를 남들보다 조금 더 걱정해서 행동으로 옮겨도 괜찮았을 것이다. 하지만 어떤 형태로든 무언가 마음을 먹은 사람을 움직이게 하기란 쉽지 않다. 나라는 녀석은 아무래도 상관없을 법한 말은 하면서도 정작 중요한 말은 꺼내지 못한다.

그런 점에서 미키는 굉장하다. 1학년 때 입학하자마자 좋아하는 선배에게 마구 들이댔다는 것은 유명한 이야기다. 몸에 지니는 물건들, 이른바 샴푸나 신발 등을 어떻게 해서인지 조사해서 선배의 취향에 맞췄던 모양이다. 결과적으로 그 선배는 미키가 질릴 대로 질려서 실패로 끝난 듯하지만 그 대담한 자세를 조금만이라도 좋으니 나눠주면 좋겠다. 그런 생각을 잠깐 했지만, 역시 그건 됐다. 미키의 매력을 반감시켜서는 안 되니까.

"그러니까 여자애들 앞에서도 서슴없이 행동할 수 있는 방법, 나한테도 좀 알려줘, 스카."

"그러니까라니, 그 앞에 하려던 얘긴 뭔데?"

물론 미키를 어떻게 생각하는지는 누구에게도 말할 수 없기 때문에 스카에게도 말하지 않았다. 앞으로도 이야기할 생각이 없다.

"아니, 미야자토 말이야. 이대로 가다간 출석 일수도 모자란 게 아닐까 해서."

"그거랑 내가 서슴없이 행동한다는 거랑 무슨 상관이야? 그리고 난 그런 적 없어. 미야자토라, 분명 슬슬 위험할지도 모르지. 이왕이면 같이 졸업하면 좋을 텐데."

이런 이야기를 당당하게 말로 할 수 있다는 점이 내가 스카를 좋아하는 이유다. 영어와 생물 수업을 마치고 점심을 먹은 후, 점심시간에는 아무도 없는 음악실에서 우리는 에어컨을 전력으로 가동시키고 바닥에 굴러다니며 천장을 올려다보고 있었다.

"하지만 올 수 없게 된 녀석을 데려오는 건 어려울 거야. 그것도 오랫동안. 동아리 활동할 때도 더 이상 오지 않으려는 녀석을 오라고 설득하는 건 거의 실패해. 대부분 그만둬."

"아—, 그렇구나."

"하지만 동아리 친구도 반 친구도 그런 상태가 되면 속상하긴 하지. 무슨 일 있으면 상담해줄 수도 있을 텐데, 결국 나는 상담 상대가 될 만한 사람이 아니라는 거잖아. 그래서 아무것도 할 수 없다는 게 한심하다는 생각은 들지."

"……."

이거다. 강한 당사자 의식. 미키와 스카의 공통적인 특성, 즉 서슴없는 부분이다. 남의 일이라도 자신의 일처럼 생각해 강한 감정을 가지고 행동할 수 있다. 이게 나한테 조금이라도 있으면 좋을 텐데. 하지만 그렇지 않으니까 천장을 올려다보고 "그러네"

라고밖에 말할 수 없다.

"너희 거기서 뭐해?"

발 언저리에서 어느새 음악실로 와 있던 반 친구의 말이 들렸다. 즈카가 자랑하는 복근을 사용해 일어나 "오오, 파라"라고 말했기 때문에 누군지 알 수 있었다. 나도 팔 힘으로 일어나서 두 사람이 나누는 유쾌한 대화를 들었다.

이윽고 대화가 끝나자 즈카는 일어나서 다리에 힘을 싣는 나를 내려다보고 말했다.

"혹시 미야자토한테 서슴없이 다가가고 싶어서 나한테 알려달라고 한 거야? 아니, 난 안 그런대도."

즈카의 머리 위에 물음표가 떠 있었다. 그는 감정에 솔직해서 언동과 기호가 정확하게 일치한다.

"아니. 그런 게 아냐. 나오기 싫은 사람에게 서슴없이 다가가면 더 나오기 싫지 않을까?"

"그야 그렇지. 음. 하지만 넌 지금처럼 행동하는 편이 나을 것 같아. 네가 옆자리에 앉은 건 미야자토에게 좋은 일이야. 사람에게는 저마다 역할이 있으니까. 넌 북풍과 태양을 예를 들자면 태양 쪽이잖아."

즈카가 농담으로 하는 소리가 아니라는 것을 머리 위의 마크가 가르쳐주었다. 그리고 "나는 북풍이 아니야"라고 웃으며 내 등을 두드렸다. 힘이 세서 조금 아팠지만 즈카가 한없이 좋은 녀석이라는 사실을 감안해서 용서해주었다.

오늘도 우리 학급에 있는 두 태양은 내 평범한 생활을 밝게 비추어주고 있지만 미야자토에게는 그게 없을지도 모른다.

그런 생각을 했던 나는 사실 아무 것도 모르고 있었다.

이튿날, 미야자토에게는 미안한 일이지만, 내겐 더 궁금한 일이 생겨서 옆자리가 비어 있는 것은 평소의 풍경 정도로밖에 생각하지 않게 되었다.

미키가 스쳐지나갈 때 알아차렸다. 샴푸 향기가 여느 때 사용하던 것으로 돌아와 있었다. 이것은 무엇을 의미할까. 즉 미키는 집에 있는 샴푸를 바꾼 것이 아니라 어딘가에서 다른 샴푸를 사용했다는 뜻이다. 아니 아니, 어쩌면 여자 친구네에서 묵었을지도 모른다. 하지만 그렇다면 어제 왜 샴푸를 바꾼 이유를 비밀로 했는지 알 수 없었고, 들키고 기쁨의 느낌표를 떠올린 이유도 알 수 없었기 때문에 나는 어찌됐거나 침울해졌다.

그럼에도 이대로 하루하루가 지나가다 보면 미키에 대해서 무언가 알 수 있을지도 모른다고 자신을 납득시켰다. 하지만 일주일 후, 미키는 또다시 먼젓번처럼 평소와 다른 샴푸의 향기를 풍겼다. 게다가 평소보다 매우 기분 좋게 머리 위에 느낌표를 마구 떠올리고 있었는데 이건 결정적인 증거였다.

더욱이 중요하지 않은 사항을 덧붙이자면, 그녀의 그 샴푸는 우리가 중학교 때 잘나가던 아이들의 트렌드라고 할 수 있는 빌리안이라는 샴푸였다. 미키는 역시 그녀와 어울리는 그런 남자 옆에 서 있다고 알린 듯해서 나는 또다시 침울해졌다. 침울해할 권리가 없다는 건 알고 있지만.

만약 나에게 용기가 한 조각이라도 있었다면, 오늘도 "나, 뭔가 달라졌지?"라고 질문하는 미키에게 즈카가 "살쪘어?"라고 말해서 얻어맞으면 내가 도와주는 것처럼 샴푸가 바뀌었네, 라고 말할 수 있었을 테지. 하지만 만약 용기가 있었다면, 이라는 말은 결국 행동에 옮기지 못했다는 뜻이다.

그래서 나는 한심하게도 요 일주일 동안,

"안녕, 여름 감기에 걸리면 고생하니까 조심해."

"응, 고마워."

미키와는 이런 수수께끼의 조언을 받는 수준의 대화밖에 하지 못했다. 그것도 샴푸 향기가 달라진 날, 기분이 좋아지면 나오는 변덕이었을 것이다.

미키의 샴푸 향이 사흘째 다시 평소와 달라진 날, 이날도 지금까지 세 번이나 똑같은 샴푸 향기를 풍겼다는 사실에 충격을 받고 나는 아직 그 차이를 알아차리지 못한 즈카와 미키가 나누는 대화에 끼어들지도 않았다. 그리고 마침내 다다음 주로 다가온 기말고사 공부도 시작할 마음이 들지 않았다.

뭐 이런 날도 있지, 하고 내일부터 공부에 매진하자고 낙관적으로 말할 수는 없었다. 어째서인지 이날부터 미키의 샴푸가 바뀌는 날이 기하급수적으로 늘었기 때문이다. 첫 번째부터 두 번째 사이에는 일주일, 두 번째부터 세 번째까지는 닷새. 세 번째가 월요일이었고 네 번째는 목요일이었으며 다섯 번째는 우연히 집 근처 편의점에서 만났던 일요일에, 다음은 화요일, 그리고 목요일과 금요일에는 연속으로 샴푸 향기가 평소와 달랐다. 마치 남자 친구와 점점 친밀해져 가는 모습을 과시하는 것 같아서, 나는 이대로는 기말고사에서 최악의 점수를 맞지 않을까 싶을 만큼 충격을 받았다.

"왜 그래? 괜찮냐?"

"괜찮아."

스카는 여전히 전혀 알아차리지 못한 듯했다.

샴푸의 향기가 다를 때마다 미키에게 "달라졌지?" "달라진 거 알지?" "달라졌다고 말하지 그래?"라고 질문을 받는 스카는 금요일인 오늘도 "실내화가 너덜너덜하네"라고 답했다. 확실히 미키의 실내화는 구멍이 뚫려 있어서 틀린 말은 아니긴 했지만, 이른바 그것은 '귀여운 양말을 보여주겠다'는 독특한 패션 센스에서 나온 것일 뿐 물어본 의도와는 달랐는지 다시 그녀를 불쾌하게 만들었다.

분명히 샴푸 향기는 그 사람에게 부끄러울 만큼 가까이 다가가거나, 혹은 그 향기를 풍기는 사람에게 참으로 흥미가 있거나, 또는 그 향기에 추억이 있다든가 하는 정도의 이유가 없으면 알 수 없는 요소다.

그래서 스카가 나쁜 건 아니라고 옹호하고 싶은 마음은 굴뚝같았지만, 미키에게 직접 말할 수 있는 용기가 있을 리 없어서 슬며

시 스카에게 말해보기로 했다. 아무리 그래도 늘 미키가 기분이 나빠지는 건 안쓰러우니까.

금요일, 미키가 친구들에게 둘러싸여 "요즘 따로 노는 것 같은데, 남자라도 생긴 거야? 요 녀석—!" "하하" 하고 대화를 나누는 걸 복도에서 보면서 나는 스카에게 이야기를 꺼냈다.

"뭔가 달라진 게 있는 건가, 미키 말이야."

"글쎄, 근데 저 녀석 좀 별종인 구석도 있으니까 어쩌면 자기 관심사를 알아달라고 저러는 걸지도 몰라."

스카는 중학생 때 같은 육상부였던 미키에게 가차 없었다.

"역시 그건 아닐 거라고 생각하는데, 향수 같은 걸 바꾼 건가?"

"아아, 그러고 보니 좋은 비누 냄새가 풍겼던 것 같아. 하지만 향수를 바꿨다든지 샴푸가 바뀌었다든지 하는 별일도 아닌 건 보통 보고 안 하잖아."

분명 내 머리 위에 커다란 느낌표가 떠올랐을 것이다. 알고 있었구나. 놀라는 내 모습을 스카는 다르게 해석했는지 큼지막한 손으로 내 등을 두드렸다.

"여자애들 냄새를 일부러 맡는 변태는 아니라고!"

내 마음에 칼이 꽂혔다.

"조금 전에 다가왔을 때 알아차린 것뿐이야. 중학교 시절 학교 샤워실에 놓여 있던 거랑 같은 향기였어. 유행했잖아. 빌리안."

그렇다, 자기주장이 강한 향기라 잘나가는 아이들에게 인기였다.

"그때 나는 그런 좋은 향기가 나기도 했고, 또 얼굴 때문에 여자로 자주 오해받았어. 뭐, 그 향기 좋아하기도 했고 그립기도 하지만. 그런 일로 몇 번씩이나 나 바뀐 거 없어? 라고 말하면 너무 이상하잖아."

확실히 즈카가 말한 대로 연인도 아닌 남자 사람 친구에게 샴푸 정도로 "달라졌지?"라며 다가오는 건 이상한 느낌이 든다.

하지만 그렇다면 그것 말고 무엇이 바뀌었는지 나로서는 알 수 없었고, 게다가 샴푸가 바뀐 것도 사실이다. 결국 아무것도 해결되지 않았고, 애초에 이 문제에 해결이란 게 있을까 하는 생각을 하며 나는 답답한 심정으로 기말고사 전 마지막 주말을 맞이하게 되었다.

시험 주간인 월요일. 모두가 저마다 힘든 시간을 보냈을 그 시간 동안 나도 낙제점을 맞지 않도록 열심히 노력해야 했다. 하지만 미키는 여전히 그 샴푸 향기를 풍기고 있는 데다 1교시에는 약한 과목인 물리가 나와 기선을 제압당하는 바람에 2교시를 끝낸 시점에서 이미 꽤 지쳐 있었다.

즈카는 나를 또 걱정해주었다.

"괜찮아. 약한 과목 시험을 연달아 보면 지치는 법이잖아."

"그건 그래. 게다가 다음은 수학이니 나도 너도 망했어. 아, 밋키도."

근처에 우연히 와 있던 미키를 즈카가 끌어들였다. 나는 분명히 미키가 머리 위에 무언가 기호를 떠올리고 스카를 공격이라도 하지 않을까 싶었지만, 그녀는 눈을 깜박거린 후에 빙긋이 웃으며 "저기, 파라" 하고 친구가 있는 곳으로 가버리고 말았다. 참고로 파라라는 별명은 바보를 뜻하는 '팟파라파'의 줄임말로 이름과는 아무 관계가 없다. 친구에게 그런 별명을 태연하게 붙이는 미키는 분명 스카가 말하는 대로 별종일지도 모른다. 하지만 그 점이 좋지 않은가, 개성적이라서. 그 생각을 하는 것과 동시에 그다른 누군가도 필시 그 매력에 이끌린 거겠지, 하고 또다시 점수에 악영향을 끼칠 법한 생각을 했다.

종소리가 울리기 전에 선생님이 와서 우리는 자리에 앉았다. 내 옆자리만 공석이다.

미야자토는 성적 괜찮으려나. 유급하게 되면 학교에 오기가 괜히 더 힘들어지지 않을까. 그리고 만일 미야자토가 학교를 그만둬서 인생이 어긋나게 된다면 나는 옆자리에 앉은 사이일 뿐이지만 틀림없이 가슴이 쓰릴 테다. 아니, 어쩌면 그뿐만이 아닐지도 모른다.

앞에서 뒤로 돌리는 시험용지를 받아들고 멍하니 그런 생각을 하고 있자 마치 내 의식의 틈을 누비듯이 종소리가 울렸다.

조금 전 미키가 빙긋이 웃었던 미소에 담긴 의미를 그때 비로소 알게 되었다. 수학 시험이 시작되고 조금 지나 반 아이들 모두의 머리 위에 물음표와 온점이 떴다가 졌을 때쯤, 나는 혼자서 깜짝 놀랐다.

미키의 머리 위에 대량의 느낌표가 떠 있었다. 정말로 주변 사람들의 모습이 보이지 않을 만큼 수많은 느낌표였다.

어떻게 된 일이지, 라며 보고 있는데 미키가 머리 위로 양손을 들어 올리고 한껏 브이 포즈를 취해서 선생님에게 한바탕 주의를 받았다.

미키는 수학에 약하다. 그렇구나, 공부를 상당히 해왔나 보다. 게다가 찍은 문제들이 많이 나왔을지도 모른다. 자신이 있었기 때문에 빙긋이 웃었던 것이다.

미키가 기뻐하는 모습에 나도 기뻤다. 하지만 사실은 그럴 상황이 아니고 내 걱정부터 해야 했다.

나는 그쯤에서 미키를 관찰하는 일을 관뒀다.

엉망진창이라는 말은 이런 때 사용하겠지. 엉망진창 와장창. 집중력과 공부한 지식이 제대로 결합해 시험에 임해주지 못해 엉망진창이 되었다.

처음엔 분명 집중해서 수학에 임했을 터였다. 그런데 문제를 풀기 시작하자 어쩌면 미키에게 수학을 가르쳐주는 연상의 남자친구가 생겼을지도 모른다고 생각했고, 나쁜 생각과 한 번 마주치자 그건 시험 마지막까지 따라다니며 나를 농락하고 네 번째 시간까지 영향을 끼쳤다.

이래서는 안 돼. 아무리 신경 쓰이는 일이 있더라도 이대로는 유급하게 될지도 몰라.

평소라면, 의외로 깔끔한 걸 좋아해서 새하얀 스니커즈를 신는 즈카가 육상부 동아리실로 향하는 모습을 배웅하고 나서 집으로 간다. 하지만 오늘 나에게는 넘쳐 흘렀다. 주로 위기감이.

그래서 도서실에 남아 공부를 하기로 했다. 사람이 적은 도서실, 교정이 보이는 창가의 4인용 자리에 앉았다. 시험 기간 중에는 동아리 활동이 쉴 텐데도 트랙 안팎에서 혼자 운동을 하는 학생들이 많이 보였다. 즈카도 그중 한 사람으로, 분명 그 아이들은 운동으로 머리를 재충전하고 싶은, 운동을 잘하는 사람들일 테다. 달리고 있는 몇 사람의 머리 위에 느낌표가 떠올랐다.

나도 그들에게 질 수 없다고 생각하고 열심히 공부하려고 했다.

그렇게 마음먹긴 했지만 역시 잃어버린 집중력을 되찾기는 어려웠다. 집중력이란 신용과도 같은 것이다. 분명히.

결국 즈카의 연습 풍경을 보다가, 도중에 화장실도 갔다가 하면서 께적께적 영어 단어를 외우다가 어느새 앉아서 졸고 만 비참한 결과로 끝났다.

아마 다들 어느 정도 이해할 것이라 생각하는데, 늦잠을 잤다는 것은 잠에서 깬 순간에야 비로소 알 수 있는 법이다. 책상에 엎드린 상태에서 잠에서 깨자마자 나도 맙소사, 하고 바로 알았다.

조심스럽게 고개를 들었다. 예상대로 도서실 내에는 정적이 흐르고 있었다. 한심하다는 생각에 한숨을 내쉬었다.

그 한숨에 공기가 높이 떠올랐을지도 모른다. 코가 그 냄새를 맡았다.

"으악!"

기척, 아니, 숨결, 아니, 좀 더 짙은 열기를 느끼고 옆을 보았다가 내 입에서는 도서실 안인데도 큰 목소리가 튀어나왔다.

그 목소리가 깨우고 말았다. 아니, 그런 표현이 적절한지 모르겠지만, 어째서인지 내 옆에서 마찬가지로 책상에 엎드려 자고 있던 미키는 뾰로통한 얼굴로 일어나더니 놀란 내 얼굴을 보고 "야아" 하고 말했다. 뭐가 야아야.

모르는 사이에 미키 옆에서 같이 자고 있었다는 사실에 단숨에 내 얼굴이 뜨거워졌다.

미키는 졸린 듯이 눈을 비볐다.

"저기 말이야."

"무, 무슨 일 있어?"

"무슨 일 있어가 아니라, 아, 저기 전할 말이 있어."

뭐, 뭘까. 몸을 움츠리자 그녀는 머리 위에 말줄임표를 떠올리고 얼굴은 정면으로 향한 채 시선 가장자리로 나를 보고 말했다.

"즈카에게, 아니, 다카라즈카*에게 전……해줘. 안 그러면 여자아이도 도망칠 거라고."

나에게 왜 그런 말을 하는지 모르겠지만 고개를 끄덕이는 수밖에 없었다.

"저, 전달할게."

---

*일본의 여성 뮤지컬 극단.

내 대답을 확인하더니 미키는 재빨리 일어나 "또 봐" 하고 가버렸다.

"별종이야……."

무심코 입을 뚫고 나온 한마디. 떠나가는 미키, 그 뒷모습의 발밑으로 보이는 깔끔한 실내화와 근처에서 느낀 샴푸 향기가 머릿속에 남아서 그날도 나는 잠이 오지 않았다.

어제 일로 머리에 전류라도 흘렀는지 모르겠지만, 다음 날 시험은 몹시 순조로웠다. 1교시의 고전 문법은 '이미지'와 '이토'의 차이가 중요한 문제가 나왔는데, 이건 미키가 수업 시간에 대답했기 때문에 완벽하게 기억하고 있었다. 영어도 내가 약한 단어 문제는 얼마 없었고 문장 독해가 메인이었기에 점수를 꽤 기대해도 될 것 같았다.

하지만 어떤 문제를 풀어도 어제 미키의 행동에 담긴 의미는 알 수 없었다.

오늘 아침에는 일단 미키도 기분을 풀었는지 "안녕, 하우 아유?"라고 웃는 얼굴로 말해주어서 "아임 파인 땡큐" 하고 정말 시답잖은 대답을 했지만, 그 웃는 얼굴에 수수께끼는 갈수록 늘어갈 뿐이었다. 샴푸 향기는 여전히 평소와 달라서 남자 친구가 기분을 풀어줬구나 싶어 침울해진 것은 언급할 필요도 없다.

그리고 당연히 즈카도 또다시 걱정해줬다. 즈카는 좋은 녀석이니까.

"괜찮냐? 수면 부족이야?"

"공부했어. 대단하지?"

4교시 시험이 끝나고 방과 후 식당에서 같이 밥을 먹으며 나는 그렇게 호언장담했다. 즈카는 "대단한데! 난 바로 잤어"라며 웃어주었다.

즈카는 이렇게 순수하기 때문에 깊이 따지지 않고 남을 생각해주는 게 아닐까 생각했다.

"저기, 어제, 미키한테 무슨 일 있었어?"

"응? 밋키가 뭐라고 했어?"

"어제 집에 가다가 우연히 만났는데 상태가 이상해서."

"늘 이상하잖아. 오늘도 그 녀석이 '왠지 변한 것 같지 않아?'라고 물었지만 내가 알게 뭐야!"

즈카는 다시 웃었다.

"아니, 그게 아니라 왠지 화가 난 것 같았어."

어느새 옆에서 자고 있었다는 말은 하지 않았다.

"뭐, 신경 쓰지 마. 그 녀석 별종이니까."

"그건 그렇긴 한데."

우리 둘 다 무슨 소리를 하는 건지.

즈카는 미키를 깊게 생각하려고 하지 않는다. 그건 두 사람 사이에 있는 오랜 친구라는 신뢰관계에 따른 것으로, 이따금 그게 매우 부럽기도 하다. 평소에는 즈카의 신뢰에 도움받을 때도 있지만 오늘은 해결책이 될 힌트 한 가지라도 가르쳐주기를 바랐다. 그만큼 요즘의 나는 미키 때문에 마음이 혼란스러웠다.

그래서 어설프게도 그만 한 발 들여놓고 말았다.

"늘 웃으니까 신경이 쓰여."

"그랬던가? 가끔 폭발하기도 하고 울기도 하잖아. 난 중학교 때 화풀이로 드롭킥을 맞은 적도 있어."

"그건 좀 보고 싶네. 아니, 어, 어쩌면, 남자 친구랑 싸운 게 아닐까 해서."

"너 정말 착하네. 하지만 밋키, 남자 친구 같은 건 없어."

"뭐?!"

덜컹, 하고 의자에 소리가 날 정도로 놀라면서 내 몸이 휘청거렸다. 나답지 않게 큰 소리도 내고 말아서 만약 내가 내 기호도 볼 수 있었다면 정수리에 거대한 느낌표가 떠 있었을 것이다. 놀란 건 아주 짧은 시간 동안이었고, 그 직후 내 몸은 혈관에 미지근한 물이 흐르고 있는 듯한 편안함을 맛보았다.

나도 의외로 감정과 몸이 직결되어 있는 타입일지도 모른다. 온몸이 근질거렸다. 그건 걱정거리가 해결되어 몸을 흘러가는 감각 같다는 생각이 들었다.

나는 무심코 한숨을 쉬었다. 다행이다. 물론 언젠가는 반드시 일어날 일이다. 아니, 과거에도 당연히 남자 친구 정도는 있었을 테다. 게다가 지금 없다고 해서 내게 기회가 있을 거라는 생각도 하지 않는다. 하지만 그래도 다행이다. 그렇게 생각했다.

한 차례, 머릿속으로 안심에 안심을 거듭하다가 나는 그제야

마침내 눈앞에 있는 친구의 존재를 떠올렸다. 나는 어떤 얼굴을 하고 있었을까. 즈카는 놀라고 있었다. 예쁘게 쌍꺼풀진 눈을 한껏 크게 뜨고 나를 희귀한 동물처럼 보고 있었다. 머리 위에는 몇 개의 물음표가 떠 있었다.

그 물음표들이 구석에서 순서대로 느낌표나 온점으로 바뀌어 갔을 때 나는 간신히 알아차렸다. 망했다.

그건 기우가 아니었다.

즈카의 놀라움에 뒤섞인 표정이 조금씩, 하지만 힘차게 웃는 얼굴로 변모해갔다. 그것도 한계까지 입꼬리를 올린 최상급의 미소로.

난감하다.

"즈, 즈카?"

"너어, 너어, 너 이 녀석!"

아무래도 즈카는 너라는 말밖에 하지 못하는 사람이 된 것 같았다. 너어, 너, 라는 말을 반복하면서 긴 팔을 뻗어 내 어깨를 퍽퍽 두들겼다. 무척이나 기쁜 듯이. 마치 자신의 짝사랑이 이루어진 것처럼.

놀림받거나 바보 취급을 당했더라면 나도 거짓말을 했을 것이다. 하지만 즈카는 그런 행동을 하지 않았기 때문에 나도 서둘러 포기했다. 어쩔 수 없이 인정할 수밖에 없었다.

"그렇구나, 정말이야? 정말이냐고, 그랬었군!"

이어서 '그렇구나, 정말이야' 별나라 사람이 된 즈카의 머리 위에는 온점과 느낌표가 산을 이루고 있었다. 놀라움과 납득의 연속.

"이야아, 저기 말이야, 이건 확실한 정보야. 파라한테서 들었거든. 파라도 최근에 남자라도 생겼나 싶어서 밋키한테 추궁했더니 남자 친구가 생긴 건 절대로 아니라고 했대. 참고로 나는 그 녀석이 아직도 선배 일로 짜증나게 구니까 이쪽도 약점을 잡아야겠다 싶어서 파라한테 아이스크림을 쏘고 알아냈어."

지구인이자 일본인으로 돌아온 즈카는 묻지도 않는데 정성스럽게 설명해주었다.

"하지만 아이스크림 한 개 분량의 약점은 못 잡았네."

"괜찮아. 너한테 백 개 분량의 가치가 있잖아."

시원스레 웃는 즈카는 정말 멋있다. 친구인데도 그런 생각이 든다.

그래서 즈카가 이다음에 나에 대해 여러 가지를 알게 되어도 아무래도 상관없다는 생각이 들었다. 그렇다고 해도 인정받을지 어떨지는 전혀 별개의 이야기지만.

"안녕, 즈카, 뺨에 파가 붙어 있어. 둘 다 오늘도 사이가 좋네. 혹시 보이즈러브?"

"여, 파라, 고마워. 그치만 남자들의 우정을 모르는 녀석은 꺼져버려!"

그때부터 즈카는 식당에 있던 반 친구가 장난을 걸어올 때도 식후 아이스크림을 먹을 때도 어쨌거나 기분이 좋아 보여서 나도 그런 친구를 보고 있자니 왠지 기분이 좋아졌다.

아이스크림도 다 먹은 데다 친구에게 비밀이 알려진 부끄러움 때문에 얼굴이 폭발할 거 같았기 때문에 도서실에서 공부를 하겠다고 나는 소리 높여 말했다. 그러면 즈카는 또 달리러 나갈 거라고 생각했기 때문이다. 예상대로 즈카는 "그럼 난 좀 달리고 올게" 하고 상쾌하게 말했다. 마치 쫓아내는 듯해서 미안했지만, 마음의 정리가 조금 필요했다.

어쨌거나 마지막까지 기뻐하는 즈카와 헤어지고 나는 어제와 마찬가지로 도서실로 향했다.

하지만 혼자 있게 되자 둘이 공유하고 있던 부끄러움이 응축되어 온몸을 가로질렀고, 나는 결국 공부도 하지 못하고 도서실 구석에서 계속 몸부림을 쳤다.

다만 그 간질간질함은 동시에 마음을 포근하게도 만들어 이윽고 수면 부족인 나를 잠깐의 잠으로 이끌고 갔다.

일어났을 때 어제와 마찬가지로 도서실이 닫히기 직전이었다는 것은 변명할 여지가 없는 실패였지만, 그것을 지워버릴 정도의 충만감이 있었다.

동시에 수수께끼는 여전히 그대로라는 사실을 알아차린 것은 그날 하교하는 길에서였다.

그렇다면 어째서 미키는 매번 샴푸를 바꿔서 즈카에게 시비를 거는 걸까.

어제 미야자토가 학교에 왔었던 모양이다. 그 사실은 우리 반에서 어느 정도 화제가 되었다. 나는 '아, 그렇구나, 시험만이라도 다른 교실에서 쳤으면 좋았을 텐데' 하고 생각했다. 즈카는 어제 일 때문인지 기분이 좋았지만, 미키는 돌변해서 심기가 불편했다.

기분이 언짢은지 여자아이들의 "시험 친 후에 아이스크림 먹으러 가자"라는 권유에 대답도 하지 않고 머리 위에 계속 말줄임표가 깜박이고 있었다.

기분이 나쁜 여자아이에게 다가가봤자 좋은 일은 아무것도 없기 때문에 나는 즈카의 큰 키 뒤에 몸을 숨겨 얌전하게 하루를 보내려고 했지만, 오늘도 찾아왔다.

"즈카, 뭔가 좀 신경 쓰이는 거 없어?"

"…………없다니까!"

어제의 내 이야기가 부추긴 건지 즈카는 몹시 기분 좋게도 부정했고, 미키는 그를 노려보았다. 그 김에 그녀는 나도 노려보았다. 나는 빠른 속도로 시선을 돌렸지만 즈카는 웃고 있었다.

무엇이 미키를 그렇게 만드는 걸까. 그녀의 연속된 도전이 무색하게 우리는 그녀가 하고 싶은 말을 이해하지 못하고 있었다. 시험 삼아 한 번 정도 샴푸 바꿨어? 라고 말해볼까? 아냐 아냐, 그런 건 기분을 망치게 만들 게 뻔해. 전에도 한 번 그랬었잖아…….

이날 시험이 모두 끝날 때까지 미키의 기분은 누그러들지 않았다. 슬슬 기분이 누그러들었을까 싶어 가까이 다가갔다가 격침당

한 반 친구도 몇 명인가 있었기 때문에 나는 머리 위의 기호가 보여서 다행이라고 오랜만에 생각했다.

네 번의 시험을 쳤고, 이렇게 기말고사가 모두 끝났다. 종소리가 울린 순간, 교실 안에 가득 차 있던 공기가 빠지는 소리가 들렸다. 모두의 머리 위에 느낌표 마크와 온점이 늘어서 있었다.

나도 마음을 놓았다. 이걸로 여름방학이 금방 찾아올 리는 없다. 다음 주부터는 보강 수업이 있고, 진정한 선물은 그 후에 펼쳐진다. 하지만 보강이란 건 보너스 트랙 같은 거라서 긴장하면서 들을 필요는 없다.

미야자토도 보강 정도면 편안한 마음으로 올 수 있지 않을까. 그런 생각을 하면서 청소 시간과 종례를 보냈고, 우리는 선생님들이 채점하는 날과 토요일과 일요일을 합쳐서 나흘 연휴를 손에 넣었다.

"난 오늘부터 빡세게 동아리 활동을 해야지. 넌 집에 가냐?"

"응, 그래야지. 가면서 CD나 보러 갈까 싶어. 미니앨범을 미리 살 수 있을지도 모르잖아."

"아, 좋겠다. 사면 빌려줘."

평범한 고등학생다운 이야기를 하고 나서 즈카와 헤어지고, 나는 심기가 불편한 미키와도 오늘도 와 있을지도 모르는 미야자토와도 마주치지 않고 하교했다. 집에서 청바지와 티셔츠로 갈아입은 뒤 걸어서 근처에 있는 책방 겸 CD 가게로 향했다.

20분 만에 가게에 도착해서 안에 들어가자 추울 만큼 냉방이

빵빵했다. 점원을 쳐다보니 머리 위에 온점이 깜박이고 카디건을 입고 있었다. 어쩌면 덥다는 클레임이라도 받았을지도 모른다.

나란히 꽂혀 있는 수많은 책을 곁눈질하고 나는 CD가 놓여 있는 2층으로 향했다. 가자마자 찾던 물건을 발견했다.

어차피 살 거지만 나는 참지 못하고 견본용 CD플레이어에 달린 헤드셋을 귀에 대고 얼른 그 CD의 내용물을 들어보기로 했다. 이 내용물이 나와 즈카를 이어주는 유일한 공통점이다.

즈카와는 1학년 초반에 친해졌다. 제비뽑기로 내 앞자리에 앉게 된 그는 내 주머니에서 비집고 나와 있는 이어폰을 발견하고 뭘 듣는지 예의 그 웃는 얼굴로 물었다. 예전에는 키가 작았다는 그는 그때 성장기가 끝나고 피부도 가무잡잡해서 명백하게 나와는 인종이 달랐지만, 그 미소 덕분에 무섭다는 생각이 들지 않았다.

그때 대답한 밴드 이름이 지금까지 우리 사이를 이어주고 있으니 신기한 일이다. 그런 신기함으로 이어져 있는, 얼간이지만 남자다운 친구의 환한 미소를 떠올리고 나는 곡을 들으면서 그만 히죽거리고 말았다. 그러자 옆에 있던 직장인인 듯한 여성과 눈이 마주쳤고, 상대의 머리 위에 있는 물음표가 느낌표로 바뀌었다. 실수했다.

세 곡까지 들은 다음 헤드셋을 진열 선반에 되돌려놓고서 CD를 손에 들었다.

계산대에 그걸 가져가려다가 나는 발걸음을 멈추었다.

선반 건너편에서 아는 목소리가 들려왔기 때문이다. 선반은 우리 키보다 조금 높고 모습은 보이지 않았지만 목소리만큼은 잘 들려왔다. 더불어 나에게는 머리 위에 떠오른 기호가 보였다.

이 목소리는 파라, 즉 구로다와 다른 같은 반 여자아이다. 아, 그렇다. 파라라는 별명을 가진 그녀를 나는 구로다라고 본명으로 부른다. 딱히 이유는 없다. 그냥 나는 즈카 말고 다른 학급 친구들은 성으로 부르고 있다. 그러고 보니 파라는 사이가 좋은 미키도 즈카도 성으로 부른다.[*]

딱히 모습을 감출 필요는 없었다. 마주치더라도 그냥 인사를 하면 된다. 그 정도의 커뮤니케이션 능력은 나에게도 있으며, 특히 파라는 누구에게나 밝은 아이기 때문에 싹싹하게 대응해줄 수 있다.

발걸음을 멈춘 것은 그녀들의 화제 때문이었다.

"밋키, 최근에 왜 그러는 거야?"

같은 반 친구의 질문에 파라가 웃었다. 머리 위에는 느낌표. 즐거운 모양이었다.

"후훗, 미키한테 남자 친구가 생겼다고 생각했지? 아무래도 아닌가봐."

"무슨 일 있어?"

파라의 머리 위에 느낌표가 더 많이 늘어섰다.

---

*일본에는 친근한 사이에서만 서로를 이름으로 부르는 문화가 있다.

"헤헤헤, 이거 톱 시크릿인데 비밀로 해줄래?"

"누가 하겐다즈 서른 개 사준다면 말할 거야."

"그럼 믿을 수 있겠네."

미키와 사이가 좋아지면 이상한 사람이 되는 건가. 그런 생각을 하면서 나는 그 톱 시크릿이라는 것에 귀를 기울였다. 훔쳐듣는 건 나쁜 행동이라는 것을 알지만, 다리가 움직여주지 않았다.

움직여주지 않았기 때문에 나중에 후회하더라도 어쩔 수 없을지도.

파라는 목소리를 죽이지도 않고 말했다.

"미키 말이야."

"응."

"다카사키한테 관심이 있는 모양이야."

아, 그렇구나.

설마 하던 이름에 다리에서 힘이 빠지려는 것을 간신히 멈추었다.

책장 건너편, 반 친구인 여자아이의 머리 위에 커다란 느낌표가 떠 있었다.

"와아, 좋은 소식이네! 그 두 사람이 커플이 된 모습 보고 싶어! 아, 그래서 요즘에 늘 스카에게 말을 걸러 갔던 거구나."

"응. 무슨 말을 하는 건지는 모르지만."

그렇구나, 그랬던 거구나. 그녀들의 대화에서 나는 지금까지 미키가 취한 행동의 의미를 거의 다 이해했다.

그녀들이 말하는 대로 몇 번이나 "나 달라진 거 없어?"라고 물어봤던 것은 그 때문이었다. 즈카가 알아주길 바랐던 건가.

그 샴푸 향기를 알고 있었던 거구나. 즈카가 그 향기를 좋아한다는 것도. 분명 그렇게 말했지. 그런데도 알아차리지 못하니까 씩씩거렸던 건가.

아아, 그랬구나. 역시나 미키. 너무 알기 어렵잖아. 도서실에서 했던 말도 그런 뜻이었구나. 단정한 실내화도 그때 화제로 나왔으니까.

나는 조금만 더 있다간 그 자리에 주저앉을 것 같은 기분이 들었다. 그래서 CD 사는 건 관두고 서둘러 그 가게에서 나왔다.

CD를 빌려줄 수 없게 된 건 미안했다. 하지만 견딜 수 없었다.

내게도 기회가 있다면, 하고 생각했던 건 아니다. 하지만 그래도…….

어제 그가 기뻐해주었던 얼굴이 머리에 떠올랐다. 아아, 뭐라고 해야 좋을까.

이건 아이스크림 한 개로는 가르쳐줄 수 없어, 즈카.

이날 있었던 일이 원인이 되어 그 후 사흘간, 나는 시험도 끝났는데 잠들지 못하는 나날을 보내게 되었다.

일요일, 나흘 연휴의 마지막 날, 나는 여전히 즈카와 미키를 어떤 얼굴로 만나야 좋을지 알 수 없었다. 즈카로부터 온 문자에 답도 하지 않고 침대 위에서 멍하니 있었다.

만약 문자에 그날 들었던 이야기를 즈카에게 보낸다면 그는 뭐라고 대답할까. 쓰던 문자를 지웠다.

눈을 감았다. 미키의 웃는 얼굴, 평소와 다른 샴푸의 향기, 새하얀 실내화.

아무리 애를 써도 생각이 났다. 생각해봤자 어쩔 수 없는 일이지만.

그래서 연휴 중 처음으로, 뭔가 행동을 하자고 생각했다.

옷을 갈아입고 외출해서 몸을 적당히 움직이자 다리는 그날의 설욕전이라도 하듯이 서점 겸 CD 가게로 향했다.

음악을 들을 기분은 물론 아니었고, 즈카도 이미 CD를 구했을지도 모르지만, 달리 할 일이 생각나지 않았다.

다행히 그 가게는 미키가 드나드는 장소가 아니었고, 즈카는 동아리 활동 중일 것이다. 이 동네는 학교를 경계로 동쪽과 서쪽으로 각각 고등학생이 즐겨 찾는 가게가 있어서 동쪽에 사는 사람은 동쪽, 서쪽에 사는 사람은 서쪽 가게를 이용한다. 미키가 살고 있는 곳은 동쪽, 나와 파라와 즈카와 미야자토가 사는 곳은 서쪽이다. 그래서 서쪽에 있는 가게에서는 기본적으로 동쪽에 사는 사람은 만날 수 없다.

분명 그럴 텐데, 아, 그렇구나. 그럼 그때 미키가 편의점에 있었던 건.

이런 생각을 하고 있었기 때문에 그런 일이 벌어진 것이다.

가게에 도착해서 내 몸이 자동문을 연 순간, 냉기와 함께 사람이 나왔다.

"우앗. 아, 아아!"

머리 위에 느낌표를 점멸시키며 뒤로 물러섰던 미키는 손에 서점의 남색 봉투를 들고 있었다.

내 심장이 쿵쾅하고 한 번 강하게 요동쳤다. 리듬이 흐트러져서 평소보다 더 목소리가 나오지 않았다.

"아, 아아아, 안녕."

"……하핫, 왜 그래? 왜 그렇게 놀라?"

자신이 뒤로 물러선 것은 모른 체하고 미키는 평소처럼 콧소리 섞인 목소리로 웃으며 긴장한 나에게 짓궂게 굴었다. 나는 "노, 놀랐어"라고 말하는 것과 동시에 고개를 숙이다가 미키가 신고 있던 스니커즈를 봤다. 새하얗게 닦여 있었다.

가게 안에서 흘러나온 냉기와 뒤섞여 그 샴푸 향기가 났다.

그렇구나. 그래.

미키의 머리 위에 느낌표 마크가 떠올랐다.

"CD 사러 왔어? 즈카가 새로운 게 나온다고 하더니만."

즈카의 미소가 머리에 떠올랐다가 지워졌다.

"응, 맞아. 미, 미키는? 드문 일이네. 이쪽에서 마주치다니."

"아. 응. 그러네."

"구로다랑 약속했어? 아니면 즈카라든지."

평소라면 이런 뻔한 질문을 하지 않는다. 아니 하지 못한다. 하지만 설령 상처 입을지도 모른다고 해도 '신경 쓰이는' 진실이 알고 싶어서 정신을 차리고 보니 묻고 있었다.

미키의 머리 위에 느낌표와 물음표가 떠올랐다. 의문은 아니다. 어떻게 대답해야 할지 곤란해하는 것이다.

"으음, 그러네, 음, 아, 우선 안으로 들어가자. 냉기가 달아나겠어."

이야기를 돌리기 위해서 한 말이겠지만 미키는 표정과 머리 위의 마크가 직결되어 있다. 곤란해하는 것이 명백했다. 그녀는 절대로 거짓말을 못한다.

속마음을 드러내고 싶지 않다. 하지만 어딘가로 드러내고 싶다는 욕구가 있다는 사실도 알 수 있었다.

다섯 걸음을 앞으로 나아가자 등 뒤에서 자동문이 닫히는 소리가 났다. 일요일이라 가게 안에는 사람이 많았다. 우리는 무심결에 입구 근처에 사람이 적은 크레인 게임기가 놓여 있는 곳으로 이동했다.

좁은 공간에 함께 있으니 두근거렸다. 미키는 아무 말도 없었고 나는 심장이 고동쳤다. 그 고동 소리가 혹시 들리는 게 아닐까 싶었다.

잠이 부족해서인지, 극도로 긴장을 해서인지 기껏 찾아온 기회에 의외로 금방 각오가 섰다.

프로레슬링으로 말하자면, 우선 나는 미키를 로프에 내던졌다.

"저기, 미, 미키."

"응?"

미키의 머리 위에는 물음표가 떠올랐다.

"최, 최근에, 무, 무슨 일 있어?"

그게 느낌표로 바뀌었다. 놀라움 속에는 기쁨도 포함되어 있는 것일까.

역시 그렇구나.

그렇다면 말해도 되겠다는 생각이 들었다.

모두 진즉에 알아차리고 있지만 말하지 않았을 뿐이었겠지만.

"저, 저기 말이야."

"응."

결국 말했다.

"미키가 사용하는 샴푸, 바뀌었지?"

미키의 머리 위에 거대한 느낌표가 떠올랐다. 그녀는 눈을 크게 뜨고 나를 쳐다보았다. 거짓말을 못하는 그녀의 얼굴이 기쁨을 말하고 있었다.

이제 나는 미키의 얼굴을 볼 수 없었다. 내가 어떤 얼굴을 하고 있는지 알 수 없었기 때문이다.

하지만 그런 나의 예상을 미키는 드롭킥으로 분쇄했다. 그다음 오늘은 조금 더 상냥하게, 그녀는 내 양쪽 어깨를 잡고 가까운 거리에서 내 얼굴을 마주 쳐다보았다. 잡아먹히기 직전의 먹이처럼 나는 그녀의 눈을 피할 수 없었다.

미키는 흥분했는지 얼굴을 조금 붉히고 있는 것처럼 보였다. 이 거리에서 얼굴을 보는 데도 조금만 빨개지다니 역시 미키다.

눈앞에서 긴 속눈썹이 깜박깜박 상하 운동을 했다.

"저기 말이야, 그래서?"

"……응?"

"그래서 뭔가 나한테 할 말이 있는 거지?"

할 말? 할 말이라는 게 뭘까?

만일 허락해준다면, 할 말이 하나 있다.

평소라면 말할 수 있을 리가 없겠지만 여기서 달아나면 이제 그런 기회가 두 번 다시 찾아오지 않을 것이다. 그렇게 나 자신을 잘 타이르면 조심스럽게 말을 꺼내는 것 정도는 가능할지도 모른다고 생각했다.

미키는 기다렸다. 내가 해야 한다는 그 말을. 활활 타오르는 감정을 머리 위에서 깜박거리고 있었다.

지구전에 진 것 같았다. 내 안에서 실이 툭 하고 끊어졌다.

그냥 한마디만 하면 된다.

미키를…….

"미, 미, 미."

"……응, 왜?"

"미…………야자토도 같은 샴푸 쓰고 있지?"

그래, 나에게 그런 용기가 있을 리가 없었다. 여기까지 와서 이러다니 정말 한심하다.

자신에게 낙담하고 고개를 푹 숙였다.

타이밍이 나빴다.

내 턱에 미키의 어깨가 클린 히트했다. 나는 어퍼컷을 먹은 것처럼 위를 올려다보았다.

천장이 보이고, 그리고 그 샴푸 향기를 지금까지 중에서 가장 가까이에서 느꼈다.

미키에게 안겨 있다는 사실을 나는 마침내 알아차렸다.

온몸의 혈류가 단숨에 가속했다.

"미, 미키! 잠깐만. 이건 아무리 그래도."

"다행이야아아아아아아아아아아아아아!"

미키는 나를 놓아주지 않고 귓가에서 그렇게 외쳤다.

뭐, 뭐가?

"다행이야, 이젠 다 틀렸다고 생각했어!"

"자, 잠깐만, 무, 무슨 소리야?"

나의 의문에 미키는 마침내 목에 걸치고 있던 팔을 풀어주었다. 그리고 내 앞에 서서 부끄러움 따윈 조금도 없는 모습으로 눈을 반짝반짝 빛내고 있었다.

"이제는 미야자토가 학교에 올 수 있어!"

"…………미야자토?"

내 목소리는 미키가 남긴 체온의 여운에 떨리고 있었다.

"그래! 미야자토랑 약속했어! 만약 네가 미야자토를 싫어하는 게 아니라면 미야자토가 학교에 오겠대! 정말 다행이야. 어쩌면 코가 막혀서 알아차리지 못하는 게 아닌가 해서 매번 네 몸 상태를 묻기도 했어. 내 연기가 좀 어색한가도 생각했고. 어때? 어색했어?"

"무, 무슨 소리야? 왜 내가 미야자토를 싫어한다는 거야?"

"그건 이쪽이 묻고 싶은 소리야!"

미키는 느닷없이 표정을 진지하게 싹 바꾸더니 나를 노려보았다. 정말이지 이 별난 아이는 뭐가 뭔지 알 수가 없다. 기호는 보이는데 감정이 어떻게 급작스럽게 변할지는 읽을 수 없다.

"너 말이야, 전에 미야자토의 샴푸 향기를 칭찬했었지? 그런데 그 후부터 차가워졌다며, 왜 그런 거야?"

미키에게 밀려 나는 뒷걸음질을 쳤다. 이윽고 내 뒤꿈치는 서점 끄트머리 벽까지 도달했다.

"그 점에 대해서 제대로 설명을 들어야겠어!"

궁지에 몰린 내게는 미키의 "하핫"이 무척이나 오싹하게 들렸다.

그 일은 4월에 있었다. 내 옆에는 아직 미야자토가 있었고, 우리는 1학년 때부터 같은 반이었기에 나름대로 사이가 좋았다.

미야자토는 말수가 무척이나 적었다. 옆자리에 있는 내가 떨어뜨린 지우개를 주워줄 때조차 말을 거는 걸 주저할 정도였다.

하지만 내가 말을 걸면 대답해주었고, LL교실에서는 화면을 볼 때면 바짝 붙어 있기 때문에 오히려 평소에 이야기를 하지 않는 게 어색하게 느껴졌다. 그래서 여러 소소한 대화를 나누었다.

어느 날, 나는 그녀의 실내화를 보고 칭찬한 적이 있다. 마치 새것처럼 새하얀 실내화였기에 물어보니 손수 수선해서 쭉 신고 있다고 했다. 그녀의 취미가 소지품을 손수 고치는 일이라는 무척이나 고상한 것이라는 사실도 이때 알았다. 칭찬하자 그녀는 머리 위에 느낌표를 떠올리며 기어들어가는 목소리로 "고마워"라고 말했다.

그만큼 사이가 좋았다. 분명 뭔가 서로 공감하는 게 있고 사이가 좋다고 생각했기 때문에 나는 그만 선을 넘고 말았다.

평소처럼 LL교실에서 옆자리에 앉아, 역시 익숙하지만 부끄러울 정도의 거리에 얼굴을 가까이 대고 영어 교재를 보았다. 선생님이 교무실에 가 계셔서 모두가 소곤소곤 대화를 나누고 있는 설렁설렁한 분위기 속에서 나는 미야자토가 풍기는 그 향기를 알아차렸다.

아무 생각도 없었다.

"미야자토가 사용하는 샴푸, 빌리안이야?"

머리 위에 커다란 느낌표가 떠올랐다. 나는 그것을 기쁨이라고 착각하고 말았다.

"중학생 때 유행했었잖아. 향기를 좋아했거든."

잡담처럼 말했기 때문에 미야자토의 그다음 반응은 전혀 예상하지 못했다.

미야자토의 머리 위에 수많은 기호가 떠 있다가 사라지기를 반복했다. 그건 곤혹, 불쾌, 혼란, 동요, 그런 감정을 나타내는 것이었다. 그 반응에 이쪽까지 동요하고 있자 미야자토는 그만 눈물을 조금 글썽이다가 다른 쪽으로 고개를 돌려버렸다. 완전한 거절 표시였다. 자신이 선을 넘었다는 사실을 알고 마음속으로 후회했다. 그래서 나는 그 이후 그 아이에게 가능한 한 오해를 살 만한 말을 하지 않도록 했다. 미야자토처럼 조심스럽게 말을 가려서 했다.

이윽고 옆자리인데도 대화를 거의 하지 않게 되었을 무렵, 골든위크가 찾아왔고 미야자토가 오지 않게 되었다.

그렇다, 즈카와 마찬가지로 나에게도 그 향기와 관련된 일이 있었다. 그래서 미키의 변화를 알아차렸다.

그리고 전에 샴푸 향기에 대해 함부로 말했다가 상대에게 불쾌감을 준 적이 있었으니 미키에게도 그걸 말할 수 있을 리가 없었다.

"하하하, 그렇구나."

일단 가게에 민폐가 될 수 있으니 밖으로 나갔다. 주차장 구석에서 물론 기호나, 그로 인해 알게 된 감정은 완곡하게 돌려 말하며 사정을 말하는 내 눈을 물끄러미 쳐다보고 미키는 여전히 콧소리 섞인 목소리로 웃었다.

"너흰 둘 다 좋은 사람이네."

미키는 의미를 알 수 없는 말을 했다.

"둘 다 사람을 너무 배려해. 나랑 파라처럼 적당히 해야 적당히 굴러가는 일도 있어. 아, 하지만 모두가 다 우리처럼 되면 행복한 일만 일어나서 세상이 무너질지도 모르겠네! 하핫!"

"…………아니, 저기 말이야, 어째서 내가 향기를 알아차리면 미야자토가 학교에 오게 된다는 거야?"

내 질문에 미키는 "내 차례네! 기다리고 있었지!" 하고 기호와 표정으로 말했다.

"나는 말이야, 미야자토랑 전혀 친하질 않았어."

갑작스런 고백을 받고 나는 놀랐어야 했을지도 모르지만 놀라지 않았다. 그야 당연하다고 생각했다. 교실이라는 장소에는 본인의 의사와는 관계없이 머물게 되는 영역이 있다. 서로 적대하지도, 경원하지도 않지만 사람은 아무래도 같은 타입의 사람끼리 뭉치기 때문에 그 영역 외의 학급 친구와는 대화할 일조차 없어지게 된다.

나와 미키가 이렇게 열심히 이야기하는 경우는 무척이나 드물며, 나와 즈카가 사이좋은 것도 무척이나 드문 일이다. 그래서 미키와 미야자토의 거리가 멀어도 이상한 게 아니다.

"하지만 최근에 친해졌어."

하긴 그랬겠구나, 라고 생각했다. 그렇지 않으면 미키가 내 취향을 알 리가 없다. 전부 미야자토에게 알아낸 것이겠지.

"한 달쯤 전이었던가. 파라네 집에서 돌아오는데 소나기가 내렸어. 우산이 없어서 급하게 달려가는데 툇마루에서 빨래를 걷고 있던 미야자토를 봤지. 그리고 미야자토는 필사적인 내 모습을 보고 날 구해줬어. 그런데 나, 교복이 다 젖었지 뭐야. 그래서 생략하자면, 그 집에 묵었어."

그 생략한 말에 분명 미야자토의 여러 갈등과 노력이 있었겠다는 생각에 나는 왠지 합장하고 싶어졌다.

"처음에는 어색했지. 그치만 봐, 나는 사람의 마음이란 비틀어 열면 된다고 생각해. 상대가 포기할 때까지 친한 척하니 미야자토도 포기하고 여러 가지 이야기를 해줬어. 그랬더니 학교에 안 나오는 이유를 뭐라고 했을 것 같아?"

"뭐, 뭐라고 했는데?"

"너한테 미움받고 있으니까 자리가 바뀔 때까지 학교에 안 나가겠다고 하는 거야! 난, 진심으로 너희 집을 찾아가 래리어트* 기술을 걸까 생각했다니까!"

미야자토의 예상 밖 대답과 하마터면 미키에게 당할 뻔했던 래리어트를 상상하고 나는 소리 없는 비명을 질렀다.

"마, 말도 안 돼. 나야말로 미야자토한테 미움받고 있다고 생각했어."

"그러니까 둘 다 신경을 너무 쓴다니까. 미야자토는 이 샴푸에 대한 이야기를 들었을 때 껄끄러운 표정을 지었대. 처음에는 놀림받는다고 생각했대."

"아, 아니야."

"그렇지? 하지만 미야자토는 어째선지 그렇게 생각했대."

……그렇구나. 머리 위의 기호가 보이지 않으면 상대의 말 속에 담긴 감정을 알 수 없구나. 역시 나는 남의 입장을 배려하지

---

*프로레슬링 기술 중 하나. 상대를 팔뚝으로 쳐서 넘어뜨리는 기술이다.

못하는 나쁜 녀석이다.

"거봐. 또 그렇게 심각한 얼굴을 하고 있잖아. 웃어, 웃으라고. 뭔가 미야자토가 놀림받았다고 생각할 만한 게 있었어?"

사실은 한 가지 생각나는 게 있었다. 하지만 그건 분명 나나 미야자토 같은 사람밖에 모르는 감각으로, 딱히 스카나 미키가 나쁜 것은 아니지만 그들은 모르는 감각이기 때문에 고개를 가로저었다.

"그렇구나."

미야자토는 분명 내가 잘나가는 아이들과 같은 것을 몸에 걸치는 것을 부끄러워하듯이, 그런 아이들과 같은 샴푸를 사용하는 것에 내심 꺼림칙한 기분이 들었으니까 내가 그 말을 했을 때 놀림받는다고 생각했을 테다. 미야자토의 내성적인 성격에는 배려심뿐만 아니라 자신감 결여도 포함되어 있는 것이다.

그리고 내가 쓸데없는 소리를 하지 않도록 조심하던 행동을 내 태도가 차가워졌다고 받아들였다.

"그래서 말이지, 네가 미야자토를 싫어하지 않는다는 걸 알기만 하면 되잖아. 그래서 물어보고 오겠다고 했는데, 미야자토는 어째서인지 내가 물으면 네가 거짓말으로라도 싫어하지 않는다고 말할 게 뻔하다잖아."

나는 얼굴이 뜨거워져서 폭발하는 줄 알았다. 미키가 좋아하는 고전 문법에 나온 단가를 떠올렸다. 내 마음도 모른 채 걱정하는 사람들.*

"그래서 어떻게 확인해야 할지 엄청 고민했어! 나는 네가 미야자토를 미워하지 않는다고 믿었기 때문에 샴푸에 대해 생각한 것을 별 뜻 없이 말한 거라 봤거든. 그래서 이 방법으로 알아차리게 하자 싶었지."

미키가 자신의 머리를 만졌다.

"래리어트 기술을 걸려고 했으면서?"

"그건 됐고, 미야자토를 정말로 미워한다면 미야자토 이야기는 말도 안 꺼낼 거 아냐."

반드시 그렇지만은 않다고 생각하고 나서 알아차렸다. 그렇구나, 이 아이는 분명 싫어하는 사람의 험담을 절대로 하지 않는구나. 싫어한다면 직접 드롭킥을 날리겠지.

"그래서 네가 이 샴푸 향기를 맡고 미야자토 이야기를 꺼내면 나의 승리로 하기로 했지."

"그, 그게 뭐야. 그러지 말고 스카한테 대신 물어보게 하면 되잖아."

"안 돼, 안 돼. 미야자토가 다른 사람한테는 말하지 말라고 했거든. 그리고 스카, 그 녀석, 널 너무 좋아해서 모조리 다 털어놓을걸? 너한테 말 안 했다고 해서 내가 널 싫어했다는 건 아니야."

친구로서는 기쁜 평가지만, 나는 그것보다 "어, 어라"라고 생

---

*시인 100명의 시를 한 수씩 선별한 시집인 《백인일수》에 수록된 시의 구절이다.

각하고 있었다. 그것은 먼젓번 날에 파라가 말했던 "신경 쓰인다"는 건에 대해서다.

"그래서 직접 말할 순 없으니까, 스카가 같이 있을 때 말을 걸러 갔지. 은근슬쩍 깨닫게 하려는데 그 녀석이 이야기를 끊고 상관없는 소리만 계속해서!"

그게 은근슬쩍? 역시 미키다. 하지만 천하의 미키도 신경 쓰이는 사람에겐 직접 묻지 못한 건가. 그 말은, 어라?

"그래서 미야자토랑 같은 상황을 만들었어. 그런데도 알아차리질 못하니까 도서실에서 열 받아서, 그래도 난 참았어! 직접 말하진 않았잖아?"

아, 그럼 그때 말했던 '여자아이'라는 게 그런 뜻이었던가.

"애초에 간접 커뮤니케이션은 내 적성이 아냐. 신경 쓰이는 사람에게 자신의 생각을 자연스럽게 전달하는 방법을 파라한테 물어봤지."

⋯⋯⋯⋯⋯⋯⋯응?

"어?! 그거, 신경 쓰인다는 게 그런 뜻이었어?"

"그거라니, 뭔데?"

무심코 입 밖으로 꺼내고 말았지만, 나는 다급히 입을 다물었다. 그 덕분에 위장 밑바닥에서부터 올라오던 낙담과 안도감이 입안에 머물렀다. "이게 다 뭐람"이라고 말하지 않고 끝났다.

아, 그렇구나. 하지만 그게 당연한 일인가.

실수로 고백하지 않아서 정말 다행이었다. 분위기 파악 못하는

56

사람이 될 뻔했다. 착각도 심하면 병이라는 사실을 아는 것만으로 끝나서 다행이었다.

물론 실망한 것은 사실이다. 하지만 어깨에 메고 있던 짐이 스윽 내려앉는 느낌도 들었다.

"혹시 파라가 딴 데서 말했어? 그 녀석! 날려버릴 거야!"

왠지 이 상황이 재미있어서 내가 웃자, 사납게 날뛰던 미키가 분노의 감정을 바로 잊은 듯이 머리 위에 느낌표를 삐죽 떠올렸다.

"좋았어, 그럼, 같이 미야자토네에 가자!"

"아, 그래. 뭐? 지금?"

내가 자신의 머리 위에 커다란 느낌표를 떠올리고 있을 것을 상상하면서 말하자 미키의 머리에 물음표가 떠올랐다.

"어? 응. 나, 요즘, 미야자토네에서 스터디 합숙하고 있어서 그 보답으로 잡지를 샀거든. 덕분에 이번 수학 점수 확실히 땄지. 미야자토가 말했던 부분이 전부 다 나왔어. 한가한 거 아니었어? 아, CD 사야 하지? 기다려줄 테니까 사와."

진짜로? 라고 생각하면서도 미키에게 거역할 수 없었던 나는 재촉받은 대로 CD를 사러 가기로 했다.

곧바로 돌아오는 나한테 손을 흔들면서 활짝 웃는 얼굴로 눈을 깜박거리며 미키는 이런 말을 했다.

"아, 하지만 이걸로, 미야자토가 즐겁게 학교에 올 수 있게 돼서 정말 다행이야!"

머리 위에 커다란 느낌표. 거짓말도, 농담도, 빈말도 아니었다. 진심으로 그렇게 생각하고 있었다.

별종에 상당히 이상한 데다, 이번에는 조금 멋대로 착각해서 실망했지만 나는 역시 이 아이를 좋아해서 다행이라는 생각이 들었다.

그런데 이튿날, 나는 다시 수면 부족에다 침울해하고 있었다.

"왜 그래? 아침 못 먹었어? 먹을래?"

아침 시간, 멍하니 앉아 있자 즈카가 다정다감하게 봉지에 든 빵을 가지고 와서 옆자리에 털썩 앉았다.

"아니, 괜찮아, 것보다 그 자리에서 비키는 게 좋을 거야."

"왜?"

왜냐면, 하고 대답하려고 했을 때 반 전체가 웅성거렸다.

"애들아! 미야자토가 왔어!"

같이 교실로 들어온 미키가 소리를 지르자 뒤에 서 있던 미야자토가 정말 겸연쩍은 듯한 얼굴로 우두커니 서 있었다. 하지만 불쾌하게는 생각하지 않는다는 걸 머리 위의 기호로 확인할 수 있었다.

예전의 미야자토라면 이런 상황에서 도망치지 않았을까? 하지만 분명 그녀도 미키가 좋아졌기 때문에 참고 있다. 알 수 있다. 나나 미야자토처럼 여러 가지 일을 신경 쓰면서 살면, 그것들을 전부 날려버릴 태양과 북풍을 뒤섞은, 여행자의 근심과 불안을 힘껏 벗겨낼 그 힘을 동경하게 된다.

옆에 있는 즈카를 쳐다봤다. 그도 두 사람을 보고 기쁨을 표정과 머리 위의 기호로 나타냈다. 그리고 나를 그 미소로 바라봐주었다.

"다행이네."

아, 정말 좋은 사람이다. 이 즈카라는 녀석은.

그래서 납득은 되지만, 납득은 되긴 하지만, 역시 그것을 용인할 수 있느냐는 또 다른 이야기이기 때문에 나는 몇 번이고 주눅이 들었다.

어제 미야자토네에 방문해서는 매우 놀라는 그녀에게 미키가 일의 경위를 설명했다. 내가 사과하고 미야자토도 나에게 사과했다. 어색한 분위기였지만 친구가 되기 위해 한 걸음 앞두고 있는 관계 정도는 되돌아간 듯한 시점에서 미야자토에게 뭔가 별명을 지어주자는 엉뚱한 이야기가 나왔다.

"뭐로 할까? 뭐든지 괜찮지만. 난 밋키*라고 불리고 있는데 미키라는 이름 때문인 건 아냐. 내가 웃을 때 콧소리 섞인 목소리가 나오나봐. 그리고 눈도 자주 깜박거린대. 그래서 즈카가 그 캐릭터랑 닮았다고 해서 부르기 시작한 거야."

"아아" 하고 조심스럽게 감탄하는 미야자토를 보자 기분이 좋아졌는지 미키는 이어서 말했다.

---

*일본에서는 미키마우스를 밋키마우스(ミッキーマウス)라고 부른다.

"그래서 나도 그 녀석한테 별명을 지어줬지. 그 녀석 지금은 키가 좀 자라서 인기도 좋지만, 중학교 때는 예쁘장한 여자애 같아서 남자앤데도 다카라즈카에 들어갈 수 있겠다 해서 즈카가 됐어. 본명은 다카사키 히로후미인데도, 하핫."

그렇게 웃는 미키의 목소리에는 역시 콧소리가 섞여 있었다.

먼저 말을 꺼낸 건 나였다. 아마도 미키와 미야자토와 전보다 조금 친해진 데에 신이 나 있었던 것 같다.

"즈카랑 사이좋지?"

"뭐, 동아리가 같았으니까. 질긴 인연이지."

그 말을 들은 미야자토가 못을 박았다.

"아, 사귀는 게 아니었구나. 완전히 그런 줄 알았어."

작고 조심스럽고 얌전한 데다 단아한 목소리, 그 한마디를 들은 미키가 움찔했다.

평소라면 그런 말을 들으면 난리를 피우며 즈카에게 온갖 욕설을 퍼부었을 미키는 얼굴을 새빨갛게 물들이고 고개를 숙이더니 나직이 "그럴 리가 없잖아"라고 말했다.

이미 그건 머리 위의 기호를 볼 필요도 없이 어떤 의미인지 나도 알 수 있었다.

아, 그렇구나, 라고 당연한 듯이 말할 수 있을 리가 없다.

아아아아.

내가 마음속으로 고함을 지르고 있자 미야자토가 무릎을 콕콕 찔렀다. 쳐다보니 그녀는 어째서인지 나를 향해 작게 브이 포즈를 취하고 있었다.

역시 미키랑 친해지면 모두 괴짜가 되는구나. 나는 그렇게 현실도피를 하고 있었더랬다.

즈카가 의자에서 비키자 여전히 소란을 떨고 있던 미키의 옆을 지나 미야자토가 쭈뼛거리며 이쪽으로 다가왔다. 그리고 내 얼굴을 보더니 미소 지어주었다.

나는 침울해하고 있었다. 확실히 침울해하고 있었지만 그 표정과 머리 위의 기호를 보고는, 여전히 미키의 일은 떨쳐낼 수 없지만 오늘은 미야자토가 와줬으니까 아무렴 어때, 라고 생각했다.

"안녕, 쿄."

작고 조심스런 목소리와 같이 흘러온 것은 빌리안의 그 향기였다.

나 / 만 \ 의 ＝ 비 ※ 밀

히로인보다 히어로를 동경했다. 예쁜 드레스가 아니라 멋진 변신 벨트가 갖고 싶었다. 왕자님에게 보호받는 게 아니라 악으로부터 약한 사람들을 구하고 싶었다.

이제 고등학생이고 이 세상에 히어로도 악의 괴인도 없다는 사실을 알고 있다. 하지만 나는 어릴 때처럼 여전히 히어로를 동경한다.

"나왔다! 밋키의 드롭킥!"

드롭킥? 그걸로는 부족해…….

사람의 가장 큰 고민거리는 흔히들 인간관계라고 하지만, 사실 인간관계는 간단하다. 그런 건 심장의 바닥에 보이는 시소 같은 바의 균형을 플러스 쪽으로 조금 기울이면 된다. 처음에는 마음을 닫고 나의 맹공에 질색하지만, 바가 마이너스 쪽으로 기울어 있다 해도 사랑의 무게로 플러스로 만들 수 있다. 그러기만 하면 된다. 그래서 차인 적도 있는 것 같지만, 나쁜 기억은 잊자 잊어. 응. 잊을 수 있어.

그래서 평소에 거의 고민하지 않는 내게 고민이 있다면 그건 인간관계 따위가 아니다. 좀 더 다른 것.

"밋키, 킥도 완벽하더라."

문화제 연습 후 여자 탈의실, 교복 상의에 양팔을 넣고 있는데 뒤에서부터 귀여운 목소리가 들려왔다. 바로 누군지 알고 돌아보자마자 그녀를 부둥켜 안았다.

"멋있었어?"

"응, 다음 주 실전에서도 대성공시키자."

"고마워! 하핫, 향기가 좋네!"

머리카락의 향기를 칭찬하면 엘은 부끄러운 듯이 웃으면서 심장의 바를 오른쪽으로 기울인다. 플러스다. 친구의 감정이 플러스로 기울어지는 것을 보면 기뻐서 내 감정도 플러스로 기운다.

"오, 물방울무늬 쇼핑백 귀엽네."

"고마워. 밋키의 토트백도 새거네. 귀여워."

엘은 조심스럽게 빙긋이 웃어준다. 사실 이 아이는 조금 내성적이라서 전에는 내가 안기만 해도 바가 마이너스로 철렁 기울어졌다. 그 이후 사이가 좋아졌다는 사실에 나는 매일 기뻤다. 그렇다, 인간관계란 건 대개 기쁜 일밖에 없다.

참고로 엘이라고 부르고 있지만 외국인은 아니다. 눈이 크고 웃는 얼굴이 세서미 스트리트에 나올 것 같아서 그렇게 부른다.* 딱히 온몸이 새빨갛지는 않지만, 그런 별명을 가지게 되었다. 나도

---

*미국의 TV 유아 프로그램 '세서미 스트리트'에 등장하는 빨간 인형 '엘모'를 말한다.

밋키지만 일본인이다. 이유는 내 웃음소리에 콧소리가 섞여 있고, 특정 캐릭터의 목소리처럼 들리기 때문이라고 하는데 글쎄.

내가 자신의 습관에 대해서 생각하고 있는데,

눈앞의 아담한 엘이 껑충 뛰며 비명을 질렀다.

"꺄악."

대체 무슨 일일까. 엘 뒤에 파라가 서 있으니 이 녀석이 무슨 짓을 했다는 건 알 수 있었다.

"아아, 조금 전에 안겨 있었으니까 나도 무제한으로 만져도 되는 줄 알았지."

그렇게 말하면서 파라는 새침한 얼굴로 엘의 스커트 안에 집어넣었던 손을 뺐다. 그러면서 "미야자토, 엉덩이에 여드름 났더라"라고 말했기 때문에 나는 엘을 끌어당겨서 파라로부터 지켜주었다.

"관둬. 엘을 네 팟파라파 같은 행동에 휘말리게 하지 않을 거야."

"미안 미안. 자, 나는 무제한으로 만져도 좋아."

그렇게 말하고는 파라는 만세를 했다. 너무 바보 같아서 엘에게 "만져봐"라고 말하자 그녀는 파라의 배를 손끝으로 찔렀다. 소심해! 너무 귀여워! 하지만 그건 복수가 아니니 내가 본때를 보여주기로 했다.

"이렇게 하는 거야, 이것 봐."

우선 배를 만졌고 그러고 나서 파라가 좋아하는 새빨간 스웨터의 코를 따라 손을 위로 올리다 어느 부분에서 나는 갑자기 손길을 거두었다.

"이제 됐어? 자아, 그럼 가볼까?"

어깨에 닿을락 말락 하는 곱슬머리를 손가락으로 만지작거리며 파라는 졸린 목소리로 말했다. 태연하게 나가려는 그 애의 목덜미를 잡아다 구석에 몰아넣고 바깥의 남자아이들에게 들리지 않도록 목소리를 죽였다.

"잠깐, 파라. 너, 왜 안 하는 거야."

"아, 브래지어? 숙녀의 비밀."

무슨 소릴 하는 거야?! 이미 만나고 나서 몇 번째인지 모를 태클을 마음속으로 걸고 있자 파라는 도리어 내가 추궁하는 것이 이상하다는 듯이 인상을 찌푸렸다.

인간관계는 간단하다. 간단할 테지만, 실은 이 아이만큼은, 이 파라만큼은 무슨 생각을 하는지 알 수 없다. 그야 이 아이만 바가 마이너스로도 플러스로도 기울지 않고, 그렇다 해도 균형도 잡지 않고 계속 빙글빙글 돌고 있기 때문이다. 딱히 고민도 무엇도 없지만 보고 있으면 왠지 여러모로 바보 같이 느껴지는 그런 녀석이다.

팟파라파의 파라에게는 나의 어이없다는 기색이 전해지지 않았던 모양이다. 파라는 우리 틈을 파고들어 옆을 지나 밖으로 나가고 말았다.

파라의 노브라에 집중하느라 내 고민을 말하는 것을 잊었다.

간단하게 말하자면 진로 이야기다.

진로 상담. 대학을 선택한다든가, 학부를 선택한다든가, 학과를 선택한다든가 하는 자질구레한 것은 전부 놔두고 내가 어떤 사람이 되고 싶은지에 대한 것이다. 내 바는 보이지 않으니 나 자신의 일이 가장 어렵다.

"문학부는 취직이 힘들어. 미키를 4년 동안 먹여 살려줄 남자를 찾으면 또 모르지."

"전업주부라고? 안 돼. 심심해서 죽을지도 몰라."

"우선 존댓말부터 배우지 않으면 우리 학교에선 널 대학교에 안 보낼 거야."

선생님은 갑자기 진지한 표정을 지었지만, 머리 위의 바는 조금 플러스로 기울어 있었다. 선생님도 실은 딱딱하게 행동하지 않고 편하게 말하고 싶은 게 훤히 보인다. 하지만 선생님에게는 우리와 달리 입장이라는 게 있으니 거들어주기로 했다.

"알겠습니다. 선생님. 생각해볼게요."

그렇게 얼버무리면서 얼마 전의 일대일 상담은 끝났다.

그리고 새로운 주가 시작되는 월요일.

"안녕, 미키. 왜 그래? 멍하니 있고. 러브레터라도 안에 들어 있었어?"

"……파라, 안녕, 어? 하핫, 이미지 체인지라도 하기로 했어?"

생각에 잠기면 멍해지는 습관을 신발장 앞에서 발동 중이었다. 누군가 말을 걸어서 돌아보자 파라가 있었다. 그녀의 머리는 어째서인지 여느 때의 곱슬에서 생머리로 바뀌어 있었다. 무심코 만져보자, 우와, 찰랑찰랑했다. 그리고 다가가자 어째서인지 파라도 한 걸음 이쪽으로 다가오는 바람에 머리카락 말고도 다른 걸 건드리고 말았다. 그 감촉에 솔직히 머리카락은 아무래도 상관없어졌다.

"파라, 너 그거 남자애들한테 들키면 정말 어쩌려고 그래!"

"엄청난 해방감. 하늘을 날 것 같아."

팟파라파와 연기는 높은 곳을 좋아한다고 했던가[*]. 여전히 파라의 마음의 바는 즐거운 듯이 빙글빙글 돌고 있었다.

"그래서? 러브레터?"

"아냐."

"아니라고 태연하게 말할 수 있는 게 미키의 대단한 점이지. 받은 적이 있다는 거잖아."

"시끄러워! 진로, 진로로 고민하고 있었어."

"정해진 거 아니었었어?"

"음……."

"진학이든 취직이든 하고 싶은 대로 하면 되잖아."

파라는 별것 아니라는 것처럼, 아무 생각도 없다는 것처럼 말을 내뱉었다. 그런 건 알고 있지만 아무렇게나 갈 수 없지 않은가. 선생님도 말했지만 취직에 대해서도 꼼꼼하게 생각해야 한

---

[*]똑똑한 사람은 스스로 위험한 곳에 올라가지 않지만 바보는 그렇지 않다는 것을 연기에 빗대어 표현한 말이다.

다. 후회가 없는 선택을 해야 한다. 하지만 그 타협을 하기가 어렵다.

파라를 향해 입술을 뾰로통하게 내밀자 파라가 진지한 얼굴로 주저 없이 이쪽으로 다가왔기 때문에 나는 순간적으로 뒤로 물러섰다. 신으려던 실내화만이 원래 자리에 남았다.

"아, 뽀뽀해달라는 건 줄 알았어. 열정적으로. 자."

파라는 실내화를 들어 나에게 건네주었다. 자신의 행동에 아무런 의심도 없는 듯한 파라. 나도 친구를 곧잘 걷어차기 때문에 별종이라고 불리지만, 내가 바라는 건 아니다. 별종이라는 건 이런 녀석을 말한다.

받아든 실내화를 신고 있자 파라는 갑자기 "괜찮아" 하고 읊조렸다.

"뭐가?"

"내가 너무 좋아하는 미키가 선택한 길이라면 틀림없을 거야."

팟파라파니까 이런 쑥스러운 말도 진지한 얼굴로 할 수 있는 것이다.

대부분의 사람이 가진 바의 움직임은 미세한 차이는 있지만 대부분 비슷하다. 하지만 가끔 보통 사람들과는 전혀 다른 움직임을 보이는 사람이 있다. 우리 반에는 세 명이 있다. 한 사람은 알다시피 파라. 그리고 두 사람은 남자아이.

"밋키, 홀 사용할 수 있으니까 방과 후에 극에 출연하는 녀석이랑 연출하는 녀석은 집합이래."

첫 번째 남자아이는 하교하는 종례 시간 전에 내 자리 옆을 지나가면서 머리 위에서 말을 걸어온 녀석, 통칭 즈카. 예전에는 키가 작고 여자애 같은 외모를 하고 있었기 때문에 남자지만 다카라즈카에 들어갈 수 있는 거 아니냐며 내가 즈카라고 부르기 시작했다. 최근에는 키가 커져서 여자애들한테 인기가 좋은 게 조금 마음에 들지 않는다. 즈카는 내가 무슨 말을 해도 마음의 바가 미동도 하지 않는다. 바는 마음이 완전히 차분할 때는 평행한 두 선이 되는데 나와 이야기할 때 즈카는 늘 그런 상태다. 조금은 마음이 흔들려도 되지 않아?

"알겠어! 고마워."

뭐, 즈카에 대해서라면 이쯤 하고.

소개를 계속하겠다. 다른 한 남자아이는 지금, 내 뒷자리에 앉아 있다. 그는 즈카와는 정반대로, 나와 이야기할 때 늘 바가 그야말로 시소처럼 삐걱삐걱 흔들린다. 아마도 지금 갑자기 뒤돌아보아도 그럴 것이다.

"무, 무슨 일 있어? 미키?"

"아니, 아무것도 아냐."

이것 봐. 너무 심하게 움직이니까 처음에는 날 좋아하는 건가? 나도 참 죄 많은 여자구나, 라고 생각했지만 아마도 아닐 것이다. 만일 날 좋아한다면 이야기할 때 바가 플러스 쪽으로 흔들려야 하지 않나. 하지만 그의 바는 마이너스 쪽으로도 기우니까 분명 내가 불편해서 동요하고 있을 뿐일 것이다. 그걸 날 좋아하는 거라고 생각하다니, 자의식과잉이지. 솔직히 창피하다. 뭐 됐다. 앞으로는 그의 바가 마이너스로 기울지 않도록 좀 더 다정다감하게 굴어야겠다.

하지만 그의 옆자리에 엘이 앉아 있고 최근의 나는 어쩌면 두 사람이 좋은 조짐이 있지 않을까 생각하고 있으니 다정다감하게 구는 것도 적당히 해야 할 듯하다. 두 사람은 사이가 좋고, 이야기할 때 두 사람 다 바가 플러스로 기울어 있다. 커플이든 아니든 친구란 건 좋은 것 같다. 마음껏 괴롭힐 수도 있고.

참고로 그에게는 별명이 아직 없어서 생각 중이다. 최근에는 파라가 그를 이름으로 부르기 시작했기 때문에 모두가 쿄라고 부르고 있다.

"자아, 출연자와 음향조명은 홀로 이동해. 의상 팀, 도구 팀에서 남을 수 있는 사람은 미야자토가 있는 곳으로!"

하고 인사를 마친 순간, 느릿느릿하면서도 쩌렁쩌렁한 목소리가 교실 내에 갑자기 울려 퍼졌다. 제일 앞자리에서 파라가 천장을 향해 외쳤던 것이다. 선생님께 "목소리가 너무 커, 구로다!"라고 주의를 받았는데도 파라는 "기합이 들어가 있어서요"라고 엉뚱한 대답을 했다. 파라는 그대로 죄송하다는 인사도 없이 뒤돌아 학급 친구들에게 개별적으로 지시를 내리기 시작했다.

어렴풋이 알아차렸을 거라 생각하지만, 우리는 지금부터 이번 주말 문화제를 위해 준비를 하려고 한다. 토요일은 공연하는 날이고, 일요일은 간이음식점이 들어서는 날이다. 둘 중 뭘 할지 각 반마다 선택해야 했는데, 우리 반은 화려한 무대를 선택했다. 그리고 실은 그 선두에 서 있는 것이 파라였다.

그건 한 달 전의 일로, 제1회 문화제 회의가 열린 날이었다. 아무리 우리 반 아이들이 사이가 좋다고 해도 문화제 회의에서는 여러 의견이 나와서 결국엔 다수결로 결정될 거라고 생각했는데, 손을 든 파라의 자신만만한 말이 한순간에 회의를 끝냈다.

"히어로 쇼 하자. 눈에 띄고 싶은 사람이 히어로랑 괴수를 하면 될 거고, 흥미는 있지만 앞에 나서기 싫은 사람은 일반인과 악의 전투원으로 나오면 돼. 뒤에서 활약하고 싶은 사람은 의상을 만들거나 연출 실력을 보여주면 될 거야. 각본은 내가 쓸게. 비디오를 찍어서 대학 입시 때 그걸 제출할까 해. 모두가 내 목표에 협력해줬으면 좋겠어."

부드럽게 제안하는 것이 아니라 직설적인 파라의 의견. 하지만 그녀보다 더 강력하게 자기 희망을 주장하는 아이는 없어서 "그거 재미있겠네"가 전염되는 쪽이 빨랐다. 다행히 우리 반에는 엘처럼 손재주가 좋은 아이도 있었고, 스카처럼 남자아이들의 흥을 돋우는 녀석도 있었다. 그리고 히어로를 하고 싶은 자의식과잉에 눈에 띄고 싶어 하는 데다 화려한 걸 좋아하는 사람도 있었다. 그렇다, 나다.

여차저차 해서 우리 반은 순조롭게 문화제에서 히어로 쇼를 공연하기로 했다. 실은 이미 파라는 연극부에 견학을 다녀왔고, 더

군다나 대본까지 써서 그날 중에 반 친구 모두에게 대본을 건네주었다.

물론 파라가 들어가려고 하는 대학이나 목표를 모두가 알고 있어서 도와주려는 것도 있었다. 정말이지 좋은 반이다!

파라도 같은 생각을 했는지 "모두 최고야, 절대로 잊을 수 없는 문화제를 만들자"라고 진부한 멘트를 날렸다. 하지만 파라가 말하자 거짓말이 아닌 것처럼 들렸다. 분명 아무 생각도 하지 않고 있기 때문일 테다.

"어이, 이 노브라 녀석."

"응, 맞아. 혹시 아닐까 의심하는 거야?"

홀에 가려고 하는 파라를 따라잡아 말을 걸자, 노브라 녀석은 경쾌하게 교복 상의 단추를 풀더니 스웨터와 셔츠를 스커트에서 끄집어내서 걷어 올리려고 했다. 늘 입고 다니는 밴드 티셔츠까지 손가락에 걸려서 뽀얀 배가 보였을 즈음에 나는 다급히 파라의 손을 막았다.

"뭐하는 거야!"

주변에는 반 친구들이 많이 있었다. 무슨 일인지 이쪽을 본 쿄는 시선을 얼른 돌리더니 빠른 걸음으로 가버렸다.

"그러고 보니 미야자토가 말이지, 의상이 일찌감치 완성돼서 머리 부분도 손수 만들어줄 수 있을지도 모른다고 하던데. 나중에 미키의 머리 사이즈 잴게."

"하마터면 쿄한테 보일 뻔했어가 나와야 하는 거 아냐?"

흐트러진 교복 차림 그대로 진지한 이야기를 갑자기 꺼내는 파라. 내 태클에도 어리둥절해한다. 이게 파라의 특히 괴짜 같은 부분이다. 장난치고 있으면서도 나는 아무 장난도 치고 있지 않아요 하는 얼굴! 이 괴짜 같은 면이 스카나 쿄에게는 알려지지 않고 내가 괴짜라는 소리를 들으니 유감스럽다. 아, 하지만 최근에 쿄에게는 마침내 알려지기 시작한 것 같아서 조금 안심이다. 이걸로 그가 나를 불편해하는 마음이 조금 희석될지도 모른다.

참고로 쿄도 홀 쪽으로 향하고 있는 건 출연자 중 한 사람이기 때문이다. 본래 그는 그렇게 앞에 나서는 타입이 아니지만, 파라의 명령으로 출연하게 되었다. 그는 최근에 어떤 이유로 파라의 지배 하에 놓이게 되었다. 걱정이지만 솔직히 조금 재미있기도 하다.

"자, 오늘도 해볼까!"

홀에 들어가자마자 파라는 즐거워진 듯했다. 모두의 바도 대부분 플러스다.

앞으로 일주일, 입시에 대한 것도 아무것도 신경 쓰지 않아도 되는 마지막 문화제 준비의 대단원이 지금 시작된다!!!!!!! 진로는 어쩌지!!!!!!!!

"진짜다, 대단해. 딱딱해."

오른손으로 아이스크림을 먹고 있는 파라의 왼손가락을 만지면서 엘이 진심으로 감동한 것처럼 목소리를 높였다.

착한 아이다!

"쿄의 손가락도 조금씩 딱딱해지고 있어."

내가 건너편에 앉은 쿄에게 "왼손 보여줘"라고 말하자, 파라가 "틀렸어, 틀렸어"라고 참견했다.

"쿄는 오른손이야. 왼손잡이거든."

파라에게 떠밀려 쿄가 쭈뼛쭈뼛 오른손을 내밀었다. 만져보자 파라 정도는 아니지만 현을 누르는 부분의 감촉이 달랐다. 내가 조물조물 만지고 있자 예상대로 쿄의 바가 흔들렸다. 파라나 엘이 만질 때는 그렇지 않았는데. 하지만 그렇다고 역시 난 만지지 말아야 할까 하고 생각하지는 않았다. 더 조물조물 만졌다. 쇼크 요법이다. 지금 당장은 효과가 없지만.

효과가 있긴커녕 오늘은 혼자 남자애라서 겸연쩍은지 평소 이야기할 때보다 더 많이 바가 흔들렸다. 반 친구들에게 둘러싸여 있는데 긴장한다는 게 신기하다. 왜 이렇게 되었느냐면, 평소에는 늘 쿄와 붙어다니던 즈카가 오늘은 동아리 활동 모임이 있었기 때문이다. 우리가 혼자 있던 쿄를 식당에서 발견하고 붙잡았다.

"여름방학 내내 연습한 덕분에 손가락도 단단해지고 기타도 어느 정도 칠 수 있게 됐어. 이번에 한번 보여줘 봐."

"듣고 싶네."

엘이 기대가 담긴 눈으로 쳐다보자 쿄는 고개를 가로저었지만, 그것은 스승님에게 가로막혔다.

"어이, 쿄, 스승님의 명령이다. 나도 쿄를 가르쳐주기 위해서 처음부터 다시 연습하고 있으니까 문화제가 끝나면 한 곡 정해

연습해서 모두의 앞에서 보여주도록 해. 미야자토도 미키도 내 제자의 성장을 기대하고 있어."

스승의 명령에 쿄는 새파랗게 질린 얼굴을 하고 있었다. 하지만 사실 마음속 바는 아주 조금 플러스로 기우는 순간이 있었다. 그건 나만이 알 수 있는 사실이었다. 근질근질했다. 마음의 움직임은 솔직하다. 거짓말을 하지 않는다. 두려움을 넘어선 흥분으로 인한 떨림이라니. 쿄, 멋지잖아.

"쿄는 기타에 문화제에 공부에 많이 바쁘네. 하핫. 그리고 진로에 대한 것도 생각해야 하고."

"미래 이야기에 한숨을 쉬다니 미키답지 않네. 한숨으로 하늘은 못 날아. 하지만 제트 분사기 정도라면 가능할지도 몰라."

일어나서 하늘에 날아오르려고 하는 파라를 무시하고 나는 엘과 쿄에게 눈짓했다.

"아무리 그래도 머리가 묵직해지는 문제야. 평생이 달린 문제니까."

"노브라를 한다면? 몸만이라도 가벼워질 거야."

일어선 파라가 자신의 가슴을 가까이 가져다댔기 때문에 목덜미를 잡아 의자에 앉혔다. 이 아이는 여전히 노브라로 등교하고 있기 때문이다.

마침 좋은 기회였기 때문에 엘과 쿄에게도 진로 상담을 받아볼까 했는데, 우리의 유쾌한 점심시간은 바보 같은 발언을 마지막으로 종소리를 맞이했다. 우리는 모범생이기 때문에 식기를 반납

하고 쓰레기를 버리고 각자의 청소 장소로 흩어졌다.

바보 같지만 제각각 다른 청소 장소로 향하는 우리의 모습에 1년 반 후에는 저마다 다른 길로 걸어갈 것이라는 생각이 들어 외로워졌다. 이런 일로 가슴이 먹먹하다니.

정말 파라가 말한 대로 나답지 않았다.

그날 방과 후, 오늘은 체육관을 사용할 수 있다고 해서 출연팀과 연출팀은 남아서 연습을 하게 되었다. 실전은 체육관에서 하기 때문에 커다란 무대에서 느낄 감각을 한정된 기회 안에 파악해야만 한다. 체육관에서 연습하는 것은 이게 세 번째였다. 모두의 긴장감이 핀 마이크와 바를 통해 전해져왔다.

나는 어떠냐고? 나는 완전 괜찮다. 히어로라는 건 연습에서도 실전에서도 강한 타입이기 마련이니까.

가능하다면 계속 출연하고 싶지만, 물론 각본상 내가 나오지 않아도 되는 장면도 있다. 나는 여자아이를 끌고 가려는 전투원들과 파라를 체육관에 남기고 혼자서 매점에 이온 음료를 사러 가기로 했다. 히어로에는 액션이 불가결하니 수분 보충도 필요하다.

문화제까지 일주일밖에 안 남아서인지 평소에는 조용한 방과 후 매점에도 아이들이 모여 있었다. 나는 페트병 이온 음료를 사서 그길로 체육관으로 돌아가려고 했지만, 식당 앞의 벤치에 앉아 있던 아이들을 발견하고 이온 음료수병을 냅다 집어던졌다.

"앗!"

"하핫. 그 정도도 캐치 못하다니 아직 멀었군."

"위험하잖아. 히어로 역이 폭력을 휘두르면 안 되지."

웃으면서 즈카가 도로 던진 이온 음료수병을 받아들고 나는 녀석의 곁에 앉았다.

"동아리 활동도 쉬고, 의상팀도 오늘은 쉬는 날이지 않아? 뭐하고 있었어? 아아, 쿄를 기다리고 있었구나."

"그래그래, 한가해서 말이지."

즈카의 마음의 바는 언제나 두 선이 평행하다. 음료수병이 날아왔을 때는 흔들린 주제에 나와 이야기할 때는 전혀 아무 생각도 하지 않다니, 뭐, 딱히, 상관없지만.

"체육관에 오면 되잖아."

"내가 가면 분위기가 달라지잖아."

즈카는 마치 자신의 능력처럼 재미있어하며 말하지만, 단지 단순히 이 녀석이 오면 남자아이들이 같이 소란을 피울 뿐이다. 민폐 덩어리 녀석.

"그렇구나. 그럼 즈카의 데이트 상대를 좀 빌릴 테니까 기다려."

"데이트라니 뭐야. CD 보러 가기로 약속했단 말이야."

"딱히 사지도 않으면서 가게 안에서 어슬렁대는 것뿐이잖아? 그러니 데이트지. 그것도 꽤 진지한 데이트. 아, 그래. 즈카가 쿄를 늘 붙잡아 가니까 엘하고 사이에 진전이 없잖아."

"뭐?"

와, 예전부터 즈카가 둔한 녀석이라는 건 알고 있었지만, 역시였다. 뭐, 자신의 일에도 둔하니 남의 일을 알 리가 없다.

"그러니까 엘이랑 쿄 말이야, 느낌이 좋잖아? 서로 이야기할 때도 즐거워하고."

바에 대해서는 철저히 숨기면서 이야기하는 내 능숙한 화법에 즈카는 아무 말도 하지 않았다. 아무 말도 하지 않았지만 이미 부아가 치밀었는데 거기다 멍한 얼굴로 나를 본 다음 한숨까지 쉬어서, 왜 열 받는지는 모르겠지만 일단 때려주었다.

"혹시 쿄한테서 들었어? 아님 작업 중인 엘한테서 들었어?"

"들은 건 아니지만, 거리낌 없는 거랑 그런 분위기는 다르잖아."

아는 척이나 하고. 내가 노려보자 즈카는 여자아이들에게 꺄악 꺄악 소리를 듣곤 하는 고요한 미소를 지었다.

"뭐야? 그렇게 침착하게 굴면 멋있다고 생각하는 거야? 그런 거야? 응?"

"어떻게 봐도 지금 그건 히어로의 얼굴이 아니니까 관둬. 그러고 보니 파라가 말했는데, 밋키, 뭐 고민하는 거 있어?"

"아, 응. 조금. 진로에 대한 걸로."

"늘 아무 생각도 없는 것 같더니 웬일이래."

"정말 그렇긴 해도 너한테 그런 소릴 들으니 열 받네."

"그러니까 그 얼굴 관두라니까."

가까운 거리에서 노려보자 즈카는 내 얼굴을 큰 손으로 덮어 되밀쳤다. 기타로 만들어진 파라의 딱딱한 손가락과 달리 운동으로 다져진 까칠까칠한 손이다. 방해된다고!

"그런 소릴 하는 너는 진지하게 생각하고 있어?"

"나는 해외에 취직하고 싶으니까 외국어학부."

"……그렇구나."

"국립으로 가면 학비도 저렴하니까. 아르바이트도 열심히 해서 생활비는 내 힘으로 내면서 대학생일 동안 해외에 나가고 싶어. 대학교 여름방학은 한 달 이상이라고 하잖아. 뭐, 국립이라면 수학도 필요하니까 얼른 눈이 빠질 만큼 공부하라고 요전번 면담에서 들었어."

아하핫, 하고 상쾌하게 웃어 보이는 즈카의 표정을 보고 나는 감탄과 초조함을 동시에 느꼈다. 자신의 장래에 대해서 진지하게 생각하는 점에 감탄과 초조함을 느낀 건 딱히 아니다. 그런 건 나도 생각하고 있다. 즈카가 나와 다른 것은 그 질문에 즉답할 수 있다는 점이다. 이미 5년지기인 친구의 확신과 자신감이 나를 놀라게 했다.

"우오오오오오오오오."

"왜 그래? 이번에는 당하는 쪽을 연습하는 거야?"

괴로워서 몸부림치는 내 모습을 보고 즈카는 꽤 즐거워하는 듯했다. 뭐가 어찌됐든 박치기를 하려고 즈카의 머리를 쥐었을 즈음에 옆에서 조심스런 목소리가 들렸다.

"미, 미키, 스승님이 불러. 그리고 즈카를 괴롭히는 건……."

돌아보니 그곳에 쿄가 있었다. 마음의 바가 어째서인지 마이너스 쪽으로 기울어 있었다.

"아냐! 오히려 내가 괴롭힘당하고 있었어! 미안 미안. 내 순서

82

지?"

진실을 가르쳐주었는데도 쿄의 바는 마이너스 쪽으로 여전히 기울어져 있었다. 게다가 내가 스카로부터 손을 놓자 조금 플러스 쪽으로 회복하다니, 친구를 생각하는 마음인 건가!

"그럼 난 도서실에 있을 테니 끝나면 데리러 와."

"공부할 거야?"

"아니, 선생님이랑 잡담할 거야. 아, 그래그래, 밋키."

기껏 일어났는데 뭐야. 고분고분하게 내가 스카의 손짓에 따라 가까이 다가가자 스카는 목소리를 죽이고 내 히어로 펀치를 부르는 말을 했다.

"파라 녀석, 왜 그래? 왠지 오늘, 더더욱 가슴을 들이대던데……."

"내가 알게 뭐야!"

파라의 노브라는 스카를 유혹하기 위해서일까? 스카를 마음에 들어 하는 모습은 전혀 보이지 않았던지라 전조가 없어서 의미를 영 알 수 없었지만, 그 바보라면 느닷없이 그런 행동을 취할 수도 있겠다는 생각이 들었다.

그러고 보니 오늘 아침, 신발장 앞에서 쿄와 만나 이야기하고 있을 적에 스카가 왔다. 내가 손을 들고 "안녕" 하고 말하자 어째서인지 파라가 달려와서 그 기세로 스카의 팔에 달려들어서 어딘가로 데리고 가버렸다. 곰곰이 생각해보니 파라가 이쪽을 향해 어설픈 윙크를 했던 것도 같다. 그건 대체 뭘까. 스카는 내가 맡겠다는 그런 뜻인가.

그런 생각을 할 때가 아니란 말이야, 이 녀석이든 저 녀석이든 하여간에.

어느샌가 문화제의 본무대는 모레로 다가왔고, 결국 진로에 대해서는 조금도 진도가 나가지 않았다. 아직 2학년 2학기니까 여유는 있다고들 하지만, 내 경우에는 뭔가 목표를 세우고 한눈을 팔지 않고 전력질주하는 방법으로 지금까지 여러 가지를 성공시켜왔다. 그러므로 막연하게 공부를 하다가는 무척이나 중요한 순간에 분명 모든 것을 망칠 수도 있다는 걸 쉽게 예상할 수 있었다. 사람에게는 저마다 성격에 맞는 방식이 있다. 그건 짧지만 십몇 년을 살아오면서 나 나름대로 발견해온 자신만만한 삶의 방식으로, 자연스럽게 가장 좋은 결과를 낼 수 있는 방법이다. 이제 와서 버릴 수 없다.

"무대의 윙에 있을 때부터 연기는 시작되는 거야. 어두워서 관객이 보이지 않더라도 자세를 바로잡고 있어야 해. 제일 첫 번째 관객은 윙에 같이 있는 동료들이야. 그러니 안심해도 돼. 서로가 멋있다는 거, 이미 모두 알고 있잖아."

다른 사람이었다면 분명 그날 밤 이불 안에서 떠올리고 괴로워서 몸부림칠 법한 겉멋만 가득한 말도 태연하게 말하는 리더, 파라의 노력도 커서 지금 문화제 준비는 완벽했다. 나의 고민과는 대조적으로.

"내일은 방과 후에 홀을 사용할 수 있을 테니 세트도 짜서 전체적으로 연습해보자. 음향이랑 조명 확인은 5교시에 체육관에서 하자. 괜찮아. 분명히 전부 다 잘될 거야. 예이예이."

"오!" 하고 갑작스럽게 시작한 구호인데도 그 자리에 있던 모두의 목소리가 한데 모였다. 묘한 카리스마에 이끌린 우리는 모두 동시에 웃음을 터뜨렸다. 게다가 그 자리에 있던 사람 대부분이 쇼의 역할 복장을 하고 있었기 때문에 왠지 즐겁디즐거웠지만, 그 와중에도 진로를 걱정하는 자신이 있으며 또 그런 어정쩡한 상태가 나답지 않다는 것도 알고 있어서 왠지 눈이 핑핑 돌았다.

제길, 진로도 어느 쪽이 자신에게 있어서 플러스고 어느 쪽이 마이너스인지 바가 보이면 좋을 텐데. 연인에 대해서도 친구에 대해서도 그다지 고민하지 않는 나를 이렇게까지 고민하게 할 줄이야. 진로라는 녀석은 강적이다.

"미키, 그 얼굴은 누굴 죽이려는 거야? 도와줄까?"

"……히어로가 그런 짓을 할 리가 없잖아!"

만약 고개를 끄덕였다면 내일이라도 살인 계획을 세워올 것 같은 파라는 내버려두고 신발장에서 얼른 로퍼로 갈아 신었다. 파라를 등지고 현관을 나서자 우리 학급 여자아이들이 돌아가지 않고 잔뜩 모여 있었다. 홀의 열쇠를 되돌려주러 간 나와 파라를 기다리고 있었던 것 같았다.

"미안, 기다려줬구나."

"아냐, 아냐. 아, 지금 이야기하던 건데 저 두 사람 왠지 미심

쩍은 관계처럼 보이지 않아?!"

그녀가 가리킨 방향을 보니 교문을 나가려고 하는 즈카와 쿄가 있었다. 사이좋게 나란히 걸어가며 시끄럽게 떠들지도 않는 모습은 확실히 대화가 들리지 않으면 오래 사귄 커플처럼 보였다. 오늘은 의상팀이 먼저 작업을 끝냈을 테니 또 즈카가 기다리고 있었을 것이다.

"친구 사이지만 마음을 말로 꺼낼 수 없을 뿐 서로 좋아하거나 하면 어떡해!"

그러고 보니 이 아이는 그런 취미를 가지고 있었지 하고 웃다가 나도 어제 비슷한 모습을 보고, 게다가 즈카에게 직접 그렇게 이야기했던 것을 떠올렸다.

"아니, 쿄는 여자애를 좋아하잖아. 사내아이 같은 면도 확실히 있고."

뒤에서 쫓아오던 파라가 느닷없이 그런 말을 했다. 파라도 역시 쿄와 엘이 좋은 느낌이라고 생각하는 걸까.

"내 제자는 용기를 좀 더 가져줬으면 해."

"하핫, 잘난 체하기는."

여름방학에 쿄를 제자로 받아들인 이후, 완전히 스승님 모드가 된 파라를 모두가 "스승님, 스승님" 하고 떠받들어주고 있었다. 기분이 좋아진 파라가 길에서 춤을 추기 시작하는 바보 같은 클라이맥스를 맞이하고 이날은 끝났다.

한 달 이상이나 남아 있던 준비 기간이 눈 깜짝할 사이에 지나가고 그다음 날은 이미 문화제 전날이었다. 파라는 여전히 노브라인 채로 숙녀의 비밀이라고 떠들었기 때문에 아프지 않은 어깨 펀치를 먹였고, 모든 것은 순조롭게 진행되는 듯했다.

하지만 여기서 한 가지 큰 문제가 일어났다. 악의 보스 역할을 맡은 남자아이가 자전거를 타다가 넘어져서 팔이 부러진 것이다.

전화 건너편에서 필사적으로 사과하는 그에게 파라는 "그만큼이나 주의하라고 말했는데"라는 원망하는 말은 일절 하지 않았다. "이런 타이밍에 부상을 당하다니 안 되겠네. 부러진 팔로는 아이스크림을 먹을 수 없을 테니 내가 대신 먹어줄게. 하겐다즈 세 개 말이지"라는 우스갯소리로 전화를 끊었다. 그리고 "어쩌지?"라고 모두의 걱정을 대표해서 묻는 나에게 태연한 얼굴로 말했다. "내가 하면 되잖아."

모두의 걱정과 달리 파라의 마음의 바는 즐거운 듯이 빙글빙글 돌고 있었고, 그날의 연습은 자질구레한 실수는 있었지만 거의 완벽했다. 게다가 그 자질구레한 실수는 파라가 아니라 다른 아이가 저지른 것이었다. 파라는 완벽하게 악의 보스 역을 해냈다. 그도 그럴 것이 대사와 흐름을 생각한 것은 파라였고, 개인별 연습 지도까지 하고 있었다. 하지만 지금까지 한 번도 연기한 적이 없을 텐데.

"할 수 있는 일은 뭐든지 다 해보자는 주의니까 일단 집에서 모두의 역할을 연습해봤어."

핀 마이크를 달았는데도 전혀 기죽지 않는 모습에 모두가 감탄하고 있자 뭘 생각하고 있는 건지 여전히 알 수 없는 얼굴로 파라는 말했다.

"미키가 결석이 아니라서 다행이야."

"……그래, 그건 맞아."

파라의 말에 나는 크게 납득했다. 분명 파라는 다른 등장인물 모두의 연기를 할 수 있었을 것이다. 하지만 확실히 파라는 히어로 역할만큼은 할 수 없다. 할 수 있는 건 다 해보는 재미지향주의인 파라는 공부나 취미만큼은 절대 게을리하지 않고 그 노력에 맞는 결과를 낸다. 따라서 언뜻 보기에 팟파라파인 만큼 완벽한 소녀(자기 입으로 말했다)로 보이겠지만, 그렇지는 않다. 파라는 절망적으로 운동 신경이 없다. 그래서 히어로 역할에 불가결한 킥을 파라는 아무리 노력해도 할 수 없다.

"그럼 나는 미키와 마지막으로 액션을 마무리만 해볼 테니까, 미야자토는 갑자기 미안하지만 로브 사이즈만 고쳐줘."

"응."

악의 보스 역할의 복장은 전신에 검은 로브를 뒤집어쓴 다음 여우 가면을 쓰고 지팡이를 짚기만 하면 되는 것으로, 이렇게 되고 보니 복장이 간단한 것이 천만 다행이었다.

"돌발 상황이 일어났지만 괜찮아. 불운은 전부 그 애가 가지고 가줬으니까. 오늘은 저녁을 맛있게 먹고 샤워를 하고 푹 자자. 그러면 분명 내일 하루는 무슨 일이 있어도 즐거울 거야. 해산."

파라의 격려인지 아닌지 알 수 없는 인사 후 다른 아이들은 모두 내일에 대한 기대와 불안을 가득 안고 홀을 나갔다. 한 사람, 또 한 사람이 줄어서 단 두 사람만 남자 이 넓은 공간이 외롭다기보다도 무척 무섭게 느껴졌다. 늘 오는 평범한 홀인데. 모두가 돌아가자 자신이 어디에 서야 하는지 알 수 없는 불안을 느꼈다. 한순간, 스윽하고 공기가 옅어진 기분마저 들었다. 이건 뭐지.

"파, 파라, 얼른 맞춰보자. 아, 내일은 아무리 그래도 노브라로 나오면 안 돼."

"헤헤헤, 글쎄."

파라의 바보 같은 음흉한 얼굴과 흔들리는 가슴을 보자 내 안의 불안은 사르르 사라져갔다. 오오, 설마 이쪽이 고민하고 있는 것이 바보 같아지는 파라의 파워가 이런 곳에서 도움이 될 줄이야.

액션의 합은 특별히 문제없이 끝났다. 기본적으로는 내가 움직이기만 하면 된다. 보스는 내 움직임에 맞춰서 지팡이를 움직이고 그 순서를 외우기만 하면 되기 때문에 50미터 달리기 13초대가 나오는 운동 실력으로 우리를 뒤흔들곤 하는 파라도 가능했다.

"미키, 완벽해. 나머지는 내가 내일까지 전력으로 악의 분위기를 만들어올게. 싫어하는 당근 전부 다 남길 거야."

"뭐야, 그게!"

땀을 닦고 운동복에서 교복으로 갈아입은 우리는 제한제*의

---

*땀이 많이 나는 것을 억제하거나 방지하는 약.

냄새가 가득 찬 홀을 잠그고 사이좋게 교무실에 열쇠를 반납하러 가기로 했다.

어둑어둑한 복도에 휘황찬란하게 빛이 새어나오는 교무실 앞에 도착하자 때마침 선생님이 나오고 있었다.

"선생님, 네. 여기 열쇠."

선생님은 "존댓말!"이라고 말하면서 열쇠를 받아든 다음 "죄송합니다"라며 웃는 우리에게 "조심히 돌아가. 특히 미키는 들뜨면 위험하니까. 내일 기대하고 있으마" 하고 응원을 해주었다.

"맡겨줘요. 멋있는 거 보여줄 테니까요."

"너 말이야" 하고 혼쭐을 내면서도 웃음 섞인 선생님의 말을 등지고 나와 파라는 달아나듯이 그곳에서 사라졌다.

나는 들뜨면 위험하다, 이때 선생님이 했던 말을 좀 더 진지하게 듣고 주의해야 했다. 나는 바로 후회하게 되었다.

푹 자고 아침도 든든하게 챙겨먹은 덕분에 컨디션은 완벽했다. 등교 중에 만난 반 아이들 모두가 저마다 긴장하고 있다고 했지만, 나는 잠자리에서 일어난 이후부터 흥분하고 있었다. 신발장에서 신발을 벗고 인사 겸 즈카의 등에 킥을 먹였다. 음, 컨디션은 좋다.

파라는 리더니까 오늘 정도는 긴장하고 있을 거라 생각해서 아침에 제일 먼저 말을 걸었지만, 어제 예고대로 악의 분위기를 진심을 다해 만들어왔는지 공허한 눈에 일인칭이 '이 몸'이 되어 있었기 때문에 도시락에 들어 있던 당근을 억지로 먹여서 제정신으로 되돌렸다.

"밋키 대단하네. 나는 어제부터 긴장돼서 밤에 잠도 설쳤어. 파, 파이팅이야."

출연하는 것도 아닌데 우리보다 더 긴장하는 귀여운 엘이 파라용으로 고쳐온 의상도 입혀보니 딱 맞았다. 참고로 원래 악역이었다가 뼈가 부러진 아이는 미안한 듯이 교실에 들어온 순간, 즈카를 필두로 한 남자아이들에게 잡혀서 기브스가 낙서투성이가 되었다. 충분히 행동을 조심하지 않았던 벌로는 그 정도가 딱 좋았다.

아침에 음향조명담당인 아이들과 파라는 체육관으로 최종 확인을 하러 갔다. 파라가 돌아와서는 체육관 창문에는 암막이 쳐져 있어서 시작되기 전 암전 중일 때 평소보다 무대 윙이 어두워진다는 사실을 전했다. 하지만 움직이는 것은 기본적으로 밝아지고 나서부터이기 때문에 문제는 없었다.

의상과 잡동사니를 체육관 내 도구실에 옮기고 나자 모든 것이 준비완료! 나머지는 멋진 모습을 보이기만 하면 되었다.

아침 조례가 끝난 후, 우리는 규칙적으로 복도에 나란히 서서 순서대로 체육관으로 조용히……가 가능할 리가 없지. 모두 긴장감과 고양감이 몸속에서 날뛰고 있었다.

"기대된다!"

출석 번호 순서대로 내 뒤에 서 있는 엘을 돌아보자 그녀는 몇 번이고 눈을 깜박이고 나서 "히, 힘내!" 하고 여느 때보다 큰 목소리를 냈고, 그 바람에 우리 둘은 뒤에 있던 선생님에게 주의를 받았다. 하지만 고작 그런 걸로 우리의 긴장감이 가라앉을 리가 없었다.

체육관 앞에 도착해서 크게 숨을 들이쉬고 발을 한 걸음 내딛자 체육관 안에는 여느 때와 다른 공기가 가득 차 있었다. 기대와 긴장과 불안과 고양감, 그리고 무엇보다 심장 고동소리가 체육관을 진동시키고 있는 듯했다. 모두의 마음이 분주했다. 반 아이들 모두의 바가 여느 때와는 다른 움직임을 보이고 있었다. 플러스로 기울었다가 마이너스로 기우는 등 바빴지만, 단 한 사람 파라만이 변함없이 바를 빙글빙글 돌리고 있었다.

좋잖아, 멋지잖아, 이거 최고잖아.

오늘의 프로그램은 우선 동아리별 퍼포먼스부터 시작된다. 댄스, 밴드, 합창이 있고, 학급별 공연이 전부 끝나고 나면 연극부가 마지막을 장식한다. 실은 우리 학교 연극부는 상당한 전통이 있어 매년 하는 뮤지컬은 학교의 명물이기도 했다. 이번에 우리 반에서 음악이나 조명을 담당하는 팀의 리더도 연극부 아이로, 그 아이 덕분에 파라의 각본이 보다 화려해졌다. 연극부 공연에서는 그 아이도 출연을 하는 모양이었다. 그쪽도 기대되었다.

학급별로 나눠진 좌석에 앉자 즉시 개회식 인사가 있고 나서 공연이 시작되었다.

댄스도 밴드도 합창도 다들 훌륭했고 다른 반 친구가 공연에 나오기도 해서 즐거웠지만, 마음은 우리가 하게 될 활약을 향해 쭉 쏠려 있었다.

동아리별 퍼포먼스가 끝나자 체육관에는 큰 박수가 울려 퍼졌다. 이어서 드디어 무대 공연을 선택한 다섯 학급이 순서대로 쇼를 공개하는 순서가 찾아왔다. 15분의 휴식 시간 동안 맨 처음 학급이 무대 준비를 진행하는 사이, 두 번째 학급도 도구실에서 준비를 해야만 했다. 우리는 두 번째였다. 도구실은 두 개 있어서 남녀로 나눠져 준비를 할 수 있지만, 사람이 많이 들어갈 수는 없어서 우선은 출연자만 도구실에서 옷을 갈아입었다. 소도구팀과 의상팀은 첫 학급이 쇼를 끝내고 출연자가 윙으로 이동하고 나서 막이 닫히는 동안에 서둘러 무대를 설치했다. 물론 그것도 어제까지 꼼꼼하게 연습했다.

우리 출연자가 올라가자 반 친구들 모두가 저마다 "힘내!" "기대하고 있어!" 하고 소리를 질렀다. 원래는 세트 작업을 하기로 되어 있던 파라도 원래 악의 보스 역할이었던 남자아이와 부러지지 않은 쪽의 주먹을 맞대 마음을 전해받고 도구실로 이동했다. 이동하는 쪽도 기다리는 쪽도 모두의 마음의 바가 플러스로 마이너스로 왔다갔다하고 있었다.

도구실의 시큼한 냄새는 중학교 시절에 육상부였던 나를 마치 시합 전 같은 기분으로 만들어주었다.

"근데 엘 대단하네."

내가 히어로 슈트 위에 헐렁한 운동복을 입고 있는데 뒤에서 직장인 역의 아이의 목소리가 들렸다.

그녀는 내 슈트에 대해서 말하고 있었다. 파라의 주문을 받고 내 의견을 받아들여 엘이 디자인했다. 의상팀의 노력의 결정체. 할당된 예산의 대부분을 사용하는 바람에 선생님이 개인적으로 돈을 보태서 만들어진 걸작.

"하핫, 이제 와서 엘의 대단함을 알아차린 거야?"

"밋키가 키운 건 아니잖아. 하지만 미키가 아니었다면 모른 채 지냈을지도 모르긴 해. 최근에 드디어 이야기를 나누게 된 건 밋키 덕분이긴 하지."

"엘은 의상을 공부하는 대학을 목표로 하고 있대."

"딱이네"라고 그녀가 말했을 때 남자용 도구실에 갔던 파라가 들어왔다. 나는 입가만 가린 멋진 히어로 마스크를 들고 교복 차림인 파라에게 다가갔다.

뭔가 말을 걸려고 했는데 때마침 첫 번째 공연이 시작된 듯했다. 큰 박수가 들려와서 정신이 잠시 팔렸다 차려 보니 내 심장에 주먹이 닿아 있었다.

"부탁할게. 미키한테 달려 있어."

바보처럼 웃는 파라. 나도 파라의 가슴 중앙에 주먹을 가져다 댔다.

"맡겨줘."

20분 후, 첫 번째 학급인 3학년 선배들이 《어린 왕자》 연극을 끝냈다. 어린 왕자의 팬인 나는 연극을 제대로 보고 싶었지만 막이 닫히자 그런 생각도 바로 잊었다. 우리는 의상을 입은 모습을 숨기면서 윙으로 이동했고, 그사이에 다른 모두가 세트를 만들었다.

윙에서 모두가 심호흡을 하거나 손발을 털면서 긴장감을 풀려고 하고 있었다. 내 옆에는 지나가는 사람 역을 맡은 쿄가 있었고 그의 바도 계속해서 움직이고 있었다. 마치 평소 나와 이야기할 때처럼.

이윽고 무대 위에서 사람이 사라지고 사회 진행을 맡은 학생회 사람이 막 안으로 들어와 확인했다. 드디어다. 단 20분에 담긴 우리의 한 달이 공개되는 때가 찾아왔다.

"다음은 2학년 1반의 히어로 쇼입니다. 여러분, 부디 어린 시절로 돌아갔을 때의 마음으로 즐겨주십시오."

방송이 울려 퍼지고 조명이 모두 꺼졌다.

막이 열리고 불이 들어올 때까지 시간이 조금 걸렸다. 갑작스러운 암흑에 아무것도 보이지 않았다. 바도 그 사람의 얼굴이 보여야 보인다. 그러니 이것이야말로 진정한 어둠이었다.

그런 와중에 속닥대는 목소리만이 객석에서 들려오면서 두드러지는 고요함이 나에게 한 가지를 가르쳐주었다.

내 심장 소리가 명백하게 평소보다 컸다.

아, 큰일이다, 나, 좀 긴장했나?

정신을 차리고 보니 바닥도 왠지 일렁이는 듯하고 등 뒤에는 이상한 땀이 흐르고 있었다.

오랜만에 맛보는 이 느낌, 이거, 긴장감이다.

아아, 나한테 달렸는데, 내가 히어로인데, 큰일이다.

나갈 차례가 얼마 안 남았는데 괜찮으려나? 나. 괜찮겠지? 누가 괜찮다고…….

"괜찮아."

어둠 속에서 그 목소리가 또렷하게 들렸다.

차갑게 느껴지던 손가락. 정신을 차리고 보니 왼손이 누군가에게 쥐여 있었다. 파라처럼 딱딱하지 않았다. 하지만 건조하면서도 탄력 있는 단단한 손가락이 내 손가락을 감싸고 있었다.

누구 손가락일까, 내가 알아차리기 전에 손은 떨어져나갔고, 몇 초 후 어둠이 걷히고 동시에 무대에는 지나가는 사람 역의 세 사람이 얼굴을 내밀었다.

왼손에 남은 체온과 전해져왔던 미세한 떨림. 손을 쥐자 긴장감은 어딘가로 사라져버렸다. 아니, 아니다. 긴장감은 아직 이곳에 있다. 하지만 손을 쥐자 긴장감은 어느새 다른 것으로 바뀌려하고 있었다.

아아, 이거라면 해낼 수 있어.

나는 가슴에 솟구친 것을 왼손으로 꽉 쥐고, 먼저 무대에 나가 있는, 남자아이치고는 가냘픈 등을 향해 입 밖으로 말을 꺼내지 않고 감사 인사를 했다.

긴장을 아군으로 삼았으니 나머지는 이쪽의 몫이다.

쇼는 연습대로 매끄럽게 진행되었다.

음향이나 조명은 연극부의 프로가 조작하고 있어서 처음부터 걱정할 필요가 없었다.

마이크를 쥐고 앞에 서 있는 내레이션을 하는 남자아이는 방송부라서 그런지 역시 발음이 좋았다.

연기를 하는 모두가 긴장감을 아군으로 삼았는지, 맨 처음에 무대에 나간 지나가는 사람의 태도나 괴인에게 쫓기는 직장인 역 아이들의 대화도 연습대로 완벽했다.

여기서 나와 파라와 또 다른 아이 하나가 여고생 역으로 등장했다. 대수롭지 않은 대화를 나누지만, 곳곳에 나오는 개그 멘트도 확실히 반응이 좋았다. 다행이었다.

전반의 일상 파트에서는 꼼꼼하게 히어로나 악의 집단의 존재를 대화로 언급해놓고, 정말 나쁜 녀석은 착한 사람 속에 있을지도 모른다는 복선도 깔아놓았다. 물론 일반인 중에 노골적으로 이상한 녀석도 넣어놓아서 엉뚱한 곳으로 관객을 이끌기도 했다. 하지만 실은 파라가 끼고 있는 손목의 밴드에 전투원들의 전신 타이즈에 붙어 있는 것과 같은 마크가 표시되어 있었다. 이 장치는 관객들이 알아차리는 정도면 된다는 게 파라의 의견이었다. 그녀는 연극 내내 팔목 밴드를 보란 듯이 강조했다.

이윽고 조명이 어두워지고 요상한 음악이 흐르기 시작했다. 그러자 전신 타이즈를 입고 악의 전투원으로 분한 남자아이들이 등장했다. 여학생이 비명을 지르고 전투원들에게 끌려갈 위기에 처했을 때 여자아이들이 히어로의 이름을 불렀다. 하지만 히어로는 바로 나타나지 않는다.

　실은 이 시점에서 파라를 무대 위에 남기고 나만 퇴장했다. 윙에서 체육복을 벗고 그 아래 입고 있던 슈트에 장식품을 장착하고 재빨리 갈아입었다. 그 사이에 무대에서는 내레이션을 하던 남자아이가 관객들을 부추긴다. 내 쪽은 마스크를 끼고 준비만반의 태세를 취하고 있을 때 흥겨워진 관객들이 다 함께 히어로를 부른다. 여기서 등장한다!

　등장하자마자 전투원들을 차례대로 쓰러뜨리며 일반인들을 등지고 악을 때려눕히는 히어로. 하핫, 멋있어!

　히어로 전대물을 흉내 낸 액션으로 전투원들을 전부 무찌르고 나자 갑자기 우레 같은 소리가 울려 퍼진다. 윙에서 정말 강해 보이는 의상을 걸친 괴인 역, 반에서 가장 몸집이 큰 남자아이가 등장한다. 모두가 두려워하는 와중에 오직 나만이 용감하게 맞선다. 여기서 잠시 고전을 면치 못하지만, 곧 다채로운 공격으로 괴인을 격파한다. 전투원들이 유쾌하고 즐겁게 흩어져 물러난다.

　이걸로 마을에 평화가 돌아왔다!……고 생각할 때, 어느새 사라져 있던 파라의 큰 웃음이 윙에서 울려 퍼진다. 그리하여 등장하는 것이 최종 보스, 알맹이는 팟파라파. 무려 친구가 적이라는 사실에 동요하는 나. 원래는 여기서 비련의 분위기를 풍기기 위해 보스를 남자아이로 설정했지만, 지금은 어쩔 수 없다. 친구와 보낸 지금까지의 일상이 연기였다는 사실을 알고 슬퍼하는 히어로. 하지만 평화를 지키기 위해서다. 맞서야 한다.

하지만 역시 보스는 보스. 음악에 맞춰 흔드는 지팡이에 나의 공격은 모두 튕겨나가고 결국에 나는 이상한 요술에 쓰러지고 만다. 위험에 빠진 히어로.

여기서 일반인 역할 아이들이 다 함께 히어로를 부른다. 이어서 내레이션이 관객들을 유도한다. 역시 반응이 좋은 관객들의 목소리에 힘을 얻은 내가 일어나 음향 조명 효과를 충분히 사용하고 나서 기술 이름을 외치고 킥!

연습 때 파라는 이때 어떻게 해야 하는지 내게 알려주었다. "온 힘을 다해 걷어차!" 나의 온 힘을 다한 킥을 안 보이게 보호대를 장착한 파라의 어깨에 날리자 파라는 우스꽝스럽게 넘어졌다.

마지막 대사를 말하고 숨을 거둔 보스를 질질 끌고 윙으로 데리고 가는 전투원들. 여우 가면만이 남자 그것을 본 주변의 모두로부터 환호성이 일어난다. 내레이션으로 관객에게 박수를 유도한다.

여기서부터 나는 조금 복잡한 연기를 해야 한다. 악은 쓰러뜨렸다. 하지만 히어로는 순순히 기뻐할 수 없다. 친구가 악의 화신이었다는 것, 자신의 손으로 쓰러뜨렸다는 것에 번민한다. 그 슬픔을 짊어지면서 이 평화를 누려야 한다는, 파라의 말에 따르면 누군가에게 책임을 강요해서 성립되는 평화를 무자각하고 무책임하게 구가하는 우리 인류 모두에 대한 경종이라나 뭐라나 하는 메시지를 전해야 한다. 꽤 까다롭다.

하지만 어찌되었든 결과적으로 이 평화가 얼마나 소중한 것인지 깨달으며 마지막은 무대의 모두와 기쁨을 나눈 다음 내가 결정적 대사를 날리고 끝나게 된다.

이게 우리가 이번에 만든 히어로 쇼였다.

그리고 지금, 마침내 마지막 대사만 남았다.

나는 무대 위에서 직장인 역할을 하는 아이의 대사를 들으며 어깨에 들어간 힘을 조금 뺐다.

여기까지 오면 드디어 안심할 수 있다. 이제 고비는 없다. 연습에서도 실수는 한 번도 없었다.

윙에 있을 때 느끼던 긴장감도 지금은 거짓말 같았다.

핀 마이크에 소리가 들어가지 않도록 조심스럽게 숨을 쉬고 나는 비로소 느긋한 마음으로 주변을 들여다보았다. 여기에 도달할 때까지 엄청나게 힘을 쏟았다.

무대 윙을 힐끗 쳐다보니 만족스럽게 미소 짓는 파라의 모습이 보였다. 객석을 보니 걱정스럽게 양손을 모으고 있는 엘. 싱글벙글 웃으며 이쪽을 보고 있는 즈카. 그리고 무대 위에도 너무나도 좋아하는 반 친구들. 그리고 조금 전에 용기를 준, 대사가 없으니까 핀 마이크도 달고 있지 않은 배역명 '지나가는 사람B', 하핫.

아아, 뭐랄까.

즐거웠어, 요 한 달.

무대 위에서 갑자기 그런 생각을 했다. 파라의 뜬금없음이 옮았을지도 모르겠다.

갑자기 행복하다는 생각이 들었다.

정말 모두 굉장한 아이들이다. 의상도 세트도 음향도 조명도 모두의 재능과 노력과 근성이 없었더라면 불가능했다. 그런 아이들에게 둘러싸여 이런 일을 해낼 수 있어서 나는 행복하다.

애초에 이 무대 자체도 파라의 큰 야망이 없었더라면 출발조차 할 수 없었다.

평소에는 건성인 데다 진짜 바보인 그 아이. 평소엔 부끄러우니까 본인에게는 입이 찢어져도 말하지 못하지만……

자신이 하고 싶은 것을 전부 알고 있고, 그것을 주저 없이 해내려고 한다.

그에 비해 최근의 나는 계속해서 우물쭈물대고 답답하게 굴었다는 사실을 스스로도 알고 있었다.

자신의 미래조차 어떻게 해야 좋을지 쭉 고민하고 결정하지 못한 채 여러 가지 플러스와 마이너스가 머릿속에서 소용돌이쳤다.

아아, 나도 다른 아이들처럼 될 수 있다면. 멋있게 자신이 하고 싶은 일에만 매진할 수 있다면.

"……………………………………."

"…………어라?"

그쯤에서 나는 내가 믿을 수 없는 행동을 하고 있다는 사실을 마침내 알아차렸다.

믿을 수 없다.

나는 멍하니 있었다.

여전히 무대 위에 서 있는데도 생각에 잠겨서 멍하니 모든 것을 잊고 있었다.

그래서 기다리다 못한 옆에 있던 아이가 어깨를 콕콕 찔러 줄 때까지 지금이 자신이 대사를 쳐야 하는 순서라는 사실을 알아차리지 못했다.

으앗, 안 돼. 설마 이런 상황에서 실수를 하다니.

다급하게 자신의 대사를 핀 마이크로 모두에게 전하려고 했다. 대본으로 치면 단 세 줄. 쇼의 끝을 알리는 마지막 대사다.

안 돼, 안 돼, 정신 차리고 말해야지. 이 쇼에는 모두의 추억과 파라의 꿈이 걸려 있으니까.

걸려 있으니까…….

(밋키?)

옆에 있던 아이가 걱정스러운 시선을 통해 말을 걸고 있다. 알고 있다. 내 대사다. 나의 대사다…….

마지막 대사는 객석 쪽을 향해 당당하게 말해야 한다. 우선은 그것을 떠올리고 객석 쪽으로 반만 향해 있던 몸을 정면으로 돌렸다. 그러자 나를 비추는 빛이 눈에 들어왔다.

그 순간이었다.

이런 적, 이제까지 없었는데.

빛이 마치 머릿속까지 스며들어오는 것처럼.

내 안의 모든 것이 새하얘졌다.

"……어, 어…………어라?"

구멍에 떨어진 줄 알았다. 무한하게 이어지는 빛의 구멍, 한번 떨어지면 멈추지 않는 구멍. 지금까지 쌓아왔던 기억으로, 추억으로 필사적으로 손을 뻗으려고 하는데도 나는 자꾸만 떨어질 뿐 아무것도 걸리지 않았다.

아, 아아아, 아아, 어라, 아, 아아, 뭐였더라.

내 침묵이 지나치게 길어지자 무대 위에 있는 모두가 초조해하는 게 등에 전해져왔다. 그것이 객석에 전염되어 웅성거림을 일으켰다. 오감만은 묘하게 민감해서 그 웅성거림을 들을 수 있었다. "무슨 일이래?" "대사를 잊은 건가?" "여기서?" "안 됐네."

기다려, 아니, 아니야, 아니란 말이야. 기억하고 있어, 기억하고 있다고. 그렇게나 열심히 연습했는걸.

빨리 빨리 빨리 뭔가 말해야 해. 알고 있어!

그렇게 생각하는데 아무것도 떠오르지 않았다. 생각나지 않았다.

안 돼, 안 돼, 안 돼.

기껏 용기를 북돋아줬는데.

모두의 추억이 걸려 있는데.

파라의 꿈이 걸려 있는데.

이대로는 내가 다 망치게 될 거야.

알고 있는데 말이, 아무것도 나오지 않아.

왜, 어째서.

너무 꽉 막혀버려서인 걸까. 목을 막고 있던 말이 눈으로 돌아서 나온 것일까. 목소리 대신 눈물이 나왔다.

'미키는 들뜨면 위험하니까.'

아아, 이런 중요한 때에 어째서…………

부드러운 바닥이 발밑에 다시 닿았다. 조금 전보다 훨씬 부드러워서 다리에 힘이 들어가지 않아 당장이라도 무릎을 꿇을 것 같았다.

쓰러지다니 절대로 안 돼!

필사적으로 버티고 있지만, 하지만…… 실은 정말로 아슬아슬한 순간이었다.

쓰러지지 않은 것은 그런 내 몸에 갑자기 옆에서 무언가가 부딪혀 와 버팀목이 되어주었기 때문이다.

패닉 상태인 와중에도 뭐가 나한테 휘감겨 붙은 건가 보려고 시선을 돌렸다. 그때 한층 커진 웅성거림 속에서 귀에 스며드는 목소리가 내 뇌에 도달했다.

"괜찮아, 미키. 걱정하지 말고 심호흡을 하면 돼."

"…………파라?"

마침내 알았다. 파라가 나를 안아주고 있었다.

이미 파라는 핀 마이크를 빼고 있었다. 그래서 무심코 나온 내 목소리만이 체육관 내에 울려 퍼졌다. 하지만 그 말이 쇼를 엉망진창으로 만들고 있다는 사실을 나로서는 알 수 없었다.

알고 있던 것은, 지금 파라는 무대에 서 있어서는 안 된다는 사실이었다.

"파라, 나오면 아, 안 돼."

"응?"

"바보. 파라의 꿈이, 대학교가, 목표가 엉망이 될 거야. 바가 마이너스가 될 거야."

스스로도 무슨 말을 하는지 도무지 알 수 없었다. 하지만 전부, 그 자리에 있던 모두에게 들리고 있었다. 패닉에 빠진 내 상황을 헤아려준 것일까. 객석이 두려울 만큼 고요했다.

그래서 파라의 말도 내 핀 마이크가 주워 담았다.

"미키가 울고 있잖아."

무슨 소릴 하는 거야.

"그것보다 파라의 꿈이……."

"친구가 곤란해하는데 이득 같이 어려운 걸 생각하면 분명 나는 바보가 될 거야."

아니잖아. 보통은 어렵게 생각 안 하니까 바보인 거잖아…….

내 마음 따윈 모르는 것처럼 파라는 내 몸을 세차게 끌어안았다. 그러고 나서 이번에는 나한테만 들리도록 "나머지는 맡겨줘"라는 말을 남기고 로브 차림인 채 성큼성큼 내레이션을 하는 아이에게 걸어갔다. 대체 어쩔 생각일까. 어떻게 뒤처리를 할지 보고 있는데, 파라는 무려 내레이션 역할을 하는 아이에게서 마이크를 빼앗아들고 관객을 향해 말하기 시작했다.

"여러분, 죄송합니다. 우리는 여러분께 용서를 구해야 할 일이 있습니다."

미안, 나 때문에…….

"죄송합니다, 우리는 연기를 하고 있었습니다."

아니, 알고 있어. 모두의 머리 위에 분명 말풍선이 떠 있을 테다. 내 위에도. 그래서 즉 이 시점에서는 파라가 하고 싶은 말을 분명 아무도 이해하지 못했을 것이다.

"연기를 하고 있었습니다. 저는 어느 날 생각했습니다. 다툼이 끊이질 않는 이 세계에서는 누군가를 강대한 악으로 간주하고 일치단결하는 것 말고는 더 이상 사람들이 하나가 될 수 있는 방법은 없다고 생각했습니다. 그리 생각한 저는 부득이하게 강대한 인류의 적이 되기 위해 이렇게 악의 화신으로 모습을 바꾸었습니다. 하지만 사람들이 악을 쓰러뜨린 후, 리더로서 사람들을 통솔할 인간이 필요하다고 생각했습니다. 그래서 친구인 그녀에게 억지로 정의의 아군 역할을 부탁했습니다. 예정대로 그녀에게 패배한 저는 이제 두 번 다시 사람들 앞에 모습을 드러내지 않으려 했습니다. 하지만 그녀는 저 한 사람에게 책무를 짊어지게 하는 것을 견디지 못했습니다. 그리고 저도 슬퍼하는 친구를 혼자 두는 것을 참을 수 없었습니다. 우리 계획은 실패했습니다. 다름 아닌 우리들의 무른 감정 때문에. 우리는 가짜 히어로와 가짜 악인이었습니다. 하지만 생각해보시길 바랍니다. 다음에 만약 진짜 악인이 나타났을 때 반드시 진짜 히어로가 나타날까요? 지금 손을 맞잡지 않으면 이제 늦었을지도 모릅니다. 이건 그런 이야기입니다."

파라가 그렇게 말하자 클래식 음악 엔딩 테마가 흐르고 조금씩 조명이 좁아지며 이윽고 어두컴컴해졌다. 그러고 나서 막이 내려가고 하나, 둘 박수가 드문드문 들렸고 이윽고 확신이 섞인 커다란 박수로 바뀌었다.

"이건 그런 이야기입니다." 원래는 내가 말해야 하는, 끝을 의미하는 말이었다. 하지만 그건 파라가 말한 것 같은 맥락에서 하는 대사가 아니었다. 파라가 지금 말한 것은 각본 어디에도 쓰여 있지 않은 새로운 대사였다.

문득 깨달았다. 어쩌면 파라는 내가 실패할 것을 예상하고 다른 엔딩을 준비한 것일까. 미안함과 서운함을 가슴에 끌어안고 핀 마이크를 뺀 다음 어둠 속에서 떨리는 목소리로 파라에게 "고마워"라고 말하자, 파라는 "햐" 하고 이상한 소리를 내고 나서 말했다.

"즉흥으로도 어떻게든 가능하구나. 마이크를 건네받고서 어떻게 해야 할까 싶었어."

진짜야? 그 상황에서 계산도 하지 않고 그런 대담한 행동을 하다니, 역시 이 아이는 팟파라파다. 대참사가 일어날 수도 있었는데. 실패가 전부 자신의 책임으로 돌아올 수도 있었는데. 나한테 책임을 전가하면 됐을 텐데.

하지만 성공했다. 아니 성공이라고는 말할 수 없다. 다만 이득을 생각하지 않는 바보가 온 힘을 다해 어떻게든 마침표를 찍었다.

아아, 이 아이에게는 말하지 않으려 했는데. 너무 부끄러우니까. 하지만 눈가에 남은 눈물 한 방울이, 상대를 기쁘게 할 마음은 없었는데도 그만 흘러 떨어지고 말았다. 파라는 역시 굉장해.
다음 학급이 준비하기 위해 조명을 켜자 모두의 얼굴이 마침내
제대로 보였다. 다들 똑같이 안심한 얼굴을 하고 있었다. 나는
얼굴이 엉망이었겠지. 단 한 명, 파라만이 웃고 있었다.

플러스도 마이너스도 아닌, 빙글빙글 도는 바를 가슴에 지닌
채 웃고 있었다.

멋있네, 제길.

끝난 후에는 눈물을 쏟아내면서 모두에게 사과했다. 솔직히 기
억나지 않을 만큼 울었기 때문에 그 일을 제대로 설명하기란 어
렵다. 기억하고 있는 것만 말하자면, 모두가 웃으며 "믹키도 긴
장하는구나"라든가 "솔직히 파라가 안 나섰다면 제대로 대사 쳤
을 거야!"라는 다정한 말을 해준 것만큼은 기억하고 있다. 뭐, 여
하튼 그날 밤까지 나는 기분이 땅끝까지 처졌지만. 여러 가지를
생각하다 잠이 들어 아침이 되자 상쾌해졌다. 계속해서 질질 끌
어봤자 어쩔 수 없는 일이니 말이다.

일요일, 오늘은 우리가 어제 열심히 뛰었던 만큼 푹 쉬어도 되
는 날이었다. 다른 반이 준비한 노점을 종료 시간까지 즐기면 된
다. 끝난 후에는 역 앞 햄버거집에서 뒤풀이를 했다. 월요일도
대체 휴일로 쉬니 문화제 만만세다.

파라나 엘 등의 여자애들끼리 노점을 돌며 여러 가지를 먹거나
마셨다. 도중에 동아리 노점에서 일하던 즈카를 놀리는 것도 잊

지 않았다. 참고로 나와 파라가 덤을 요구하자 내성적인 엘의 와플만 4단으로 내주는 케케묵은 심술을 당해서 돈을 내려던 주먹이 그만 스카의 어깨에 명중하고 말았다.

그런 것도 포함해 즐거운 시간이었지만, 사정이 있어서 나는 혼자 무리에서 일단 빠지기로 했다.

어떻게든 오늘 이야기하고 싶었던 사람이 안뜰에 혼자 앉아 있는 것을 발견했기 때문이다.

이상한 오해를 받으면 그가 가엾기 때문에 친구들에게 대충이나마 변명을 한 다음 나는 타코야키를 먹고 있던 그에게 다가갔다.

"야, 쿄."

내가 말을 건 순간, 그는 벤치에서 튕겨 오르듯이 벌떡 일어났다. 자칫하다간 타코야키를 떨어뜨릴 뻔한 것을 내가 다급히 저지했다. 콜록콜록 기침을 하는 그의 바는 오늘도 침착하지 못했다.

"미, 미키, 무슨 일이야? 미야자토네랑 같이 있던 거 아니었어?"

"응, 같이 있다 왔어."

"가, 같이 있다가? 그럼 뭔가 용건이라도 있어서 온 거야?"

"응? 응."

질문에 대답하고 나자 왠지 내가 지금부터 말하려고 하는 게 굉장히 쑥스러운 일처럼 느껴졌다.

"미키?"

에이, 뭐 어때.

"고맙다고 인사하러 왔어."

"인사?"

쿄가 고개를 갸웃거렸다.

"응, 어제 무대 윙에서 쿄가 소, 손을 잡아준 덕분에 꽤 차분해졌어. 뭐, 마지막에는 실수했지만 정말 감사하고 있어. 고마워."

그 손의 감촉이 어째서인지 아직 남아 있었다.

감사 인사를 전했다. 그러면 서로 멋쩍은 웃음을 짓고 부끄러워할 것이라고 생각했다. 그런데 쿄의 반응은 내 예상과 전혀 달랐다.

쿄는 고개를 더욱 갸웃거리며 마치 머리 위에 거대한 물음표라도 띄우고 있는 듯한 표정을 지었다. 쿄는 얼굴을 새빨갛게 물들이고는 고개를 가로저으며 이렇게 말했다.

"나, 난, 미키의 손을 잡지 않았어."

"어? 잡았어! 어제 옆에 있었잖아? 손잡고 괜찮다고 말해줬잖아."

"손은 안 잡았어. 괜찮다는 말은 분명히 했지만, 그건."

그리고 쿄는 예상을 뛰어넘는 사실을 말했다.

"그건 스승님이 윙에 있을 때부터 연기는 시작된다는 말을 했기 때문이야. 나는 틀림없이 긴장할 테니까 어깨를 두드리면서 자신에게 타일러주는 연기를 하면서 '괜찮아'라고 말하라고 들었어. 소, 손은 진짜 안 잡았어."

"…………."

아아, 대충 이해했다.

그렇구나, 암막에 대해 어제까지 말하지 않았던 거나 쿄의 손을 사전에 미리 내게 만지게 하거나 어쩌면 내가 결석이 아니라서 다행이라고 말했던 것까지.

어렴풋이 이해한 뒤 나는 갑자기 이상한 감각에 사로잡혔다. 꽤 오랜만에 느끼는 감각이다. 자신이 끌어안고 있던 감정이 착각이라는 것을 알고 창피스러워지다니.

"뭐, 뭐어, 그치만 그 말로 나는 용기를 얻었으니까 고마워. 미안, 볼일이 좀 생겼어. 즈카도 이제 곧 노점 당번이 끝날 테니까 가보는 게 좋겠어. 그럼 나중에 또 봐."

말을 쏟아낸 뒤 나는 이유는 모르지만 뜨거워지는 얼굴을 숨기기 위해 등을 돌렸다. 미안, 쿄가 잘못해서가 아냐. 정말로.

우선은 파라를 붙잡아야겠어.

하지만 파라와 단 둘이 있을 타이밍은 뒤풀이 때까지 기다려도 찾아오지 않았다. 그래서 어쩔 수 없이 모두가 해산한 후에 파라네 집으로 가기로 했다.

파라네 집까지 가는 도중에 겨우 그 이야기를 꺼내자 파라는 "아차"라고 말했다.

"잘하라고 했는데."

"역시 네 장난이었어!"

"들켰으니 어쩔 수 없군. 응, 손은 내가 잡았어."

"하지만 파라 손처럼 딱딱하지 않았어. 그리고 오른손이었어."

"말했잖아, 가르치기 위해서 처음부터 다시 연습하기 시작했다고."

파라는 오른손을 내밀었다. 그쪽은 확실히 그때와 감촉이 같았다.

"쿄한테 맞추려고 오른손으로도 연습하고 있어. 같은 시기에 시작했으니까 단단하기가 거의 비슷하겠지."

"진짜네. 아니 잠깐만, 목적은 모르겠지만. 혹시 쿄가 나를 어려워하는 걸 극복시키려고 한 거야?"

파라는 무표정인 채 맞장구를 쳤다.

"아무렴 그렇지."

"어라, 그렇다면 직접 손을 잡게 하는 게 더 낫지 않아?"

"그랬더라면 공연을 망쳤을걸?"

"무슨 뜻인지 모르겠어."

고개를 갸웃거리자 파라는 히죽 웃었다.

"아무래도 한결같은 마음은 응원하고 싶어지거든."

"……? 아, 그러고 보니 생각났다. 파라, 즈카한테 가슴 들이대려고 노브라로 다니는 거야?"

어리둥절해하던 파라는 아아, 하고 말하고 웃음을 내뿜었다.

"노브라는 의도가 잘못 전해진 거야. 가슴을 들이댄 건 난 할 수 있는 건 뭐든 해보는 주의라서 그런 거고."

파라가 의기양양한 표정을 지었다. 말뜻을 곰곰이 생각해봤지만 도무지 알 수 없었다.

뭐, 딱히 상관없나. 상대는 팟파라파. 아무리 생각해봤자 피곤해질 때가 태반이다.

아, 맞다.

"그러고 보니 파라, 나는 문학부에 가기로 했어. 취직하기 어렵다고는 하지만 그때는 다시 생각해보지 뭐."

"하고 싶은 일이라도 있어?"

"응, 고전을 좋아해."

좋아하는 일을 좋아한다고 말하면 미소가 나온다. 파라는 웃지 않았지만, 진지한 얼굴로 고개를 깊이 끄덕여주었다.

"그럼 괜찮다고 생각해. 인생이란 하고 싶은 일만 해도 시간이 부족하니까 하고 싶지 않은 일을 할 시간은 없어."

다 안다는 식으로 멋진 말을 하는 파라. 그런 그녀를 보고 나는 이때 마침내 어째서 파라만 다른 사람과 달라 보이는지 알 것 같았다.

"히어로는 파라였네."

맥락도 전부 무시한 바보 같은 소리를 했는데 파라는 아무것도 묻지 않고 그저 "미키지"라고밖에 말하지 않았다.

오늘도 파라의 가슴속에서는 바가 빙글빙글 돌고 있었다.

그것은 마치 언젠가 동경했던 히어로의 변신 벨트 같다고 생각했다.

나
1
만
2
의
3
비
4
밀

학교 지정 코트를 입고 공항 안을 걷고 있는 아이들의 심박수를 보고 있다가 다들 평소보다 훨씬 빠른 리듬을 허공에 새기고 있다는 것을 알아차렸다.

그렇군, 나름대로 다들 이 수학여행이라는 이벤트에 들떠 있는 것이다.

원, 투, 쓰리, 포. 원, 투, 쓰리, 포.

한편 내 마음에 보이는 숫자 네 개는 여느 때와 다르지 않은 리듬을 새기고 있었다.

즐거운 일이나 기쁜 일이 있어도 내 마음은 늘 이렇다.

타인의 심박수를 볼 수 있는 능력을 가지고 있는 나는 나 자신의 심박수도 관찰이 가능하기 때문에 그것을 일정한 리듬으로 유지하는 버릇이 생겼다. 그 버릇은 나를 냉정하게 만든다.

냉정함이 장점이라고 말하는 사람도 있을 것이다. 하지만 아니다. 그저 차가운 인간일 뿐이다. 자학적인 생각이지만 동시에 자신은 남들과는 다른 특별한 인간이라고 믿고 있는 나를 재확인하고 아침 일찍부터 진절머리가 났다.

집합 장소인 로비에 도착하자마자 반 친구들의 모습을 발견했다. 멍하니 있는 그에게 다른 의도 없이 말을 걸었다.

"안녕, 기분은 어때, 왕자님."

"……여, 파라 안녕. 왕자는 아니지만 기분은 좋아."

"그거 다행이네."

말하면서 나는 옆에 나란히 선 그에게 반걸음 다가가 팔을 가까이 댔다.

단순한 스킨십하는 것뿐만 아니라, 요 몇 달간 나는 그가 마음에 든다고 공언한 샴푸를 사용하고 있기 때문에 이 향기가 그의 후각을 자극하는 것을 노렸다. 더욱이 남자라는 생물은 아담한 여자아이를 선호한다는 사실을 바탕으로 그와의 키 차이를 의식하게 만드려는 것도 감안한 행동이었다.

하지만 여전히 아무 효과도 없는 듯했다.

왕자님은 평소대로 평상심을 계속 유지하고 있었다. 나는 그의 가슴에 떠오른 숫자를 보고 다시금 생각했다.

나는 네 그런 점이 마음에 안 들어.

수학여행에도 전혀 설레지 않는 내게도 사랑하는 사람과 마음에 들지 않는 사람 정도는 있다. 말하자면 그가 마음에 들지 않는 학급 친구 대표쯤일까.

모두에게 즈카라고 불리는 학급의 인기인.

하지만 딱히 키가 커서라든가 얼굴이 잘생겨서라든가 운동을 잘해서라든가 하는 이유로 나는 그를 마음에 들어 하지 않는 게 아니다.

그저 닮았기 때문이다. 그의 마음의 리듬이 내 것과.

나만이 그의 본성을 알고 있다.

얼굴로는 아무리 고양되어 있다고 해도 입으로 아무리 기쁨을 전달한다고 해도 그의 심박수는 반사적 반응이나 운동 말고는 동요하지 않는다. 나와 마찬가지로 그의 내면은 차갑고 탁하다. 그런 사람을 좋아할 수는 없다.

아마도 효과는 없을 거라고 생각하지만 시도한다고 해서 손해 볼 건 없기 때문에 나는 그의 교복 코트를 열어젖히고 품으로 파고들었다.

시간이 걸리는 내 행동을 도중에 막지도 않고 왕자님은 도리어 거들어주었다.

"파라, 뭐해."

"추우니까."

예상대로 나와 안쓰러운 커플 같은 자세를 취해도 그의 마음의 리듬은 흐트러지지 않는다. 굳히기에 나서서 그에게 안겨보기로 했다.

어차피 효과는 없을 거라고 생각하면서 한 행동이었는데 의외로 마음의 리듬이 크게 흔들렸다.

다만 그의 마음의 리듬이 아니다.

내 마음의 리듬이 그의 품에서 들려온 소리에 흔들렸다.

딸랑.

조그만 그 소리를 알아차리자마자 나는 즉시 그의 몸에서 떨어졌다.

그가 고개를 갸웃거리는 것을 보고 내 심장이 고동쳤다. 하지만 곧바로 평소의 리듬으로 되돌리고, 그와 동시에 표정으로는 최대한 놀라움을 표현해서 먼저 그에게서 반응을 이끌어내기로 했다.

"방울 소리."

내 목소리가 그의 귀에 닿은 순간이리라. 내 마음이 흔들리는 것과 마찬가지로 진귀한 일이 일어났다.

미소가 멋진 왕자님의 심장도 리듬이 빨라진 것이다. 즉, 그 가슴의 방울에는 중요한 의미가 있다는 뜻이다.

나는 그의 입에서 사실을 끄집어내기로 했다.

"방울, 뭐야?"

"에…… 아무것도 아냐."

뭔가 말실수를 하지 않을까 기대했지만 방어벽은 단단했고 그는 뒤이어 말하지 않았다.

"설마 미키라든가……."

재차 타격을 가했다. 특정 인물의 이름을 꺼내면 그 이름에 대한 반응으로 뭔가 알 수 있을 것이라고 생각했다.

하지만 그는 더 이상 동요하지 않고 내 등 뒤로 한 번 시선을 준 다음 시시껄렁한 말을 했다.

"아, 응, 비밀이야. 그것보다 뒤쪽."

비밀? 비밀이라고? 뒤?

"안녕! 파라! 여기 왜 이래? 힘이 안 나? 남쪽 섬에 가는데!"

씩씩한 인사와 함께 뒤에서 안기는 바람에 내 궁금증은 전부 공중으로 날아가버렸다. 힘센 그녀의 팔에서 풀려난 후 간신히 뒤를 돌아보니 사랑해마지 않는 친구는 2월의 강추위 속에서 모두가 털모자나 목도리를 하고 있는 가운데 혼자만 챙 넓은 밀짚모자를 쓰고 있었다.

"안녕, 미키. 한겨울에 밀짚모자라니 최첨단이네. 촌스러워."

"뭐가, 목도리나 털모자 같은 건 분명 방해될 거야. 남국이라고 남국!"

정말 기쁜 듯이 내 어깨를 흔드는 미키의 마음의 리듬은 지금 이곳에 있는 누구보다도 빠르고 강했다.

보고만 있어도 내 입가에 웃음이 흘렀다.

마음에 들지 않는 사람이 있으면 사랑하는 사람도 있다.

사랑하는 친구, 미키.

그녀는 말하자면 바보에 배려심이 없고 시야가 좁다. 아니, 이런 말을 하면 그녀는 당연히 화를 낼 것이다.

어쨌거나 그녀는 나와는 달리 무엇에든 바로 마음이 움직이는 좋은 사람이다.

나는 그녀 같은 사람을 동경한다. 물론 익숙해지기 쉽지 않다는 것은 알고 있지만.

"그런 미키가 너무 좋아."

"뭐야 갑자기! 하지만 하하, 고마워. 아, 안녕!"

미키는 또 한 친구를 발견하고 50미터 정도 떨어진 그녀의 곁으로 달려가고 말았다. 터벅터벅 걸어오던 미야자토가 멀리서 크게 부르는 소리에 놀라서 어깨를 떨었지만 곧 다정한 미소를 짓는 모습이 보였다.

나는 이 틈에 공중에 내던져져 있던 의문을 머릿속으로 되돌리고 왕자님을 추궁하려 했다. 하지만 친구가 많은 그는 이미 반 아이들과 이야기하는 데 몰두하고 있었고, 나는 평소보다 더 그에게 짜증이 난 상태로 비행기에 타게 되었다.

이 세상 어딘가에 있을 신이라는 녀석이 두 사람이 만날 때의 상성을 정한 게 아닐까.

그것은 예를 들어 외모라든가 입장이라든가 만남과 같은 요소로 이루어지는데, 그 격차를 대부분이 무의식적으로 감수한다.

키가 크니까, 작으니까. 학교 서열이 높으니까, 낮으니까. 오래 같이 다녔으니까, 다니지 않았으니까. 친구가 있으니까, 없으니까.

사람은 그런 것으로 사람과의 관계를 안이하게 판단하려 든다.

나는 사랑하는 미키가 그렇게 되기를 바라지 않는다.

그저 나는, 그렇게 번거로이 하나하나 생각하며 살아가는 자신이 싫은 나는, 믿고 싶은 것이다.

마음이야말로 사람과 사람의 관계성을 결정하는 가장 강력한 것이고, 모든 고난을 뛰어넘을 것이라고.

나는 그렇게 생각해서 지금까지 몇 개월간 한 남자아이의 한결

같은 사랑을 성취시키기 위한 시간을 보내왔다. 그렇다, 무엇을 감추랴. 그 사랑의 행방이야말로 바로 내가 사랑하는 친구, 미키를 향해 있다. 그의 짝사랑이 일시적이지 않다는 걸 나는 보증할 수 있다.

맨 처음에는 지켜보는 것에서부터 시작했다. 제삼자로서 벌레가 꼬이지 않도록 지켜봤다. 때때로 미키가 한 말을 소문처럼 흘리는 정도의 일밖에 하지 않았다. 그쯤에서 너무 진전이 없었기 때문에 지원사격을 하기로 했다. 둘만 있게 하거나, 나치고는 뻔한 짓을 하기도 했다. 하지만 그럼에도 놀랄 만큼 진전이 없었다. 어쩔 수 없이 할 수 있는 건 뭐든 하자는 주의인 나는 이대로는 소꿉친구라는 시시한 이유로 미키와 사귈지도 모르는 왕자님을 서서히 배제하기로 했다.

어떻게 배제할까. 가장 간단한 방법은 내가 그를 붙잡아두는 것이라고 생각했다. 즉, 나에게 호감을 가지게 하면 된다고.

여러 가지를 시도했다. 왕자님의 전 여자 친구가 했던 헤어스타일을 조사해서 비슷하게 바꿔보거나, 몇 번이나 가슴을 들이밀거나, 식사할 때는 똑같은 메뉴를 먹어보기도 했다. 뭐, 지금까지는 그 어느 것도 효과가 없지만.

물론 지금 수학여행을 간다고 해서 그 공격을 늦출 생각은 없었다. 하지만 지금 와서 사정이 바뀌고 말았다.

그가 가지고 있던 방울이다. 그것은 조금 거추장스러운 물건이다.

그 방울은 우리 학교를 다니지 않는 사람에게 있어서는 명백하게 다른 의미를 가질 것이기 때문에 설명해주지 않으면 안 된다.

우리 학교에는 대대로 전해져오는, 속이 거북해질 만큼 달콤한 사랑의 주술이라는 것이 있다.

그것은 수학여행 중에 둘만 있게 되었을 때 방울을 상대에게 건네면 쭉 함께 있을 수 있다는 흔해빠진 이야기다.

어떻게 생긴 도시전설인지는 지금은 상관없으니 설명은 생략하겠다. 정말로 효과가 있는지 어떤지도 아무래도 상관없다. 건넨 것이 즉 사랑을 고백했다는 뜻이 된다는, 그 사실만이 의미가 있기 때문에.

그 방울을 누군가에게 건넸든 누군가로부터 받았든, 왕자님은 가지고 있었다.

그리고 그는 미키를 보고 그 화제를 피했다. 그가 다른 반 여자아이로부터 방울을 받았다면 무시할 수도 있다. 하지만 미키와 어떤 관계가 있을 가능성이 안타깝게도 높은 듯하다.

이 문제는 해결해야 한다. 물론 일을 크게 만들어서 미키와 왕자님의 사이에 불을 지펴 서로를 필요 이상으로 의식하게 만드는 경우가 있어서는 안 된다.

저렇게 차가운 마음을 가진 인간이 미키의 뜨거운 마음을 빼앗다니, 용납할 수 없다.

"우리 왕자님은 누구한테 방울을 받은 거지?"

왕자님이 같은 동아리 남학생에게 엉겨 있는 틈을 타서 쿄의 어깨에 예고 없이 뒤에서 팔을 두르자 그는 몸과 마음을 떨었다.

"깜짝이야. 아아, 즈카 말이야? 아니, 못 들었지만 받아도 이상하지는 않잖아."

"미키가 줬어."

내가 한 그 한마디에 평화기념공원을 평온한 얼굴로 걷고 있던 쿄의 심장이 폭탄이라도 맞은 듯이 최고 속도로 반응했다.

"농담이야. 그치만 언젠가는 그렇게 될지도 몰라."

"응, 아, 그래, 응."

실은 본인의 입으로 미키에 대한 마음을 말해준 적은 한 번도 없다. 하지만 그런 건 내 능력이 없어도 훤히 보인다.

좋아하는 누군가를 위해서 이렇게나 마음이 흔들리는 그가 나는 마음에 든다.

"스, 스승님은 누군가한테 줄 거야?"

나는 그의 기타 스승님이기도 하지만, 그냥 재미 삼아 평소에도 스승님이라고 부르게 하고 있다.

"쿄야말로 방울 잘 챙겨왔어?"

"아, 아니."

"스승님의 명령. 지금 당장 사서 수학여행 중에 반드시 미키에게 건네도록."

쿄의 심박수가 더 빠르고 강해졌다. 분명 지금 상상해본 거겠지. 그것만으로도 전력 질주 상태니까 실전이 다가오면 쓰러지는 거 아닐까?

만일 쓰러진다 하더라도 건네야 한다고 생각한다.

미키는 3학년이 되면 공부에 정말 집중하기 시작할 것이다. 시야가 좁다는 그녀의 약점은 이때다 싶으면 불필요한 정보를 차단하는 강점도 된다. 적어도 마음의 조각 정도는 여기서 건네야 한다.

"괜찮아, 미키는 힘껏 밀어붙이면 가능할 거야."

정말로 그렇게 생각한다. 그녀가 나와는 달리 뜨거운 마음을 가진 사람이니 뜨거운 마음에 호응할 테다. 만약 미키의 마음도 무시하고 밀어붙이는 바보라면 내가 코발트블루 바다에 가라앉혀주겠지만, 쿄는 스스로 씨름판에서 물러날 만한 남자이기 때문에 다소 뒤에서 강제로 밀어줘야 한다. 이런 식으로.

"미키! 쿄가!"

내 큰 소리에 미키가 건너편에서 "무슨 일이야?" 하고 달려왔다. 바로 앞에는 뭐라 말할 수 없는 쿄의 얼굴이 보였다.

"쿄가?"

"응, 쿄가 고백…… 고전 문법에 대해 물어볼 게 있다니까 가르쳐줘."

쿄에게 협박의 의미를 담은 윙크를 해보이고 두 사람에게서 떨어졌다. 나는 목적에 맞게 사람의 마음을 고의로 놀라게 하고 있다. 심박수가 빨라지고 강해지면 사람은 침착함을 잃는다. 사람은 가끔 냉정하지 않은 편이 좋을 때가 있다. 특히 쿄의 경우, 기세를 몰아 행동을 하는 편이 낫다고 생각한다.

나는 두 사람을 남겨놓고 미키가 빠져나온 여자아이들 그룹에 바보 같은 말을 하며 합류했다.

파라라는 별명은 사랑스러운 미키가 붙였다.

사람의 심박수를 아는 능력을 갖고 태어난 나는 적어도 누군가에게 자극을 줄 수 있는 사람이고 싶다고 바랐다. 거기에 내 능력을 구사해도 되는 변명거리를 찾아냈다. 그리하여 주위 사람의 심장 소리가 강하고 빠르게 반응하도록 행동했더니 어느 날부터 이렇게 불리기 시작했다.

팟파라파의 파라, 라고.

아이러니하지만 자랑스럽게 생각하고 있다. 내 본성을 절대로 들키지 않을 거라고 생각한다.

그리고 이 별명은 편리하기도 하다. 이 세상에는 캐릭터 덕분에 허용되는 행동이라는 것이 있기 때문이다.

머리가 이상한 저 녀석이 하는 일이다, 어쩔 수 없다. 내버려두면 된다.

나는 자신에게 주어진 파라라는 캐릭터를 최대한 이용했다.

"지금부터 아찔한 고백 타임이 시작되는구나!"

"시끄러워, 구로다!"

수학여행 첫날 밤, 호텔 식당에서 저녁을 먹던 중이었다. 나는 선생님에게 혼이 나면서도 고백이라는 말을 들은 동급생들의 심박수를 관찰했다. 리듬이 변화하지 않는 아이, 빨라지는 아이들이 여기저기 있었다. 당연히 극도로 빨라지는 아이에게 주목했다. 그 아이들은 기회를 엿보고 있는 걸까, 이미 마친 후인 걸까. 쿄처럼 상상만으로 경기를 일으키는 아이도 있겠지만, 남자는 상관없고.

슬쩍 보니 미키나 옆에 있던 미야자토도 내 말에 즉각 반응하지는 않았다. 내가 아는 한 미키나 왕자님과 친한 여자아이 중에서 심장이 크게 뛴 사람도 없었다.

역시 그건 앞으로 누군가에게 건네기 위한 방울이었던 걸까. 유심히 생각해보면 수학여행 출발 전에 고백하는 일은 좀처럼 없지 않을까. 당사자인 왕자님은 여전히 동요하지 않고 새우튀김을 먹고 있었다.

내가 보고 있다는 걸 알아차렸는지 왕자님은 이쪽을 보고 빙긋이 웃었다.

표정에는 나타나지 않았겠지만 짜증이 났다.

첫째 날 밤은 적어도 내 눈이 닿는 범위에서는 아무 일도 일어나지 않았다.

정확하게 말하자면 내가 미키에게 던진 베개 하나가 방 전체가 말려든 베개 싸움을 일으켰고, 끝났을 무렵에는 모두 지쳐서 무슨 일이 일어나기 전에 잠이 들어버렸다.

과연 이렇게 전쟁이 일어나서 사람들은 무의미하게 피폐해지는구나, 라고 생각했다.

그리하여 나 혼자만 밤에 남겨졌다.

생각을 하다 보면 잠들지 못하는 밤이 있다. 평소에 졸려 보인다는 둥 멍하다는 둥 하는 말을 듣는 이유다. 오늘도 그랬다.

잠시 이불 속에서 뒤척이다 몇 번인가 깨서 미키의 이불에 기어들어가거나 페트병에 담긴 녹차를 마시다 보니 이윽고 그 차도 다 떨어졌다. 어쩔 수 없어서 기분전환도 겸해 1층에 있는 자판기로 음료를 사러 가기로 했다.

같은 방에 있는 다섯 명의 모범적인 마음의 리듬을 확인하고 나서 어두운 복도로 나왔다. 우리 방은 5층. 선생님들의 방은 4층에 있다. 남자아이들은 3층이다. 어두운 복도를 걸어 엘리베이터가 있는 곳까지 가자 때마침 두 선생님이 당직을 교대하고 있었다.

"잠이 안 와서 음료를 사러 왔어요"라고 솔직하게 말하고 나는 엘리베이터에 탔다. 1층 버튼을 누르고 왠지 모르게 "휴우" 하고 한숨을 쉬었다.

얼마 지나지 않아 엘리베이터가 멈췄다. 1층에 도착했다고 생각해서 딱히 확인도 하지 않고 내리려고 하다가 앞에서 온 부드러운 벽에 부딪쳤다.

"어, 파라, 미안."

올려다보니 그곳에 체육복 차림의 왕자님이 있었다. 엘리베이터의 층 수 표시를 확인하니 아직 3층이었다. 나는 혀를 차고 싶은 마음을 숨기고 물러나서 "이거 내려갈 건데 괜찮아? 여자아이를 사냥하러 가는 거 아니었어?"라고 떠보는 말을 그에게 던졌다.

"안 가! 목이 말라서 음료수 사러 왔어. 파라는?"

"남자애를 사냥하러 가려 했는데 왕자님에게 방해받았네."

"그 왕자님이란 말은 대체 뭐야."

썩 재미있지도 않은데 다정하게 웃어주는 왕자님의 미소에 반응해 엘리베이터가 1층에서 문을 열었다. 자판기가 놓여 있는 로비에서는 여러 선생님이 담소를 나누고 있었다. 물론 다들 아는 선생님이다. 우리를 보더니 어른들은 저마다 다른 표정을 지었다. 귀찮아서 먼저 설명했다.

"몸이 불타는 것 같아서 왕자님과 빠져나왔어요."

선생님들의 얼굴에 웃음이 떠오르는 것을 확인하자 옆에 있던 그가 "엘리베이터에서 우연히 만났을 뿐이에요"라고 웃으며 덧붙여주었다.

나는 지갑을 꺼내서 자판기로 발걸음을 옮겼다. "바보 같은 소리 하지 말고 얼른 방으로 돌아가" 하는 담임의 목소리를 등으로 들었다.

내가 녹차를 사고 뒤돌아보자 왕자님이 동아리 고문 선생님한테 붙잡혀 있었다. 그냥 내버려두고 가려고 하자 왕자님도 이야기를 끊고 나를 따라왔다.

"음료수 산다며?"

"아, 맞다."

그답지 않은 덜렁댐. 그런 행동을 하는 것은 미키의 역할이다.

그는 녹차와 캔커피를 사왔다. 아무래도 아직 잘 마음이 없는 듯했다.

엘리베이터는 5층까지 가버렸다. 내가 가만히 기다리고 있자 왕자님이 갑자기 입을 열었다.

"그러고 보니 그 방울 말이야, 아무것도 아냐."

설마 그가 그 건을 먼저 꺼낼 줄은 생각지도 못했기 때문에 조금 놀라서 그를 쳐다보았다.

"왕자님한테만큼은 아무것도 아닐 리가 없잖아."

그는 웃었다. 누구에게나 보이는 상쾌한 미소가 아니라 조금 난처해 보이는 웃음이었다. 그 표정의 의미를 생각했다.

"아니, 정말로 파라가 신경 쓸 만한 일이 아니야. 그러니까, 음."

"그래서 뭐?"

"파헤치려 들지 말고 마음껏 노는 편이 좋지 않겠어? 그때, 식당에서도 뭔가 그런 식으로 말했지 않아?"

"…………."

그러니까 그런 면이 마음에 안 드는 것이다.

나는 불쾌한 마음을 들키지 않도록 1층까지 내려온 엘리베이터를 탔다.

"뭐, 파라가 누군가에게 고백하려고 한다면 별개겠지만."

"내 마음은 왕자님 일직선이니까. 네가 누군가에게 방울을 건네려는 게 아닐까 조마조마해."

"아하하, 고마워. 하지만 정말 파라가 신경 쓸 일이 아냐."

엘리베이터가 멈췄다. 3층이다.

"아, 그럼 내일 보자. 잘 자."

손을 드는 그에게 나는 "응"이라고밖에 대답하지 않았다. 그 목소리에 내 마음속에서 한 가지 확신이 들었다.

아무래도 오늘은 잠을 설칠 것 같다.

결국 잠이 든 것은 아침 무렵이었다. 음악을 들으면서 누운 채 시계의 짧은 바늘이 4와 5의 한중간에 머무는 것을 본 것이 마지막 기억이다. 잠옷 차림의 귀여운 미키가 깨운 것이 여섯 시 반. 잠이 덜 깬 척을 하고 미키에게 안겨 밀어 넘어뜨렸다가 받은 주먹세례에 잠기운이 달아났다.

아침을 먹고 버스로 이동해 오전 중에는 바다에 가서 보트를 탔다.

나는 보트를 타는 동안에도, 해변을 모두와 걷는 동안에도, 현지인들이 민요를 들려주는 동안에도, 나름대로 흥미진진하게 이것저것 보고 들으면서 어젯밤의 일을 생각하고 있었다.

어째서 그는 일부러 그런 말을 나에게 한 걸까. 그의 심박수는 대개 그렇듯이 잔잔했고, 그렇다면 그가 말한 대로 아무것도 아닐지도 모르지만, 그것을 나에게 말한 것에 어떤 의미가 있을까. 신경 쓰지 않아도 된다는 말은 신경 쓰지 않아줬으면 좋겠다는 의미인 경우가 대부분이다. 생각해보면 내가 어제 아침에 방울에 닿았을 때 그의 마음은 흔들리고 있었다. 그렇다는 말은 그도 역시 신경 써주기를 바라지 않으니까 신경 쓰지 않아도 된다고 말한 걸 테다. 그렇게 생각하자 또 같은 의문으로 되돌아왔다. 왕자님이 가진 방울의 끈은 누구에게 이어져 있을까?

"파라도 수면 부족이야? 멍하네. 나도 졸리지만."

옆에서 왕자님은 크게 하품을 했다. 이튿날 오후, 점심을 먹은 후 우리는 수족관에 있었다. 나와 왕자님은 수조 앞에서 사이좋게 둘이 나란히 물고기를 보고 있었다. 사실은 조별로 이동하지 않으면 안 되지만. 나와 미야자토가 은근슬쩍 왕자님을 쿄에게서 떨어뜨려놓았다. 지금은 조금 떨어진 곳에서 미키와 쿄가 물고기를 바라보면서 무언가 이야기하고 있다. 좋지 않은가, 수족관 데이트다. 방울이든 뭐든 건네주기를 바라고 있지만, 지금 상황에서 그런 기색은 없다.

마침 미야자토가 화장실에 가 있는 타이밍. 이때다 싶어 나는 왕자님과의 대화에 열을 올리려 했다.

"왕자님이 의미심장한 말을 해서 못 잤어, 저기 말이야."

마치 정말 그런 이유로 신경 쓰고 있는 것처럼 새침한 표정을 짓고 그의 얼굴을 한 번 본 다음 고개를 살짝 숙이고 물었다.

"누구한테 건넬 방울이야?"

왕자님은 내 연기 따위는 처음부터 보지 않았던 것처럼 고개를 가로저었다.

"그러니까 파라가 신경 쓸 만한 일이 아니라니까……."

왕자님의 말이 멈추었다. 그의 시선 끝을 보니 미야자토가 돌아오고 있었다. 흰 셔츠에 파란 스커트. 오늘 복장은 바다를 의식한 건지 아담한 키와 어우러져서 귀여웠다.

"왜 그래? 어라, 나한테 뭐 묻었어?"

자신의 몸을 둘러보고 양손으로 얼굴을 만지는 미야자토를 보고 왕자님은 상쾌하게 웃었다.

"아냐 아냐, 엘의 오늘 복장이 빙수 같아서, 그렇지, 파라?"

"……응, 맛있어 보이네. 먹고 싶어."

내가 말하자 미야자토는 즐거운 듯이 웃어주었다.

그 미소를 보자 그녀가 우리에게도 이렇게 웃어주게 된 것이 기뻤다. 나는 그녀에게도 굉장히 호감을 가지고 있다. 미야자토는 좋은 아이다. 나처럼 자신을 꾸미고 모두를 속이는 인간과는 다르다.

그런 미야자토에게 들려주고 싶지 않은 이야기라는 거지. 그런 걸 신경 쓸 일이 아니라고 얼버무리다니, 거짓말도 정도가 있어야지.

어쩌면 돌직구로 마야자토에게 건네기 위한 방울이냐고 물어볼까? 문화제에서 같은 팀에 있는 동안 둘이 사이는 좋아진 것 같은데.

마음을 떠볼까. 할 수 있는 일은 뭐든지 해보자. 해보고 후회할 일 따위는 이 세상에 거의 없다. 입이 무거운 왕자님이 조금이라도 말실수를 한다면 도박을 할 만하다.

통로를 걸어가니 거대한 수조가 나타났다. 미키가 굉장하다며 재잘거리고 있는 뒤에서 나는 일단 아주 예쁘네, 데이트로 온다면 최고겠어, 라는 말을 왕자님에게 던져보기로 했다.

"왕자."

"파라! 굉장해! 굉장하다고!"

내 작전은 흥분 상태인 미키에 의해 저지당했다. 내 팔을 미키가 잡아끌고 갔다. 미키의 심박수는 볼 것도 없었다. 그녀의 몸에 닿아 있는 내 팔이 그녀의 심박수를 직접 전달해주었다. 사실은 팔이 조금 아팠다. 하지만 그런 건 들떠 있는 미키의 행진을 막을 이유가 되지 않았다. 그러니 왕자님과의 대화 따위로는 막을 수 없는 것도 물론이었다.

내가 미키를 능동적으로 따라가려고 결심했을 때, 힐끗 보인 왕자님의 얼굴은 즐겁게 웃고 있었다.

"굉장했어! 진짜 굉장했어!"

귀여운 미키는 아이처럼 그날 밤까지 수족관에서 맛본 흥분이 가라앉지 않은 모습이었다. 들뜬 미키의 이야기를 가로막는 사람은 아무도 없었다. 하지만 쿄라면 싫은 내색 한번 하지 않고 몇 시간이고 들어줄 수 있을 것이다. 나도 그렇다.

"와, 나 장래에 선생님이 될까봐."

"사육사가 아니고?"

왕자님의 태클에 미키는 옆에 앉아 있는 그를 젓가락으로 가리켰다. 찌른 건 아니지만 어찌 됐든 천방지축이다.

"그래야 수학여행으로 매년 여길 올 수 있잖아."

"역시 밋키, 바보 같은 이유군."

왕자님의 어깨에 미키의 춉이 작렬. 그 두 사람의 대화를 듣고 둘의 사이가 나쁘다고 생각할 만큼 쿄가 낙관적이지 않다는 사실에 나는 안심했고, 동시에 그에게 조금 짜증이 났다. 불안하다면 어째서 지금 바로 행동하지 않는 걸까.

만약 내가 쿄의 입장이라면, 하는 자기투영과 참견이 지나쳤던 것이리라. 벌을 받은 것일지도 모른다. 저녁을 다 먹고 샤워를 하고 전달 사항 확인도 마치고 나서 자유 시간을 가졌다. 우리 여자 방에서는 연애 이야기가 화제의 중심이 되었다. 나도 가능한 쿄에게 도움이 될 말을 해야겠다고 또다시 의지를 불태우고 있는데 화살이 나에게로 향했다.

"파라한테서는 그런 이야기 전혀 못 들었지만, 혹시 너 남자아이에게 방울을 건넬 생각 있어?"

학급 안에서 이른바 연애경험이 풍부한 여자아이가 그런 이야기를 던졌다. 내게 물은 것은 예의상 한 말이 아니라 정말로 흥미가 있어서라고, 적어도 표정은 그렇게 보였다. 다만 평소에는 조금 차가운 면도 있는 아이인데 묘하게 심장 리듬이 빠른 것이 신경 쓰였다. 그렇게 생각하고 주변을 쳐다보자 미키와 미야자토의 심장도 고동치고 있었다. 아무래도 수학여행 밤이라는 비일상에 심장이 고동치지 않는 내가 이상한 듯했다.

이런 시시한 나에게도 신경 써주는 모두에게 보답하기 위해서 하다못해 솔직하게 답하기로 했다.

"흥미 없어. 고독이 인생의 창조성을 낳거든. 후후후, 남자 따원 방해꾼이야."

어떻게 받아들였는지 모르지만 모두가 웃어주었다. 대부분의 대화를 이런 식으로 넘겨왔으니까 오늘 밤에도 그럴 것이라 생각했지만, 그렇지 않았다.

"하지만 최근에 스카한테 왕자님 왕자님이라며 달라붙어 다니잖아."

과연, 그렇게 나오겠다는 건가. 하지만 당황할 필요는 없었다. 그 질문은 예상한 범위 안이었기 때문에 몇 가지 대답을 준비해놓고 있었다. 어떤 대답이 이 자리에서 가장 적합할까. 잠시 생각하고 있는데 내가 답하기 전에 의외로 미야자토가 거들어주었다.

"나도 처음에는 설레는 마음으로 보고 있었지만, 쭉 보고 있었더니 단순한 콩트던데. 웃음이 나오던걸."

좋은 대답이라고 생각했다. 무엇보다 나 자신이 확실히 말하지 않고 '그런 느낌'이라는 한마디로 끝낼 수 있다는 점이 좋았다. 연애 감정이라는 사실을 부정하면서도 그런 뉘앙스를 풍길 수 있었다.

"뭐야, 그런 거였어?"

같은 반 여자아이의 한숨에 미키가 웃었다.

"하핫, 파라가 스카랑 사귄다니 상상할 수 없잖아. 상상하니 웃음이 멈추지 않아서 넘어가겠어."

깔깔대고 웃으며 이불 위에서 뒤집어지는 미키. 쳐다보고 있자 그녀는 갑자기 웃음을 딱 멈추고 천장을 본 채 장난스럽게 말했다.

"그치만 누군가한테 방울 받을 수 있을지도 몰라."

"와, 기뻐라."

"영혼이 안 담겨 있네."

미키는 몸을 뒤척이며 이쪽을 쳐다보면서 평소처럼 깊이 생각하지 않는 어조로 중얼거렸다. "파라가 정말 좋아하게 될 남자아이는 어떤 사람일까. 그런 사람이 있긴 할까?"

"⋯⋯글쎄, 어떠려나."

잘 대답할 수 없었다. 언제나처럼 초연한 태도를 취할 수 없었다.

심장이 일렁였기 때문이다. 일렁인 자신에게 동요했다.

이런 일로 일렁이는 것은 굉장히 드문 경우다. 드문 일이라서 조금 구역질이 났다.

"잠시 마실 것 좀 사올게. 아. 누가 따라와서 갑자기 덮쳐서 어두운 곳에 끌고 가도 괜찮아. 어라, 미키가 따라올 듯한 얼굴을 하고 있어. 무서워!"

"잔말 말고 얼른 다녀와!"

사랑스러운 미키의, 예상대로의 태클을 등으로 받고 나는 방에서 나왔다. 심호흡을 하고 있자 가슴의 심박수가 곧 평소대로 돌아왔다. 구역질도 이윽고 가라앉았지만, 다만 수면 부족 탓인지 몸이 조금 휘청거렸다.

오늘은 빨리 잘 수 있으면 좋을 텐데.

그렇게 바란 내가 바보였다.

이날 밤 나는 잠든 미키의 숨소리를 들으면서 뜬눈으로 아침을 맞이하게 되었다.

세 번째 날은 태양 빛이 강렬했다. 2월인데도 긴팔 옷이 덥게 느껴질 정도의 날씨였다. 이런 날씨 속에서 살면 평균 수명도 늘어나겠지.

오늘은 공부 측면이 강한 날이었다. 교외 학습을 하거나 기지에 관해 배우면서 이 땅에 대해 생각했다. 무척이나 흥미진진한 일정이었지만, 다른 문제가 떠올랐다. 내 체력이 조금 걱정스러웠다.

평소라면 수면 부족이 겹쳐도 교실에 앉아 있으면 어떻게든 되었다. 그런 날은 대개 집에 돌아가면 힘이 다 빠져서 저녁 식사 때까지 진흙처럼 잔다. 원래 체력이 좋은 편이 아니다. 체력과 운동 신경을 이 능력과 신이 바꿔치기한 걸지도 모른다. 분명 원래 내게 주어졌을 것도 왕자님에게 간 거겠지.

그다지 자지 못했다는 그는 오늘도 밝아 보였다. 심장 리듬도 어느 때와 같이 평탄했다. 나는 잠이 부족해서인지 평소보다 약간 빠르다.

이틀하고 반나절밖에 안 남았어, 라고 아침부터 쿄를 위협하고 버스에 올라탔다. 왕자님의 어깨라도 빌려서 체력을 보존할까 싶어 그의 옆에 앉았더니, 버스가 출발한 지 몇 분 후 그가 목소리를 죽이고 이런 말을 했다.

"파라, 미안하지만 오늘부터는 그런 장난 관둬줄래?"

어째서 그런 말을 하는 건지, 어째서 목소리를 죽인 건지 이해하지 못하는 것은 아니지만, 바로 물러나면 모든 것이 장난이라고 인정하게 되므로 바보인 척했다.

"그게 뭔데?"

왕자님이 쓴웃음을 지었다. 그걸로 됐다. 설령 지금까지 내가 한 행동이 장난이라는 것을 알고 있어도 상관없다. 어쩌면 그 안에는 진짜 마음이 있을지도 모른다는 잔향만 느끼게 하면 된다.

"달라붙거나 왕자님이라고 하는 거. 재미없잖아. 파라도 밋키랑 노는 게 낫지 않아?"

흥.

뭐, 평소라면 흔쾌히 왕자님의 요구를 받아들였을 것이다. 오늘의 나는 체력을 고려하면 왕자님의 페이스에 따라가는 건 무리일지도 모른다. 따라서 미야자토 같은 아이들과 천천히 행동하는 것도 괜찮다. 하지만 여기서 단순히 고개를 끄덕일 내가 아니었다.

그, 방, 울, 은?

장난스러운 표정을 지으며 입술의 움직임만으로 전한 내 교환 조건을 그는 상상이나 했을까. 심장 리듬은 전혀 흔들리지 않았다. 단지 한 번 더 쓴웃음을 짓고 고개를 가로저었다.

내게 체력이 남아 있지 않다는 것도, 이런 행동에 그다지 효과가 없다는 사실도 알고 있다. 그래도 나는 마음에 들지 않는다는 단 하나의 감정에 떠밀려 한 가지 각오를 다졌다.

몸의 힘을 빼고 등받이에 체중을 맡기고 그리고 왕자님의 어깨에 머리를 얹었다.

"사이좋게 지내자, 우리 왕자님."

"너 말이야……."

화를 내도 될 텐데, 난처한 듯이 웃는 왕자님은 다정한 사람이다. 적어도 표면상으로는. 나는 그 점을 파고드는 나쁜 녀석이다. 적어도 알맹이는.

눈을 감고 평소의 나라면 물러나지 않았을까 생각했다. 분명그렇다. 수면 부족에 감정적으로 행동하고 있을지도 모르고, 그리고 아마도 어젯밤 일도 연관되어 있을 것이다.

나는 왕자님과 서로 오기를 부리기로 결심했다.

당연하지만 야외 학습이기 때문에 기본적으로 계속 걸었다.

"파라, 무리하지 마."

"괘, 괜찮아……."

들러붙지 말라고 말한 주제에 경사나 계단에서는 손을 내밀어주는 왕자님. 나는 몸을 많이 움직이느라 이미 심장을 컨트롤하는 능력을 상실했는데도 그의 심장은 가볍게 춤추고 있는 정도라서 오히려 기운 차 보였다. 뭐야, 이 녀석.

왕자님의 도움을 빌리면서 다정한 미키 일행의 응원을 받아 간신히 오전 일정을 소화해낸 나는 점심시간에도 왕자님 옆에 앉았다. 평소라면 식사 시간 정도는 그를 해방시켜주자고 배려했겠지만, 말했다시피 오기를 부리기로 했으니까. 나는 왕자님에게 먹여주려 하거나 반대로 먹여달라고 하며 시간을 보냈다. 미키는 웃어주었지만 미야자토는 미묘한 얼굴을 하고 있었다. 그녀야말로 상식적인 반응을 보인다고 생각한다. 참고로 나는 피곤해서 준비된 점심의 80퍼센트를 남기고 오기와는 상관없이 남은 음식을 왕자님에게 주었다.

오후 일정은 오전보다 상당히 수월했다. 기지와 미술관 등의 시설 견학과 미니콘서트를 관람했다. 수학여행 일정을 고행처럼 받아들여선 안 된다고 생각했지만 지금의 나로서는 어쩔 수 없다.

점심 식사 정리를 마치고 한창 화장실 타임 중이었다. 어딘가에서 피로회복제라도 살까 생각하고 있는데, 뒤에서 누군가가 어깨를 콕콕 찔렀다. 돌아보니 그곳에는 조에서 나 말고 유일하게 집합 장소인 로비에 남아 있던 미야자토가 빠르게 고동치는 가슴으로 서 있었다.

어쩐 일일까. 그런 의미로 고개를 갸웃거리자 그녀는 조금 전 식사 중에 보인 미묘한 표정의 의미를 가르쳐주었다.

"저, 저기, 괘, 괜한 참견일지도 모르지만 스카한테 그러는 거 관두는 편이 좋지 않을까 싶어서."

"어라, 왕자님이 곤란해 보여?"

"음, 그것보다 파라도 즐거워 보이지 않아."

나의 내면을 들여다보는 듯한 말에 한순간, 정말로 한순간이라고 생각하지만 피로로 인해 평소에는 숨길 수 있는 것을 숨기지 못했다고 생각한다. 얼굴 근육을 그런 식으로 움직이고 말았더니 다른 사람보다 두 배는 예민한 미야자토는 아마도 그 사실을 알아차리고 한 걸음 물러났다.

나는 바로 내 실수를 알아차리고 억지로 웃었다. 그리고 "재미있어"라고 이어 말했다. 하지만 소용없었다. 미야자토의 얼굴은 미묘하게 계속 굳어 있었다.

실수했다, 고 깨달았다.

실은 알고 있다. 미야자토는 나를 어딘가 조금 두려워하는 구석이 있다. 그것이 나를 정체를 알 수 없는 것으로 받아들이고 있어서인지, 아니면 내 차가운 내면을 간파하고 있어서인지는 모른다. 어찌되었거나 그녀가 가진 공포의 이유는 문제없이 이해할 수 있지만 이렇게 노골적으로 이야기한 것은 처음이었다. 그리고 체험해보니 그것은 참을 수 없이 버거운 것이었다. 아무도 없었다면 그 자리에서 웅크리고 싶어질 정도로.

사과하려고 했다. 그녀가 나와 왕자님을 생각해서 용기를 내 조언해줬는데 나는 어쩜 이렇게 심한 행동을 했을까. 그렇게 생각했는데 여기서 사과하면 자신의 차가운 내면을 인정하는 듯한 느낌이 들었고, 그렇게 되면 정말로 미움받을 것 같아서 "미안"이라는 한마디도 꺼내지 못했다.

또 한 번 나는 자신이 싫어졌다.

"파라랑 엘 무슨 일이야? 서로 억지로 웃고 있고."

화장실에서 돌아온 미키에게 도움을 받은 것일까, 아니면 오히려 돌이킬 수 없어졌을까. 이다음 우리는 밤까지 묘한 거리를 둔 채 오해를 풀지 못했다. 아니, 애초에 오해 따위는 없다. 미야자토가 느낀 것이 아마도 전부 맞을 테니까.

이러지도 저러지도 못한 채 나는 그 후에도 왕자님과 행동을 함께 했다. 계속 고집을 부렸다. 뭘 이렇게 열심히 하고 있냐는 생각이 들었다. 하지만 생각해보면 그것이 나 자신을 유지하는 유일한 수단이었던 것 같다.

파라이기 위해, 모두에게 사랑받는 자신이기 위해 지금까지 노력해왔다.

진정한 내 모습을 보여줘서는 안 된다. 노력해야지, 노력해야지.

노력해야 한다고 마음속으로 계속 읊조린 것은 분명 이제 지쳐서일 것이다. 몸과 함께 마음도. 내 마지막 인내심을 미야자토의 한 걸음이 가지고 가버렸다.

이것 봐, 나는 또 남 탓을 한다. 사실은 전부 내가 나쁜데.

그렇다. 그러니까 그 이후 일어난 일도 전부 내가 잘못한 것이다.

기지와 미술관 견학, 미니콘서트 관람을 끝낸 우리는 호텔로 이동했다. 저녁까지는 시간이 조금 남아 있어서 조장은 전달 사항을 들으러 모여야 했지만 다른 학생은 방에서 쉴 수 있었다. 한 조은 다섯 명이나 여섯 명으로 구성되어 있었고 우리 조의 조장은 왕자님이었다. 그가 내일 일정 등을 듣고 와서 저녁 시간에 전해준다. 우리 여자 방에서는 어제 나에게 연애 이야기를 꺼냈던 아이가 없었다. 그녀는 다른 조의 조장이었다.

방에는 다섯 명만 남아서 기운 넘치는 미키를 중심으로 오늘 견학한 다양한 곳에 대해서 이야기를 하며 흥분하고 있었다.

나는 잠시 아무 말 없이 그녀들의 이야기를 듣다가 차를 사러 갔다 온다고 말하고 방을 나섰다. 조장 연락 회의가 끝날 때까지는 기본적으로 방에서 대기하라고 지시받았지만, 용건이 있으면 다른 층으로 이동하는 것도 허용되었다. 나는 여자 층을 지키고 있는 선생님에게 사정을 설명하고 비상계단으로 아래층에 내려가기로 했다. 모든 엘리베이터가 1층에 내려가 있었으니 분명 조장 연락 회의가 끝나고 그들이 돌아오려던 참이었을 것이다. 남자들이 있는 3층에서 멈출 테고, 기다리는 것도 지루하니 계단으로 내려가는 편이 낫다, 라는 것은 선생님에게 한 변명으로, 사실은 조용한 장소에서 혼자 마음을 정리하고 싶었다. 여러 가지를.

무거운 문을 힘겹게 열고 평소에는 종업원들만 사용할지도 모를 계단을 5층에서 천천히 내려갔다. 한 걸음 한 걸음 조용한 공간에서 천천히, 왠지 모르게 발소리도 내지 않고.

3층을 지나갈 때 복도에서 남자아이들의 씩씩한 목소리가 들렸다. 2층에 접어들자 나는 문득 발걸음을 멈췄다. 2층은 일반 손님들이 이용하는 층이다. 하지만 우리가 있는 동안에는 일반인들의 예약을 받지 않는 모양이었다. 엘리베이터도 2층은 멈추지 않게 설정되어 있었다. 즉, 지금은 아무도 없다는 뜻이다.

나는 나중에 혼나도 어쩔 수 없다고 생각하면서 2층에 숨어들기로 했다. 그래봤자 엘리베이터 앞에 놓인 소파에 앉아 있는 게 모험의 전부였다. 하지만 그곳에서 심호흡을 할 수 있으면 충분했다. 심호흡을 하고 평소의 자신으로 돌아가고 싶었을 뿐이다.

그뿐이었을 텐데, 이루어지지 않은 것은 다름 아닌 나 자신 때문이다.

소파에 앉아 한숨을 쉬기 위한 산소를 들이켠 타이밍이었다.

"적당히 해주지 않을래?"

"…………어라?"

무방비한 목소리가 나오고 말았다. 마치 팟파라파 그 자체인 것처럼. 그게 바로 잘못이었다.

"짜증나거든."

내뱉는 듯한 말. 내게 내던져진 말을 나는 잠시 알아듣지 못했고, 자신이 누구에게 무슨 말을 들었나를 이해했을 쯤에는 이미 그녀는 나를 노려보고 빠른 걸음으로 계단으로 사라져버렸다.

"어, 잠깐, 어?"

무슨 일이 일어났는지, 갑작스러운 일에 충격을 받고 생각할 힘을 잃고 말았다. 그녀는 우리 반 친구에 우리 방 일원이며, 조장 연락 회의에 나가 있었다. 어라, 그럼 왜 2층에 있었던 거지? 그리고 어째서 그런 말을.

그녀는 말했다. 나에게 비난의 말을 던졌다. 이유를 모르겠다. 대체 무슨 일로 나를 비난한 걸까. 울고 있었던 것도 같은데.

혼자서 고민해도 나오지 않는 답은 다른 누군가의 힘을 빌려서 이해하는 수밖에 없는 듯했다.

조금 전까지 그녀가 있던 방향, 그쪽을 보고 있자 큰 그림자 하나가 나타났다.

"파라……."

거기 있던 사람은 왕자님이었다. 그를 보고 나는 지혜의 열매라도 받은 것처럼 퍼뜩 그녀가 한 말의 의미를 이해했다.

나는 또 남의 마음을 상처 입히고 만 모양이었다.

부드럽게 오므린 왕자님의 손 안에서 덧없는 예쁜 소리가 한 번 새어나왔다.

"파라가 신경 쓸 일이 아니야."

언젠가 들었던 말을 그는 해주었다. 저번과는 의미가 달랐다. 이번에는 단순한 위로다.

즉, 이런 것이다. 나를 노려보고 비난한 그 여자아이는 내가 왕자님이라고 부르는 그를 정말로 좋아하고 있었다. 그래서 어젯밤 그런 질문을 내게 한 것이다. 그리고 내가 그에 대한 마음을 부정한 주제에 평소보다 더 그에게 달라붙으니까 그녀에게는 놀리는 것처럼 보였을지도 모른다. 그래서 참을 수 없게 된 그녀는 기회를 만들어 그에게 방울을 건넸다. 그냥 건네기만 한 것은 아니었다. 그에게 대답을 요구했고, 마음을 받아주지 않자 그 자리를 떠나는 중에 나를 발견했다. 그때 그녀는 이렇게 생각했을 테다. 나를 비웃으러 왔나? 어쩌면 평소의 내 캐릭터 자체부터 그녀는 마음에 들지 않았을지도 모른다.

여기까지는 내 상상이지만 아마 맞을 테다. 왕자님에게 들은 것은 그가 그녀의 고백을 거절했다는 부분뿐이었지만 충분했다.

역시 신경을 안 쓸 수는 없었다. 사람에게 상처를 입히고 신경을 쓰지 않을 수 있는 사람 따윈 없다. 그것은 사람의 마음이라면 기본적으로 들어 있는 기능 같은 것으로, 내가 차가운 인간인 것과는 관계가 없는 것처럼 여겨졌다. 곧바로 방으로 돌아가 진심으로 사과와 변명을 하려고 생각했다. 하지만 마음을 고쳐먹었다. 사과하고 변명해서 그녀의 상처 입은 마음이 편안해질까. 만약 용서해준다고 해도 마음이 가벼워지는 것은 나뿐이지 않을까. 다시 이기적인 행동을 아무렇지 않게 하려 했던 자신이 싫어져서 아무 말도 할 수 없었다.

방에 돌아와서도 그녀는 나와 눈도 마주치지 않았다. 내가 입을 열지 않고 있는데 내가 음료 사오는 것을 깜빡했다는 사실을 미키가 지적했다. 그러나 내가 평소처럼 반응할 수가 없었던 바람에 미키는 걱정을 했고, 그 때문에 내 죄책감은 눈 깜짝할 사이에 부풀어 올랐다. 아니야, 지금 걱정해야 하는 건 내가 아니야. 그런 말을 하지도 못하고, 그렇다고 주눅 든 모습을 보이면 마치 내가 가엾다고 주장하는 것 같아서 가능한 한 밝게 행동하려고 노력했다.

저녁이 목구멍에 넘어가지 않았다. 식욕이 없다, 그런 말 한마디로 그냥 넘어갈 만큼 모두가 매정하지 않았다. 특히 사정을 알고 있을 왕자님은 진지한 눈빛을 보내주었지만, 지금은 그것을 받아들일 여유도 없어서 그저 남은 음식을 처리하는 데 급급했다.

문제의 해결 방법이 어딘가에 없을까 필사적으로 생각했다. 하지만 생각하면 생각할수록 이번 문제는 원래 내가 원래 끌어안고 있던 문제가 우연히 나타난 것에 지나지 않고, 상처 입힌 그녀나 두렵게 만든 미야자토와의 관계를 다시 확립하려면 내가 살아온 방식을 어떻게든 해야 한다는 사실을 깨달았다. 그것은 이 수학여행 중에 해결하기에는 너무나도 큰 문제처럼 느껴졌다.

식사가 끝나고 전달 사항을 들은 후 방으로 돌아온 뒤, 목욕 시간이 되어 다 함께 목욕탕으로 갔다. 그사이에도 여전히 그 여자아이는 눈도 마주치지 않았고, 미야자토는 내 모습을 걱정해주는지 애써 평정을 가장해 말을 걸어주었지만 그녀의 마음은 흔들리고 있었다. 친구에 대한 최소한의 예의로써 나 또한 평정을 가장하기 위해 애썼다.

옷을 벗고 몸을 씻고 탕에 들어갔다. 의식하지 않아도 할 수 있는 습관이라는 행동. 뒤죽박죽인 머리는 사용하지 않은 채 나는 모두가 할 법한 행동만을 완벽하게 해냈다.

다만 파라는 그런 상식이 엇나가는 인간이었다.

"파라, 진짜 왜 그래? 늘 내가 머리 감을 때면 장난을 쳐서 마음의 준비를 하고 있었는데."

"…………반대로 배신하는 패턴이었는데, 기대하고 있었다면 내일부터는 분발할게!"

무리하고 있었다. 아니, 정확하게 말하자면 지금까지 무리해서 애써왔다는 것을 확실히 자각했다. 내 말 중에 무심코 입에서 나오는 말은 거의 없다. 내 말은 머릿속에서 똑똑히 계산되어 생각에 생각을 거듭한 후에 소리가 된다. 즉, 마음에서 우러나온 소리가 아니라는 뜻이다. 무리해서 떠드는 내 말은 영혼이 담긴 말이 아니다.

욕조에 입까지 담그고 뜨거운 물속에서 말하자 미키가 "응? 뭐라고?"라며 머릿속 말을 아무 생각 없이 입에 담았다. 나는 대답하지 않았다. "미키는 이런 녀석과 말하면 안 돼"라고 말했기 때문이다. 반복할 용기는 없었다. 치사한 나는 가만히 정수리까지 뜨거운 물에 몸을 담갔다.

그리고 한 가지가 생각났다. 이 수학여행이 끝나면 등교 거부를 하는 게 어떨까. 다들 팟파라파가 하는 행동이니 용서해줄 테다. 그러면 적어도 내 얼굴 따위를 보고 싶지 않아서 얼른 목욕탕에서 나간 그 아이가 불쾌한 기분을 맛보지 않아도 되고, 미야자토는 나를 두려워하지 않아도 된다. 그건 좋은 생각이다.

그렇다, 만일, 만일······.

자율신경이 둔해졌다. 몸이 삐걱댄다. 심장의 고동이 빨라진 것은 단순히 욕탕에 들어가 있기 때문이다. 눈물이 멈추지 않는 것도 어딘가의 회선이 늘어졌기 때문이다.

얼굴을 욕탕에 담갔다. 미키와 친구들이 욕탕에서 나가려고 하는 것을 보고 "좀 더 있을게"라고 말하고 목욕탕에 남았다. 목소리가 떨리지는 않았을까, 눈에서 눈물이 흘러넘치는 순간을 보지 않았을까 불안해졌다.

아아, 사람의 마음의 리듬을 알 수 있는 능력 따윈 필요 없었다. 그것 말고 나와, 그리고 다른 누군가의 눈물을 멈춰줄 수 있는 능력을 얻었다면 얼마나 좋았을까.

그런 바보 같은 생각을 하고 있었더니 바람이 조금, 아주 조금 이루어진 듯 눈물이 이윽고 멈췄다.

코를 훌쩍이고 일어섰다. 조금 오래 몸을 담그고 있었던 것 같다. 머리가 명했다. 턱을 넘어 욕탕에서 나와 타일이 깔린 바닥으로 발을 내밀었다.

··········맨 처음에는 미끄러졌다고 생각했다.

운동 신경이 없어선지 나는 종종 넘어진다. 그래서 이번에도 그런 것이라고 생각했다. 하지만 그것과는 아무래도 감각이 달랐다. 발을 헛디딘 감각이나 바닥에서 붕 뜬 듯한 감각이 아닌, 더없이 단순하게 묘사하자면, 바닥이 사라졌다고 생각했다.

여자아이의 비명이 들렸다. 터무니없이 빠른 내 심장 소리도, 마치 심장이 귓가에 있는 것처럼 시끄러웠다. 몸에 힘을 주려 해도 소용없었다.

명한 의식 속에서 이윽고 아무것도 들리지 않게 됐다.

뜨겁다, 가볍다, 기분 나쁘다.

그런 파도에 떠 있는 와중에 몇 번이고 차가운 것이 흘러들어와 삼켜졌고, 이마에 이따금 차가운 것이 올려졌다. 그렇게 느꼈다.

눈을 떴을 때 나는 암흑에 있었다. 잠시 눈을 떠도 어느 쪽이 위이고 아래인지, 오른쪽이고 왼쪽인지 알 수 없었다. 이윽고 손 가락을 움직여봤다. 그 손가락으로 근처에 있는 것을 만지자 아 무래도 이불 위에 누워 있는 것 같다는 사실을 알 수 있었다.

그리고 꽤 무겁지만 팔을 움직일 수 있다는 사실을 알았다. 나는 팔을 들고 이불에 털썩 떨어뜨려봤다. 누군가가 주위에 있다면 그 소리를 알아차려줄 것이라고 생각했다. 그 행동이 아무래도 정답이었던 듯하다.

"깼어요? 나 제대로 보여요?"

부드러운 색의 간접 조명이 켜지자 옆에 모르는 여성이 있었다. 나는 말하는 것이 귀찮았기 때문에 목을 움직여 긍정을 표했다.

그녀는 자신을 의사라고 말했다. 그녀의 도움을 빌려 옆으로 누워 빨대를 사용해 스포츠음료를 마셨다. 혈관에 스며든다 싶을 만큼 몸과의 온도 차가 느껴졌다.

먼저 내가 목욕탕에서 쓰러진 것을 전해 들었다. 이른바 열중 증 같은 것이라 한다. 왜인지 짐작이 가나는 질문을 받아서 수면 부족과 몸을 많이 움직인 것, 그리고 거의 식사를 하지 않았다는 사실을 또박또박 말하자 그녀는 부드러운 어조로 나를 혼내고 학 생 관리를 제대로 하지 않은 선생님들도 혼낼 거라고 예고했다.

"제 잘못이에요……."

그런 말을 하자 또 혼이 났다.

다행히 열실신이라는 것을 일으키기만 해서 증상은 가볍다고 했다. 그녀는 나를 남겨놓고 방을 나가 보고하러 갔다.

　푹 자둬요. 그런 소리를 들었지만 과연 잘 수 있을까.

　그런 걱정은 기우였다.

　눈을 감자 과연 무언가를 제대로 느낄 새도 없이 나는 잠에 빠져들었다.

　이튿날 스케줄은 배로 외딴 섬에 가는 것이었지만, 나는 호텔에서 선생님 한 사람과 남게 되었다. 시원한 방에서 멍하니 있는, 무척이나 드문 수학여행의 날을 보냈다.

　어젯밤 내가 쓰러지고 나서 상상했던 것보다도 상당히 큰 소동이 일어났던 모양이다. 특히 미키는 속옷 바람으로 알몸인 나를 복도로 데리고 나가려다가 모두에게 저지당했다고 한다. 그 장면을 떠올리는 것만으로도 웃음이 났지만, 그렇게 유쾌한 일만 있던 것은 아니었다. 미키는 "구로다 일은 맡기고 자"라고 했는데도 듣지 않고 밤늦게까지 복도를 서성인 듯했다. 그 때문에 혼쭐이 났고, 덕분에 오늘은 잠이 부족한 상태로 외딴 섬으로 향했다.

　나 같은 애 때문에 미안, 하고 아침에 미키를 만났을 때 말하지 못한 것은 그녀가 정말로 나를 걱정하고 있었다고 새빨간 눈과 마음의 리듬이 가르쳐주었기 때문이었다. 이럴 때는 미안이 아니라 고맙다고 해야 한다는 것을 아무리 나라도 알고 있었다.

　보건실로 사용되는 조용한 방에 홀로 남아 재차 생각해보니, 어제 나는 역시 평소와 다르게 냉정함을 잃고 있었다는 생각이 들었다. 몸 상태와 더불어 여러 가지 일이 겹쳐진 탓도 있을지도 모르지만, 마음의 리듬을 컨트롤하지 못했다. 지금은 평소보다 조금 빠른 리듬이지만 안정되어 있다. 어제 일을 떠올리면 마음이 조금 흔들릴 것 같았지만 괜찮다. 그래서 반성도 할 수 있다. 곰곰이 생각해보면 등교 거부를 하다니, 어리석음의 극치다. 내가 이 타이밍에 사라진다면 화가 난 그녀나 섬세한 미야자토는 당연히 신경 쓸 테고, 미키는 분명 하루가 멀다 하고 우리 집에 찾아올 것이다. 그렇게 둬서는 안 된다. 정신을 차리고 보니 열 중증 정도로 끝난 건 액땜이라고 생각해도 좋을 것 같았다.

우선 오늘 아침은 모두의 앞에서 평소대로 있을 수 있었다. 미키와 친구들의 심장 소리를 가지고 놀고 웃으며 배웅했다. 저런 상태라면 나를 신경 쓰지 않고 오늘을 즐겁게 보내겠지

걱정인 것은 역시 왕자님이 가진 방울의 행방이다. 그날 아침 가지고 있었던 것을 생각해보면, 첫째 날부터 건넬 바보는 없을 테니까 그건 역시 그가 건네기 위해 가지고 있었던 것일 테다. 대체 누구에게 건네기 위한 것일까. 상대가 그때 왕자님의 시선 끝에 있던 미키라고 한다면, 그리고 오늘 내가 없는 틈에 건넬 생각이라면 나는 어떻게 해야 좋을까.

어제 그와 이야기했을 때를 떠올렸다.

고백을 받고, 거절한 직후였는데도 그의 마음의 리듬은 전혀 흔들리지 않았다.

역시 나는 아무래도 그를 좋아할 수 없다. 하지만 내가 그의 마

음속을 알고 있는 것은 나에게 능력이 있기 때문이다. 적어도 표면상으로는 호감 가는 청년인 그에게 속는 사람들을 비난할 수는 없다. 그래서 지켜주고 싶었다.

물론 알고 있다. 나도 마찬가지라는 사실을. 나도 이 썩어빠진 근성을 감추고 미키네와 친구로 지내는 것을 자신에게 허락하고 있다. 사실은 그와 같은 종류의 인간인데.

그렇기 때문에, 나는 미키가 찾아냈으면 좋겠다. 친구인 나나 왕자님보다 가깝고 상냥한 마음으로 다가올 그런 존재를. 그러면 우리 따위는 잊어도 된다.

쿄는 노력하고 있을까.

내일은 이제 우리가 사는 곳으로 돌아가는 날이다.

몸 상태는 저녁 무렵에는 거의 회복되었지만, 체력을 아껴놓는 게 제일이라 생각해 이불 속에서 꾸벅꾸벅 졸고 있자 멀리서부터 웅성거리는 소리가 들려왔다. 아무래도 다들 돌아온 모양이다.

나도 모르게 벌떡 일어나 옷매무새를 다듬었다. 그 행동이 정답이었는지 때마침 문에서 노크 소리가 났다. 문을 열자 오늘 하루 종일 날 보살펴준 선생님이 계셨다. 몸 상태를 물었기 때문에 괜찮다고 답했고, 저녁을 먹을 수 있겠냐고 질문받았기 때문에 배가 고프다고 답했다. 물론 말에 파라의 정수를 담아서.

잠시 후 이번에는 담임 선생님이 찾아와서 저녁때까지는 이 방에서 대기하라고 전해주었다. 합류는 식당에서 하기로 했다. "지금방에 돌아가면 미키가 전력으로 난리 칠 테니까"라는 말은 절반은 농담이겠지만 절반은 진담이었으리라.

나는 얌전하게 저녁을 기다리기로 했다. 이불을 개고 창가에 놓여 있던 의자에 앉았다. 창문을 열고 있자 바람이 불어와 무척이나 기분 좋았다.

아무 생각도 하지 않아도 좋은, 분명 수학여행이 시작된 이후로 처음일 아주 평온한 시간이 내 마음에 흘렀다.

그러나 평화도 평온도 언젠가는 끝날 것이라고 생각하고 싶지 않지만, 내 평온에 한해서는 그건 언젠가는 끝나는 것이었던 모양이다. 그것은 의외로 빨리, 그리고 격렬하게 찾아왔다.

노크 소리가 났다.

또 선생님이 온 건가, 저녁 시간치고는 조금 이르네. 그런 생각을 하면서 무방비하게, 그리고 무심결에 문을 열었다. 나는 과연 그때 혐오스러운 표정을 숨길 수 있었을까.

"여, 파라, 몸은 어때?"

"걱정해주신 덕분에 괜찮사옵니다, 왕자님."

그는 여느 때와 다름없이 웃으며 "그게 뭐야"라고 말하고 나서 손에 든 안내서를 치켜들었다.

"이거 파라 거야. 전달 사항이 여러 가지 있었고, 또 다들 파라가 건강한지 궁금해서 내가 조장이니까 전달 사항을 전해줘야 한다는 걸 핑계 삼아 대표로 나만 왔어. 들어가도 돼?"

"내가 왕자님의 입실을 거부할 거라고 생각해?"

"그렇진 않겠지만 들어오게 해주면 고맙지. 밋키한테 서서 이야기하다가 컨디션을 망치면 죽여버린다는 말을 들었어."

익살을 떠는 그를 안으로 들이고 나는 방의 불을 켰다. 테이블을 사이에 두고 놓여 있던 의자 두 개에 마주 보고 앉았다.

"몸 상태는 이제 괜찮아?"

"응, 완벽이라고는 할 수 없지만 왕자님의 얼굴을 보니 회복됐어."

"나밖에 없는데도 계속 하는 거야? 굉장하다."

유쾌하게 웃으면서 그는 오늘 중에 있었던 전달 사항이나 조안에서 공유해야 하는 정보를 여러 가지 전해주었다. 핑계라고 했지만 이런 면은 착실하다. 착실하고 신뢰도 할 수 있으니까 여기에 오는 것을 허락받았겠지. 물론 선생님은 근처에 있을 테지만, 수학여행 중 남녀가 방에 단 둘이라니.

"파렴치하네."

"응? 자, 뭐 전달 사항은 이 정도이려나."

"땡큐 땡큐. 보답으로 돌아가면 아이스크림 사줄게."

"춥잖아! 음, 그래 그럼, 지금부터는 내 개인적인 이야기를 할게."

"개인적인 이야기?"

이렇다 할 생각이 떠오르기 전에 그가 입을 열었다.

"그 방울, 밋키한테 줄 게 아냐."

"…………아, 그랬어? 왜 가르쳐줄 마음이 들었어?"

"걱정하고 있는 것 같아서."

나는 생각한 다음 답했다.

"내가 왕자님의 마음을 미키에게 빼앗기는 걸 걱정하고 있다고 생각했어?"

"아냐."

그는 단호히 부정하고, 그런 다음 내 눈을 보았다. 지긋이. 마치 지금부터 세기의 고백이라도 하는 것처럼. 이런 때도 그의 마음은 평소와 다르지 않은 리듬을 새기고 있었다. 나는 어땠더라.

"나 같은 애가 밋키와 사귀는 걸, 파라는."

"응."

그는 빙긋이 웃고 말했다.

"싫어하잖아."

……속내를 드러내자. 솔직히 흠칫했다. 심장이 크게 요동쳤다.

내가 언제 그런 기색을 비쳤던 걸까, 하고 기억을 뒤져보았다. 그땐가? 그때였던가? 아니면 조금 전에 문을 열었던 순간인가. 아냐. 그때 그의 마음은 흔들리지 않았다. 그렇다는 말은 예전부터 그렇게 생각하고 있었다는 것이다. 게다가 상상 따위가 아니라 아마도 거의 확신에 가까운 것으로.

그다음 생각했던 것은 어째서 그것을 나에게 말했냐는 것이다. 견제, 요구, 공갈, 그 모든 가능성을 생각했지만 어딘가 아니라는 느낌이 들었다.

얼버무리려고 했다. 여느 때처럼, 왕자님이라고 부르면서. 하지만 그러지 않았던 것은 미키의 얼굴이 떠올랐기 때문이다. 그녀나 다른 친구들에게 보이는 내 최소한의 성의란 농담은 해도 거짓말은 하지 않는 것이다. 정직하게 지내겠다고 결심했을 터다.

그래서 나는 고개를 끄덕이고 말았다. 이것으로 내 책략 하나가 끝을 맞이했다.

"그치만 싫어하는 것과는 좀 달라."

"마음에 안 들어?"

"응. 그거야. 딱 맞혔어. 백 점."

나의 엉뚱한 말투에 그는 웃었다. 마음에 들지 않는다는 소리를 듣고 뭐가 재미있는 걸까 싶었다. 그래서 물어보았다.

"마음에 들지 않는다는 소리를 듣고 왜 웃어?"

내 질문에 그는 너무나도 의외의 말을 했다.

"아니 왠지 후련해져서. 마침내 이 녀석이 진심을 털어놓았구나 싶어서."

"나는 쭉 진심이었어."

"하지만 나한테 좋다고 했잖아?"

망설였지만 여기에는 고개를 가로저었다.

"그건 아냐. 조금 전에 네가 말했듯이 나는 내가 정말 좋아하는 미키와 네가 사귀길 바라지 않았던 거야. 그래서 나를 좋아하게 하려고 했던 거지. 하지만 난 널 연애 대상으로서 좋아한다고 한 번도 말하지 않았어. 안타깝게 됐네, 왕자님."

"아, 아쉽네. 그랬구나, 하지만 파라는 늘 그런 느낌이지."

안다는 듯한 말투에 열을 받았다.

"어떤 느낌?"

"음, 뭐랄까, 진심을 진심으로 숨긴다고 할까. 게다가 그게 이상하게 능숙해."

"아, 미안, 역시 널 싫어하는 걸지도 모르겠어."

싫어한다는 말을 들은 그는 즐겁게 웃었다. 그 모습을 보고 나는 이렇게 생각했다.

어쩌면 그와 나는 상상했던 것보다 훨씬 닮았을지도 모른다. 그래서 분명 서로의 속내를 아는 것이다. 그래서 분명 싫어하는 것이다.

분명 그렇다고 생각했기 때문에 물어보았다.

"그런 너야말로 나를 싫어하지 않아?"

그 질문에 틀림없이 동요하지 않고 고개를 끄덕일 줄 알았는데, 그는 어리둥절해했다.

"나? 파라를? 전혀 안 싫어해. 재미있다고 생각하고 있고."

아 그렇구나. 과연, 하고 나는 고개를 끄덕였다.

잊고 있었다. 그와 나에게는 닮은꼴이라는 말로 한데 묶을 수 없는, 덮기 힘든 크나큰 차이점이 있다는 것을. 그러니 서로에게 가진 인상이 다른 게 당연하다. 그 점을 잊고 있었다.

나에게는 다른 누구에게도 없는 능력이 있다.

그렇다면 공평하지 않다고 생각했다.

나와 그에게는 커다란 차이점이 있지만 물론 공통점 역시 있을 것이다. 이것은 나와 그의 사이에 한정되기보다는 모든 인간에 공통되는 생리적인 감정이다.

누구든 싫어하지 않는 상대에게 마음에 들지 않는다는 말을 들으면 조금 상처받는다.

성의를 다하려고 생각했던 것은 아니다. 그냥 공평하지 않다고 생각했다.

"나는 네가 생각했던 것처럼 재미있는 사람이 아니야."

어떤 의미에서 일생일대의 고백이었다. 평소의 나라면 그에게 이런 말을 해서 얻을 이해득실을 계산했을지도 모른다. 그렇게 생각해보면 나의 열중증은 아직 낫지 않은 걸지도 모른다.

"네가 재미있다고 생각할지도 모르는 내 발언은 내가 이렇게 말하면 재미있다고 생각되겠지라고 계산해서 말하는 거야. 네가 재미있다고 생각할지도 모르는 내 행동은 내가 이렇게 하면 사람들을 놀라게 할 수 있을 거라 노리고 한 행동이고."

알기 쉬운 내 설명에 그는 고개를 갸웃거렸다.

"무슨 소리야?"

"그러니까…… 나는 너희가 말하는 팟파라파가 아니라는 소리야. 엉뚱하고 전대미문에 무조건적으로 열정적인 사람이 아니야. 너는 착각하고 있어."

"나한테 파라는 그런 녀석으로 보이는데."

"그렇지 않아. 사실 나도 그런 사람이 되고 싶어. 이득 따위 생각하지 않는 인간이 되고 싶고, 하고 싶은 일만 망설임 없이 할 수 있는 인간이 되고 싶어. 하지만 실제의 나는 그렇지 않아. 내 말이

나 행동은 내가 되고 싶은 나에 지나지 않아. 진짜 내가 아냐."

어째서 이런 말까지 하고 말았을까, 라고 생각했다. 마음은 빠른 리듬을 새기고 있었고, 어쩌면 정말로 열중증이 정신에 영향을 끼치고 있을지도 몰랐다. 누구에게도 말하지 않았던 사실을 하필이면 마음에 들지 않는 그에게 말하다니.

하지만 이것으로 조건은 공평해졌다고 느꼈다. 내가 불공평하게도 그의 마음이 평탄하다는 사실을 알고 있는 것처럼 그에게도 내 내면을 알렸다. 이것으로 대등해졌다. 이것으로 확실히 미움받을 거라고 생각했다. 처음 만났을 때부터 줄곧 지금까지 나는 그나 미키를 속이고 있었다고 고백했기 때문에, 그리고 그것은 그도 마찬가지니까.

그런데 그는 여전히 내 말을 종잡을 수 없다는 얼굴을 하고 이렇게 중얼거렸다.

"다들 그렇지 않아?"

그는 이어서 말했다.

"그렇게 되고 싶다고 생각한다면, 그렇다면 그게 바로 파라가 늘 생각하고 있는 거라는 뜻이잖아. 게다가 본인은 팟파라파가 아니라고 했지만, 아냐 아냐, 생각 없이 그런 짓을 하는 것보다 생각하고 그런 짓을 하는 쪽이 위험해. 완전히 팟파라파야."

그는 재미있다는 듯이 웃었다.

"나도 말야, 사실은 그렇게 야무지지 못하지만 조장을 맡거나 누군가의 고민상담을 해주거나 하는, 사실은 그런 사람이 되고 싶어. 집에서는 장남이기도 하고."

나는 그의 말을 들어보기로 했다.

"밋키도 그래. 그 녀석 말이야, 히어로가 되고 싶다고 쭉 그러잖아. 하지만 실패도 많이 하고 덜렁대는 그런 녀석이 히어로라면 세상은 순식간에 망할 거야, 그래도 말이야."

그 미소는 절친을 진심으로 자랑스러워하는 것처럼 보였다.

"히어로가 되고 싶으니까 등교 거부를 하는 반 친구네 집에 찾아가기도 하잖아. 그건 결국 히어로의 행동이라고 생각해. 자연스럽지는 않지만 멋있잖아. 아, 밋키한테 절대로 말하지 마. 기고만장해하니까."

"……음, 뭐, 그러려나."

나의 긍정은 미키가 히어로라는 말에 대한 것이었지만, 그는 "그 녀석, 칭찬해주면 도리어 일을 망치니까"라고 말했다.

"그러니까 모두 그런 면이 있는 거야. 단지 나나 미키는 되고 싶은 것이 되려고 하고 있지만, 서툴러. 바로 본성이 드러나. 중요한 곳에서 행동으로 실수하거나 말실수를 하거나. 나는 최근에는 특히 더 그래. 그래서 숨통이 트일 때도 있지만."

"……."

"그게 말이야, 파라는 너무 능숙하단 말이야. 긴장을 늦춰도 된다고 생각하는데. 무리하면 또 쓰러질 거야. 그리고 파라의 경우에는 조금 전 이야기를 들어보니 마음을 약간 편히 먹는 편이 재미있을 것 같아."

"……."

내가 뭔가 말을 고르고 있자 그는 "자" 하고 말하고 벌떡 일어났다. 안내서를 들고 있는 것을 보아 하고 싶은 말은 끝난 모양이다.

"그럼 저녁 먹을 때 보자."

"그 말 하려고 왔어?"

질문의 의미를 모르는 것은 아니리라. 하지만 그는 웃었다.

"아니, 한 번 정도 여자애들 방에 들어와보고 싶었어."

"그게 뭐야."

시시한 농담에 반사적으로 웃고 말았다. 마치 미키처럼.

그가 방을 나가려고 하는 것을 얌전히 지켜보려고 했지만, 그러고 보니 하고 생각이 떠올라 지금 한 번 물어보기로 했다.

"결국 그 방울은 뭐였어?"

그는 문손잡이를 잡으려다 멈추고 "음" 하고 고민하는 듯이 신음하다가 이쪽으로 한 번 돌아보았다.

"지금은 아무것도 아닌 걸로 해줘."

그런 말을 하고 그는 내 대답을 기다리지 않고 방을 나갔다.

왕자님의 의미심장한 발언, 평소라면 이렇게 저렇게 생각하겠지만, 오늘만큼은 기껏 위로하러 와준 그를 봐서라도 깊이 파고들지는 않기로 했다.

평소 같은 다정함. 그의 모습에 그런 말이 떠오른 나는 역시 아직 열중증이 낫지 않은 것 같았다.

수학여행 마지막 날은 시내에서 보내는 자유 시간이 메인이고, 오후에는 우리 동네로 돌아가게 된다. 흥분에서 서운함으로 바뀐 모두의 심경은 출발 때와는 또 다른 종류의 리듬으로 저마다 빨라지고 있었다.

나는 이제 왕자님에게 들러붙기를 관뒀다. 마지막 날 정도는 미키와 재미있게 놀고 싶다는 내 욕구에 따르기로 했다. 게다가 어젯밤 그가 무단으로 몸 상태가 좋지 않은 아이가 대기하는 방에 몰래 들어왔다가 선생님에게 진짜 설교를 들은 것 같아서 조금은 배려했다.

시내에서는 기본적으로 조별로 움직였다. 우리는 달콤한 것을 먹거나 기념품 가게에 들르기도 했다.

파라라는 나의 위치는 딱히 어제와 달라지지 않았다. 왕자님의 충고에 반발한 거냐고 한다면, 그렇지는 않았다. 그렇다고 납득한 것도 아니지만.

그냥 이게 나라는 사실을 알았다. 그래서 지금까지와 아무것도 바꿀 필요가 없다고 생각했다.

미키가 붙여준 파라라는 자신의 별명을 이제부터는 아이러니하다고 생각하지 않고 진심으로 자랑스러워해야겠다고 생각했다.

물론 화나게 만든 그 여자애나 미야자토와의 골은 조금씩 메워 나가면 될 것이다. 이번에는 확실하게, 진정한 친구로서.

도중에 점심을 먹고 지금까지 본 것 중에서 눈에 띄는 상품이 있던 기념품 가게를 다시 방문했고, 거기서 각자 쇼핑을 하게 되었다.

우리는 액세서리 등을, 남자아이들은 기묘한 장식품을 찾아보고 있었다. 그때 미키가 어설픈 눈짓을 쿄에게 보내고 있는 것을 알아차렸다. 무슨 일인지 생각하고 있는데 쿄가 이쪽으로 와서 미야자토를 불러 같이 어딘가로 사라졌기 때문에 나는 틀림없이 미키의 연애 센서가 고장 나 오작동이라도 일으켰나보다 했더니, 아니었다.

둘만 있게 되자 미키는 내 손을 아무 말 없이 끌고 일단 가게 밖으로 나가 새삼스럽게 나와 마주 보았다. 뭘까.

"자, 이거 줄게."

받아들기도 전에 그것이 무엇인지 소리가 가르쳐주었다. 미키의 손바닥에 놓여 있는 그것은 작은 조개껍데기가 달린 방울이었다.

"이거 뭐야?"

"방울이야. 선물하면 쭉 같이 있을 수 있다고 하던 거. 둘만 있을 때가 아니면 안 된다고 하니까. 즈카 때문에 파라에게 좀처럼 건넬 수 없었어. 파라 건 어제 산 특별한 물건이야."

나는 아무 말 없이 그것을 받아들었다. 말이 나오지 않았다.

"왜 그래?"

"…………고마워."

"왜 이렇게 고분고분해. 분명 사랑의 고백이라며 놀릴 거라고 생각해서 반격할 준비를 했는데."

166

"소중하게 간직할게."

진심이었다. 진심이었지만, 실은 그 뒤에는 이어질 말이 있었지만, 하지만 그건 그 방울을 가슴에 품음으로써 살며시 감출 수 있었다.

"아, 그러고 보니 복선 어땠어? 누구한테 방울 받을지도 모른다고 내가 말했잖아? 깜짝 놀랐어?"

"그게 복선이었어? 우와, 엉터리."

"뭐야. 모두에게 줬지만 파란 것만 특별하니까 자랑해도 돼."

"뭐야, 나한테만 준 게 아니었어. 실망이야."

그럴 거라고 생각했지만 장난치듯 괴짜 같은 말을 살짝 하는 정도는 괜찮을 거라 생각했다. 힘을 빼도 된다는 말을 들었으니까.

…………모두에게 줬다는 것은.

"답례 안 해도 돼. 기본적으로 한쪽만 줘도 오케이래. 아, 맞다. 근데 어제 답례를 받았어. 봐 이거, 쿄한테."

미키는 주머니에서 작은 방울을 하나 꺼냈다. 그녀의 마음의 리듬이 조금 빨라지는 것을 알 수 있었다.

"받기만 하면 미안하다며 주더라. 그런 의미는 아니지만 받을 때 조금 긴장했어."

"와, 놀랐어."

그렇구나, 제법이네. 우리 제자.

얼른 나중에 스승님에게 *보고, 연락, 상담*을 하지 않은 것을 핑계 삼아 놀려주자고 생각하고 있는데, 미키가 옆에서 하늘을 올려다보며 크게 발돋움했다.

"모두에게 제대로 전달해서 다행이야. 나 말이야, 일단 그래도 친구니까 제일 먼저 즈카한테 줬는데, 그 녀석에게만 주면 분위기가 이상할 뻔했어."

이것만큼은 그냥 넘어갈 수 없다고 생각했다. 여러 사람의 마음이 흐트러질 게 틀림없었다.

…………제일 먼저?

"걔한테 방울 언제 줬어?"

"첫날이야. 빠르지?"

머릿속에서 첫날 출발 전 기억이 되살아났다.

"뭐야 그거!"

나답지 않은, 아니, 나다울지도 모르는 외침이 무심코 입에서 튀어나왔다. 그랬던 거구나, 내가 이 수학여행 내내 휘둘렸던 수수께끼의 답은 바보 같은 것이었다. 생각해보면 미키가 그때 그에게만 인사를 하지 않았던 것은 아침에 이미 만났기 때문이다. 그가 절대 말하지 않았던 것은 아마 미키가 우리를 놀라게 해주겠다고 입막음했기 때문이겠지. 수족관에서 미야자토가 왔을 때 바로 화제를 바꾼 것도 그래서인가. 생각하면 생각할수록 그게 뭐야, 그게 뭐람!

"뭐가?"

"아니, 난 역시 그 즈카 녀석이 싫어."

"하하! 요전까지 따라다녔으면서, 뭐야 그거."

뭐야, 그렇구나. 생각이 지나쳐서 손해를 보고 말았다. 확실히 이번 일을 교훈 삼아서 그가 말하는 대로 좀 더 간단히 현상을 생각하고 싶어졌다. 마음을 편히 먹어도 될지도 모른다고 생각했다.

뭐, 됐어. 우선 이걸로 한 건 낙찰.

그렇게 생각했는데 미키의 말이 사태를 한 걸음 앞으로 이끌었다.

"그치만 그 녀석 정말 실례인 거 있지. 내가 평화기념공원에서 아무 말 없이 방울을 휙 던져주니까 바로 되받아치는 바람에 땅바닥에 떨어져서 흠집이 났어. 그래서 그 녀석과의 인연은 끊어질지도 몰라, 하하!"

"…………어? 건네준 거, 아침 아니었어?"

"응, 아침에는 내가 차로 왔을 때는 마침 그 녀석도 도착한 타이밍이라서, 역시 서로 부모님도 알고 있는 사이인데 거기서 방울을 건네줄 용기는 없었어. 이미 와 있는 아이도 많았고. 왜?"

"아냐……."

어떻게 된 걸까. 미키의 말대로라면 그는 역시 누군가에게 건네기 위해 직접 방울을 가져왔다는 뜻이 된다. 대체 누구에게.

가게 안으로 돌아가니 쿄와 왕자님, 그리고 미야자토가 사이좋게 수제 도넛을 시식하고 있었다.

거기서 문득 생각이 미쳤다. 번뜩임이라고 말해도 좋았다.

"미키, 왕자님은 미야자토를 뭐라고 부르더라?"

"응? 엘 아냐?"

그렇구나, 그렇게 된 건가.

첫날 아침, 나는 그에게 물었다.

'방울, 어떻게 된 거야?'

그때 그는 말문이 막힌 것처럼 보였다.

하지만 아니었다. 그건 말실수를 했던 거였구나.

원, 투, 쓰리, 포. 원, 투, 쓰리, 포.

두 사람을 향해 웃는 왕자님의 심장 소리가 그때 조금 빨라진 것 같았다.

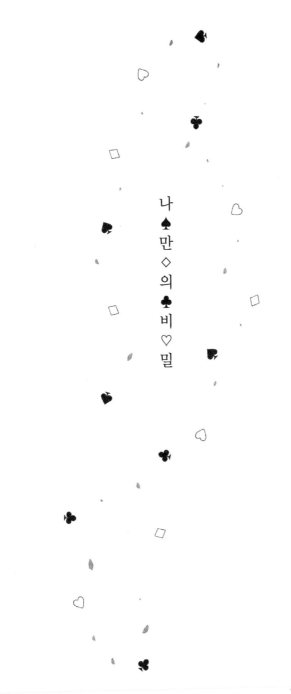

나♠만◇의♣비♡밀

삼자면담 때문에 3학년 수업이 오전 중에 끝난 방과 후, 식당에 가니 밋키가 테이블 위에 쿠키를 펼쳐놓고 있었다. 가만히 다가가 옆에서 집어먹자 느닷없이 강렬한 보디블로를 날렸다.

"마음대로 먹지 마!"

"음, 맛있네."

밋키의 머리 위에는 '분노'의 다이아몬드가 떠올랐다. 대신해 '기쁨'의 스페이드를 떠올린 것은 밋키의 건너편에 앉아 있던 엘이었다. 엘이 만든 건가. 그녀는 부드럽게 싱긋 웃어주었고, 최근에 계속 그랬듯이 나는 눈을 피하고 말았다.

"나도 아직 안 먹었는데."

"진짜냐, 미안. 하지만 역시 맛있어."

다시 한 번 날아온 펀치. 이번에도 제대로 당해줌으로써 밋키의 울분을 풀어줬다. 하지만 그것만으로는 봐줬다고 생각할 것 같아서 "뭐, 밋키가 요리할 리가 없지"라고 덧붙였다. 밋키의 머리 위에 다시 '분노'의 다이아몬드와, 그리고 엘의 머리 위에는 작은 다이아몬드가 떠올랐다. 일단은 여자아이인 밋키가 폄하당했다는 사실에 작은 반감을 느꼈을지도 모른다. 그것은 바로 사

라질 듯한 이른바 '정색' 정도의 감정이기 때문에 신경 쓸 필요가
없다.

"제길, 뭐 됐어. 무시하자, 무시해."

믹키는 다시 손을 모으고 엘이 구운 쿠키를 먹었다. 그러자 바
로 '분노'의 다이아몬드가 사라지고 커다란 '기쁨'의 스페이드가
머리 위에 떠올랐다. 이 자리에 있는 누구보다도, 말이 나온 김
에 덧붙이자면, 지금 학교에 있는 누구보다도 커다란 마크다. 각
각의 마크가 누구의 것인지는 모르지만 마크의 위치와 크기 정도
로라면 같은 건물 어디에서든 감정을 판별할 수 있다. 틀림없이
믹키가 제일 크다. 그게 쿠키 하나로 생긴 마크라면 굉장한 녀석
이다.

"맛있어!"

"맛있지?"

"즈카, 아직도 있었어? 동아리 활동 해야지. 얼른 가봐. 죽고
싶냐?"

"거참 입이 험하네! 삼자면담 중에는 혼자서 훈련하거나 공부
해야 돼. 도서실에 있었는데 쿄가 면담 때문에 교실에 가는 바람
에 한가하고 배도 고파서. 엘, 혹시 진짜 먹으면 안 될까?"

"응, 좋아. 또 만들면 되니까."

"흥, 엘을 봐서 봐줄게. 목숨 건졌네."

"고마워. 그리고 보니 파라도 오늘 면담이었나?"

욕설을 흘려들으며 무심하게 물어보니 "아, 맞아맞아. 우등생

은 어차피 칭찬만 받을 테니까 좋겠다"라며 어깨를 으쓱거리는 밋키는 벌써 즐거운 듯했다.

6년지기지만 스페이드에서 다이아몬드, 다이아몬드에서 하트로 휙휙 바뀌는 감정이 어떻게 움직일지 예측이 가지 않아서 보고 있으면 즐겁다.

"하지만 엘도 그렇잖아?"

나는 정면에서 방긋방긋 웃는 그녀에게 이야기를 건넸다.

"그렇지. 근데 엘은 작년에 많이 쉬었잖아. 내신 성적에 영향을 끼칠까?"

등교 거부 했던 일을 주저하지 않고 꺼내는 밋키를 바람직하지 않게 여기는 사람도 있을지도 모르지만, 그렇지 않다.

"음, 일요일이 끝난 걸 몰랐다고 하면 안 되려나?"

"그게 뭐야! 하하!"

밋키가 웃자 1년 전이라면 학교에서 농담을 하지 않았을 엘의 머리 위에 '즐거움'을 표현하는 큰 하트가 나타났다.

친구라고 생각하는 상대로부터 과도하게 배려받는 것은 무시당하는 것보다 훨씬 불편하다. 밋키는 그런 것을 피부로 느끼고 있다.

엘이 웃어줘서 다행이라고 안심하고 밋키의 옆에 앉아 쿠키를 하나 더 먹었다. 이번에는 주먹이 날아오지 않았다.

"맛있어. 쿄랑 파라도 먹어봤어?"

"어, 아니."

"그렇구나. 그 녀석 운이 없네. 밋키가 전부 먹을 테니까."

내가 그렇게 말하자 엘의 머리 위에 '슬픔'의 클로버가 떠올랐다. 쿄나 파라에게 쿠키를 주지 못 한 것을 정말 후회하게 만들었을지도 몰라서 황급히 화제를 바꿨다. 배려한 게 아니다. 다만 엘이 조금이라도 슬프지 않으면 하는 스스로의 마음에 따랐다. 나로서는 드문 경우다. 여느 때였다면 쓸데없이 참견해 상대의 클로버가 조금 커지더라도 그 슬픔의 원인을 명확하게 밝혀서 내가 해결할 수 있는 일이라면 화제를 파고든다.

"그건 그렇고 맛있네. 뭔가 비법이라도 있어?"

다만, 드문 일이라고 다 좋은 게 아니니 역시 익숙하지 않은 일은 하는 게 아닐지도 모른다.

늘 남의 일에 참견해왔던 주제에 자신의 감정을 우선시하는, 익숙지 않은 일을 하면 예상하지 못했던 일이 일어나고 만다.

"앗, 나도 알고 싶어. 가르쳐줘!"

"비법 전에 배워야 할 게 있잖아."

내가 다시 펀치를 먹자 엘은 빙긋이 웃었다.

"헤헤, 비법이니까 비밀."

밋키의 부탁을 거절한 그 미소는 여느 때처럼 부드럽고 다정다감했다. 그 얼굴 그대로 엘은 "잠시 화장실 다녀올게"라고 말하고 조용히 자리에서 일어났다.

"굳이 말하자면 애정이려나. 누가 먹을지를 상상하며 만들어."

자리에서 물러날 때 귀여운 말을 하는 엘. 최근의 나라면 부끄러워져서 눈을 돌렸을 것이다. 하지만 그러지 않았던 것은 꼼짝할 수 없었기 때문이다.

엘의 미소가 아니라 그 위에 떠서 부풀어가는 커다란 감정에.

뭐지?

도망치듯이 화장실로 향하는 작은 등을 보고 있다가 무심코 숨을 삼켰다.

그녀의 머리 위에 뜬 마크는 점점 부풀어가서 이윽고 밋키의 스페이드나 하트를 뛰어넘어 학교 안에서 가장 큰 감정이 되었다.

"애정이구나."

그런 식으로 혼잣말을 하는 밋키를 무시하고 나는 엘이 식당을 나갈 때까지 그녀의 등과 머리 위의 마크를 보고 있었다.

말없이 있는데 밋키가 "왜 그래?" 하고 말을 걸었다. 엘에 대한 말을 꺼낼 수는 없어서 나는 "아니, 역시 배가 고프니까 뭐 좀 사가지고 올게. 짠 게 먹고 싶어졌어"라고 말하고 자리에서 일어섰다. 화장실과 매점은 같은 방향에 있다.

밋키로부터 떨어져 나는 어떻게 된 건가 생각하면서 엘을 쫓아갔다. 혹시 비법을 비밀이라고 한 것을 마음에 담아두고 있는 건가? 하지만 고작 그런 일로 그런 커다란 마크는 생길 리 없을 텐데.

그렇다면 잘못 봤을지도 모른다고 생각했다. 색이 같은 '기쁨'의 스페이드를 잘못 봤을지도 모른다.

그렇다면 다행이라고 생각했다. 그래서 나는 그 사실을 알고 안심하고 싶어서 엘을 찾았다.

하지만 틀린 게 아니었다.

아담한 등, 화장실이 있는 방향으로 향하는 엘의 머리 위에는 부풀어 오른 '슬픔'의 클로버가 거무죽죽하게 떠 있었다.

그 정체는 전혀 알 수 없었다. 하지만 보고 있자 참을 수 없이 괴로워졌다.

내 상태가 왠지 이상하다고 처음 느낀 것은 문화제보다 훨씬 전이었지만, 결정적인 것은 2월에 있었던 수학여행 때다. 같은 반 아이로부터 사귀고 싶다는 말을 듣고 그것을 거절했다.

뭔가 이상했다. 이런 건 처음이었다. 누군가에게 고백받고 거절한 것은.

그렇게 사이가 좋지는 않았지만 밝고 즐거운 아이라는 것은 알고 있었고, 거기다 반에서도 눈에 띄게 예쁜 아이로부터 고백 받은 거라서 물론 기뻤다. 평소라면 딱히 생각하지 않고 고개를 끄덕였을 테다. 딱히 인기가 좋다고 말할 생각은 없지만, 지금까지는 그렇게 모르는 상대라도 날 좋아해준다면 내 마음이 어떻든간에 받아들였다.

생각해보면 연애사뿐만 아니라 나는 능력 때문인지 자신과 상대를 객관적으로 보려는 면이 있고, 거기에 참견이나 배려가 하나 엮이면 자연히 자신의 의견보다 상대의 의견을 존중해왔다.

하지만 이번에 그러지 않았던 이유는 단 하나밖에 없다.

신경 쓰이는 아이가 있었기 때문이다.

이상한 일이지만, 이 '신경 쓰이는' 것의 정체가 전혀 보이지 않는 동안에는 편하게 지낼 수 있었다. 그런데 고백을 거절하면서 어쩌면 이 마음에는 특별한 의미가 있을지도 모른다고 자신의 행동을 의식한 이후로는 그저 가벼운 기분으로 가지고 있던 방울도 두려워져서 멀리 떼어놓게 되었다.

부끄럽지만 어차피 이번이 고작 두 번째다. 누군가에게 호감을 품었을지도 모른다고 생각한 것은.

하다못해 이것이 확신으로 바뀌면 뭔가 방법이 있을지도 모르지만, 바보처럼 어떻게 할까 생각하다가 완전히 제자리걸음을 하고 말았다.

하지만 그것은 나쁘지만은 않다고 생각한다. 전에 사귀었던 선배에게 자신의 마음과 제대로 마주한 적이 있느냐는 소리를 듣고 차인 적이 있는 처지로서는 좋은 일일지도 모른다.

나쁜 것은 그렇게 신경 쓰이는 여자아이가 슬퍼하고 있는데 어떻게 해야 좋을지 모른다는 것이다.

나의 능력은 만능이 아니다. 희로애락은 가르쳐줘도 그 이유나 누그러뜨릴 방법은 가르쳐주지 않는다. 지금까지 살아온 인생에서 조금은 배웠지만, 감정의 움직임은 사람마다 달라서 똑같이 할 수가 없다.

바로 조금 전 볼일이 있다고 말하고 먼저 돌아간 엘의 머리 위에 뜬 검은 감정은 화장실에 갔을 때부터 신발장 쪽으로 사라질 때까지 형태가 바뀌지 않았다.

진로지도실에서 혼자 입시 안내서를 넘겼다.

그 검은 감정이 머리에서 떠나지 않았다.

"여, 왕자님. 미야자토 벌써 꼬셨어? 응, 뭐야? 그 눈은?"

"……아니, 넌 여전히 파라구나 싶어서."

"예이."

돌아보니 파라는 딱히 기쁘지도 않으면서 브이 포즈를 취하고 종이팩에 꽂힌 빨대를 빨아들이고 있었다. 그 머리 위에는 '즐거움'의 하트와 '슬픔'의 클로버가 언제나처럼 동시에 떠 있었다. 이상한 녀석이다, 두 마크가 늘 떠 있는 녀석은 달리 없다.

"맛있게 주스를 마시고 있는데 괜찮겠어? 오늘 면담이잖아."

"맛있다니, 마시고 싶어? 간접 키스 할래?"

"단건 됐어, 조금 전에 먹었어."

거절하자 파라는 나에게 내밀고 있던 야채 주스 팩을 뒤로 물리고 "미야자토가 아니면 싫은 건가" 하고 괜한 말을 했다.

파라도 방과 후 진로지도실에 사람이 오지 않는다는 사실을 알고서 한 말이니까 상관없지만, 부정하든 긍정하든 추궁당할 것같아서 아무 말도 하지 않았다.

담당 선생님도 외출 중인 교실 안에 파라의 과장된 목넘김 소리만이 울렸다.

"면담은 끝났어. 도서실 앞까지 갔지만 쿄랑 미키가 단 둘이 있는 게 재미있어서 도망쳐왔어. 왕자님은 같이 안 있었어?"

"쿄와 둘이서 공부하고 있었는데 엘이 집에 가서 밋키가 도서실에 합류하는 바람에. 쿄를 배려해 도망쳐왔어. 입시 안내서라도 빌릴까 해서. 파라도 입시 안내서?"

"면담에서 일단 2지망을 정해두라고 했다고 하면 완전 거짓말이지만 왕자님이라면 믿어줄 것 같으니 그걸로 됐어."

어차피 내가 도서실에서 나오는 것을 보고 따라왔을 거라고 짐작했는데, 아무래도 정말로 그런 모양이다. 이제껏 내가 한 일은 생각 못 하고 참견쟁이라고 생각했다.

"근데 미야자토에 대해서는 어떻게 생각하는 거야?"

"몰라."

머릿속에 전혀 들어가지 않는 입시 안내서를 팔락팔락 넘기면서 진심으로 그렇게 대답했지만, 파라는 납득 가지 않는 듯이 "흐음" 하고 숨을 쉬었다.

"모른다고 말하는 사이에 그 예쁜 미소를 빼앗긴다면 왕자님은 어쩔 거야?"

"어쩌다니?"

얼버무리자 파라가 한숨을 쉬었다.

"뭐, 입시가 끝날 때까지 그럴 겨를은 없다는 건가. 다들 나와 달리 상당히 열심이네. 쿄도 진전됐다고 말할 상황은 아니지만, 요사이에 그것 같은 예상 못 한 일도 있고."

"아아, 그거 말이지."

확실히 그건 예상 못 한 일이었다고 생각한다.

딱히 숨길 일도 아니다. 3주쯤 전인가, 실은 밋키가 다른 반 녀석에게 고백받았다. 그 사실을 못된 파라에게 들었을 때의 쿄의 당황한 모습이란. 나로서는 입시에 영향을 끼치지 않을까라든가 최악의 경우 어떻게 위로할까라든가 여러모로 고민하게 될 정도였지만 결국 밋키는 고백을 거절했고, 쿄는 지금 열심히 공부에 매진하고 있다.

"그거 네가 쿄한테 일러바쳤는데도 아무 일도 안 일어나서 다행이라고 생각하는데."

"말 안 했는데 만약 미키가 남자 친구가 생겼다고 행복하게 보고한다면 쿄는 어떻게 생각할까?"

다 쓴 빨대에 옆구리를 찔렸다.

"알아야 할 일이고 행동했어야 할 일이야. 아무것도 못하고 후회하는 게 제일 바보 같아."

"그거 쿄를 말하는 거야?"

"글쎄."

파라는 고개를 갸웃거리더니 우향우하고 그길로 걸어 나갔다. 도서실로 가는 건가 싶어 아무 말 없이 있는데 파라가 "만약에 말이지" 하고 등에 대고 말을 걸었다.

"왕자님, 이번에는 미키가 우연히 고백을 거절했다고 생각하지?"

돌아보니 파라는 이쪽을 보고 그녀답지 않은 표정을 짓고 있었다. 다정하게 웃고 있었다.

"사랑에 눈이라도 멀었어? 아무것도 모르네."

그 말을 내뱉고 파라는 진로지도실에서 나가고 말았다. 교대하듯이 진로지도부장 선생님이 들어왔다.

아무것도 모른다. 그 말이 계속 마음속에 검게 남아 있었다.

다음 날은 내가 면담할 차례였다. 방과 후, 쿄와 함께 점심을 먹고 도서실에서 공부를 하고 있자니 파라가 가세했고, 그리고 엘이 합류했다. 밋키는 무슨 볼일이 있다나.

엘의 '슬픔'의 클로버는 조금 작아진 듯한 느낌이 들지만 아직 떠 있었다. 무엇을 그렇게 질질 끌고 있는 걸까. 이틀에 걸쳐 그럴 정도니까 역시 비법을 비밀로 한 죄책감 정도가 아니다.

잠시 공부하고 있으려니 내 앞 순서인 아이가 부르러 와주었다. "필통 좀 맡길게"라고 부탁하자 파라가 "배고프면 먹어버릴지도 몰라"라고 해서 안심하고 맡기로 했다.

교실 앞에서는 이미 엄마가 기다리고 있었다. 같이 교실에 들어가 부모님과 선생님이 인사하는 모습을 바라보면서 의자에 앉았다.

약한 과목의 보강이라든가 목표가 높은 만큼 꼼꼼하게 안전지원도 해놓으라든가, 그런 대강 예상하고 있던 이야기를 듣는 동안, 선생님에게는 미안하지만 나는 엘에 대해서 생각하고 있었다.

어째서 그 애를 특별히 신경 쓰는 거라든가, 만약 그게 예를 들어 그 애를 좋아하는 감정이라면 어떻게 할 건가라든가.

곰곰이 생각해보았더니 정말 모르겠다는 생각이 들었다.

"외국에 가고 싶다는 확실한 꿈이 있다면 그에 걸맞은 노력을 해야지."

"……이래 봬도 할 때는 하니까 기대해주세요."

웃으며 말하는 선생님에게 웃으며 답하고 어찌 됐든 좋은 분위기로 면담은 끝났다. 엄마의 머리 위에 '슬픔'의 클로버가 뜰 일 없이 끝나서 다행이었다.

엄마를 정문 현관까지 배웅하면서 공부하러 간다고 말씀드리고는 나는 다시 도서관으로 돌아가기로 했다.

사람이 오가는 복도를 걸어가면서 이런저런 생각을 하고 있었더니 건너편에서 다가오는 것이 엘과 쿄라는 사실을 거리가 가까워질 때까지 알아차리지 못했다.

"즈카, 수고했어. 어땠어?"

쿄의 목소리에 제정신으로 돌아왔다.

"오, 너도 수고했어. 공부하라는 소리를 들은 기억밖에 없어."

"다행이다. 나도 그런 소리만 들었어."

우리가 히죽거리고 있자 이 자리에서 혼자만 성적이 좋은 엘도 웃어주었다. '슬픔'의 클로버는 여전히 그대로였다.

"둘이서 어디 가는 거야? 엘, 파라는?"

"아, 응. 지금부터 우린 음료수 사러 매점에 가는데, 파라는 즈카의 필통을 보고 있어야 한다면서 빤히 보고 있었어."

"뭐 하는 거야, 그 녀석."

"아, 마, 맞다. 즈카도 같이 매점에 가자."

별 대수롭지 않은 친구로서의 권유. 하지만 보통 엘은 그런 말을 내게 할 아이가 아니기 때문에 흠칫했다. 물론 고개를 끄덕이자 그녀의 머리 위에 클로버와는 다른 작은 '기쁨'의 스페이드가 떠올랐다.

복도를 걸어 식당으로 향하는 도중에 "즈카는" 하고 엘이 이야기를 시작했다. 이 또한 드문 일이었다.

"대단하네. 하고 싶은 일도 정했으니까."

"근데 엘도 그렇잖아."

"음, 글쎄. 나는 고민하고 있어. 계속 생각하고 있지만 생각하면 생각할수록 모르겠어. 그래서 즈카가 대단하다고 생각해."

엘에게 굉장하다는 말을 듣는 것은 솔직히 기뻤다.

하지만 그녀의 말을 그대로 받아들일 수는 없었다.

"고민하는 편이 좋다고 생각해."

무심코 입을 뚫고 나왔기 때문에 스스로도 정확히 어떤 의미를 담아서 말했는지 알 수 없었고, 말을 들은 엘도 쿄도 영문을 알 수 없는 표정을 지었다.

아마도 이런 말이 하고 싶었던 것 같다.

내가 외국에 가고 싶다고 생각한 것은 가만히 있는 것보다 움직이는 편이 자신에게 어울린다고 생각해서이며, 영어는 배워두면 도움이 되는 도구니까 가족을 편히 살게 할 수 있을지도 모른다, 아무 생각 없이 그걸로 충분하다며 진로를 정했다. 그러니 말하자면 자신에 대해서 진지하게 생각해서 낸 결론이 아니었다. 그냥 이만하면 됐다는 생각으로 정하고 말았다. 흥미가 있는 것은 사실이지만, 고르고 고른 것은 아니다. 장래에 대해 충실하지 않은 것 같았다.

그래서 그에 비해 곰곰이 고민하고 시행착오를 겪고 있는 엘 쪽이 낫지 않을까 생각했다.

결국 그 말은 전하지 못한 채 우리는 매점에 도착해 각자 음료를 샀다.

오늘은 드물게 쿄가 긴히 할 이야기가 있는 것처럼 말을 걸었다. 그렇다 해도 평소처럼 식당에 가서 밥을 먹으면서 이야기했을 뿐이다.

실은 나도 마침 쿄에게 물어보려고 생각했기 때문에 타이밍이 맞았다. 오늘도 여전히 슬픔을 내걸고 있는 엘. 엘은 쿄와 밋키에게 특별히 마음을 열고 있는 듯하니까 뭔가 내가 듣지 못한 것을 알고 있을지도 모른다고 생각했다.

하지만 식당 구석 자리에서 쿄가 꺼낸 이야기는 의외의 것이었다.

"미야자토 말이야, 무슨 일 있는 걸까?"

엘은 슬픔을 띠면서도 표면적으로는 평소와 다름없이 웃는 얼굴로 지내고 있는 것처럼 보였다. 그래서 쿄가 그 변화를 알아차리고 있는 것이 의외였다. 내가 그녀의 변화를 알고 있는 것은 능력이 있기 때문이다. 나는 새삼 친구를 다시 봤다. 하지만 아무 래도 뭔가 미세한 변화를 알아차린 것은 아닌 듯했다.

"엘이? 무슨 소리야?"

"응, 왠지 어제부터 갑자기 서먹하달까, 뭔가 화가 나 있는 것 같은데."

짝꿍으로서의 고민이냐고 태클을 거는 것은 여러모로 귀찮아 질 것 같았기 때문에 관두기로 했다.

"그래? 분명 좀 조용하긴 했어."

"피하는 듯한 느낌도 들었어."

"하지만 어제 같이 매점에 갔잖아."

"그게, 즈카가 오기 전까지 서먹한 분위기였어. 내가 뭘 잘못했나?"

진심으로 걱정하는 쿄를 보고 미안하지만 여전히 좋은 녀석이 라고 주제와 상관없는 사실에 감탄했다. 나 같은 녀석은 친구가 조금 화가 난 것 같거나 우울해하고 있어도 걱정하다가 이쪽이 상처 입거나 하지 않는다. 뭐, 이번에는 예외다. 하지만 평소에 는 그냥 개선책을 생각하고 그것을 실행할 뿐이다. 어떤 의미에 서 둔감하다고 생각한다. 쿄처럼 섬세하게 상대의 일과 자신의 일을 연결시켜서 생각하는 녀석은 나처럼 움직이지 못한다. 예전 에 쿄는 우리의 차이에 대해 "즈카는 여자아이에게 무심해"라고 말했는데, 굳이 따지자면 반대라고 생각한다.

"너도 모르게 악담을 해서 화나게 한 거 아냐? 살쪘다든지."

"내가 즈카도 아니고, 그런 말 안 해. 그리고 미야자토 말랐잖아."

"역시 여자애는 미키처럼 건강해 보이는 게 낫지, 라고 하면 그 야 화가 날 만하겠지."

"미야자토가 눈치 없는 스카가 아니라 나를 피하는 건 왜일 까……."

크큭큭, 하고 일부러 소리 내 웃자 쿄는 한숨을 쉬고 고개를 떨 구었다. 얼마 전에는 밋키가 고백받는 바람에 쿄의 기분을 함부 로 건드리지 못했지만, 최근에는 거침없는 말을 해도 괜찮을 만 큼 기운을 차려서 다행이다. 그래야 분위기도 화기애애해지고 이 야기도 잘 풀린다.

"걔가 정말 피하고 있다면 왤까. 엘은 그런 녀석이 아니잖아. 파라라면 또 뭔가 꿍꿍이가 있을지도 모르지만."

"그렇지? 음, 스카, 미키가 뭔가 아는지 물어봐봐."

"직접 물어봐. 아, 그러고 보니."

이야기가 나온 참에 쿄에게 물어보려고 했다. 이틀 전 파라가 말한 것에 대해서였다. 그 녀석의 말로는 밋키가 고백을 거절한 것은 우연이 아니라는 것 같았다. 그렇다면 분명 파라나 쿄가 뭔 가 행동을 취했다는 뜻이라고 생각했다. 이미 결론이 난 이야기 기 때문에 몰라도 상관없겠지만, 지금 아무것도 모르는 나에겐 뭔가 참고가 될지도 모르니 알아두고 싶었다. 의외로 엘의 일과 이어져 있을지도 모른다.

말을 끊은 것은 식당 입구를 향해 앉아 있는 내 눈에 밋키와 엘 이 들어오는 것이 보였기 때문이다. 특별히 아무 반응도 보이지 않고 있자 밋키가 이쪽을 보고 크게 손을 흔들었다. 손을 흔들어 답하자 쿄가 고개만 돌렸고, 그 순간 머리 위의 마크가 달라졌다.

밋키의 뒤에 있던 엘의 얼굴을 보고 뭔가 느꼈을지도 모른다. 내게는 보다 명확하게 두 여자애의 감정의 움직임이 보였다. 하지만 물론 내색도 하지 않았다. 내 옆에는 밋키가 앉았다. 주뼛거리며 쿄의 옆에 앉은 엘에게 나는 질문을 던졌다.

"둘 다 오늘 면담이지?"

"응, 나도 엘도 실컷 칭찬받을 거야!"

"밋키는 안타깝게 됐네."

펀치가 날아올 것을 예상했지만 오늘의 밋키는 기분이 좋아 '기쁨'의 스페이드가 계속 떠 있어서 "날려버린다, 이 자식아" 정도의 폭언에 그쳤다.

"그런 것보다 모레까지 비가 안 내린대! 꽃구경하기 괜찮을 것 같아서 다행이야. 각자 자기가 맡은 건 잊어버리지 말고 가져와!"

활짝 웃으면서 꺼낸 밋키의 말에 내가 그래, 벌써 모레구나, 하고 대답하면 밋키에게 정말로 얻어맞을 것 같다는 생각이 들었다. 최근에 여러모로 생각할 것이 많아서 멍하니 있었다.

실은 이번 주말에 우리는 조금 늦은 꽃구경을 가기로 했다. 멤버는 작년 말부터 뭉친 평소의 다섯 명. 수험생이라고 벚꽃이 예쁘다는 마음까지 버릴 수 없다고 밋키가 말을 꺼냈다. 그 말을 들은 파라가 일정을 정해 꽃구경 모임의 스케줄을 짰다. 사실 파라는 딱히 꽃구경을 가고 싶은 게 아니다. 그 녀석은 "더블데이트냐, 외로워!" 하고 몸을 배배 꼬며 히죽댔다. 물론 밋키의 권유를 쿄나 엘이 거절할 리가 없고, 나도 그런 이벤트는 좋아한다.

하지만 이 타이밍에 가도 괜찮을까?

엘은 평소와 마찬가지로 웃고 있지만, 몸을 쿄가 있는 쪽과는 조금 반대로 기울이고 있었다. 쿄도 알고 있는지 둘이 나란히 '슬픔'의 클로버를 띄우고 있었다.

밋키는 그런 것을 개의치 않는다는 듯이 웃음을 흩날렸다.

"와아, 재미있겠다! 재미있겠어!"

사소한 점을 신경 쓰지 않는 건 밋키의 장점이다. 하지만 기분 좋은 그녀의 말이 식당에 울려 퍼질 때마다 엘의 슬픔은 조금씩 부풀어 가고 있는 것처럼 보였다.

이건 밋키와도 정보를 공유해야 할까. 하지만 밋키에게 엘의 사정을 묻게 하려 해도 이 녀석은 *넌지시 말하는 데* 정말 서투르니 말이다.

내 쓴웃음을 다른 의미로 받아들인 밋키가 "꽃구경 정도로 너무 기뻐한다고 생각했어? 뭐야, 이 녀석 마음이 음침해"라고 엘에게 말을 돌려서 다시 혼자 쓴웃음을 지었다.

밋키는 엘의 표정 따윈 눈에 들어오지 않는다는 듯이 "기대된다!"라고 네 번이나 더 말했다.

밋키와 기회를 도모하기에는 힘들겠다 싶어 포기했다. 처음으로 나 같은 능력이 밋키에게도 있으면 좋을 텐데, 라고 그때 생각했다.

즐거운 일이나 좋아하는 것에 집중할 때 미키의 폭주는 누구도 막을 수 없다. 우리 세 명은 이제 지켜보고 있을 수밖에 없었다.

일단 쓴웃음 짓는 쿄에게 '네가 좋아하는 녀석은 이런 녀석이야'라고 눈빛을 보냈다.

"글쎄, 아무것도 모르는데."

"진짜?"

"왕자님이 안 믿어주다니, 나 울 거야."

코를 훌쩍인 파라는 "어라, 꽃가루 알레르긴가"라고 말하며 책장에서 대학 자료를 손에 들었다. 나도 진로지도실을 밀회 장소처럼 사용하고 있는 죄책감 때문에 적당한 대학 입시 안내서를 펼쳤다. 물론 담당 선생님은 없다.

"정말 몰라. 잊었어? 전부 혼자 끌어안고 학교에 안 오게 된 애야."

"말 한번 매정하게 하네."

"딱히 욕하는 거 아냐. 그치만 그때 왜 쉬었는지 아직 모르잖아. 언젠가 본인이 가르쳐주면 좋겠지만. 하지만 그런 애가 그런 노골적인 태도를 취하다니, 어지간한 일은 아니겠지. 쿄는 짐작 가는 거 없대?"

"없대."

내일은 모처럼 밋키와 꽃구경을 가는데도 쿄는 상당히 침울해져 있었다.

"사실은 아무것도 아닌데 서로 뭔가 착각하고 있는 걸지도 몰라. 단추를 잘못 끼웠다고 해야 하나. 왕자님이 미야자토의 옷을 벗긴 뒤에 정성스레 제대로 입혀주지 않은 거 아냐?"

"내가 그런 짓을 한다고 생각한다면 나도 울 거야."

"아니, 정말 그럴 것 같아서. 상대가 진심으로 나오면 거기에 끌리잖아? 왕자님은 다정하고 바보니까."

불평하며 반론할 정도까지는 아니었기 때문에 노코멘트다.

"그건 그렇고 별일이네, 왕자님이 나한테 상담하다니. 평소에는 전부 혼자서 빈틈없이 처리할 수 있다는 얼굴을 하고 있는 주제에."

"그런 적 없고 그러지도 못해."

거짓말을 할 이유도 없었기 때문에 본심을 말하기로 했다.

"평소라면 내가 할 수 있는 것만 하고 모르는 일은 건드리지 않는 편이 상대를 위하는 일이라고 생각해. 하지만 이번에는 뭔가 있으니까 해결하고 싶다고, 상대를 위해서라기보다 내가 멋대로 생각했어."

"…………."

"하지만 아무것도 모르니 힘을 빌릴 수 있을까 싶어서."

"파라한테라도 매달려야 하는 기분인가. 그렇구나, 겨우 왕자님이 아니게 됐네."

"그게 뭐야, 처음부터 왕자님 아니었거든."

농담을 하고 웃었는데 파라는 웃지 않았다. 자료를 읽는 둥 마는 둥 페이지를 넘기면서 이런 말을 했다.

"상대를 먼저 생각해 도와주겠다는 알량한 관용을 베푸는 왕자님 같은 네가 나는 최근 비교적 싫지 않았지만. 미야자토는 이렇게나 열심인 네가 좋았을지도 모르겠네, 즈카."

파라에게 처음 그 별명으로 불려서 어리둥절해하고 있자 파라는 마침내 웃고 "도서실로 돌아갈까"라고 말했다.

나는 그 말에 따라 입시 안내서를 책장에 되돌려놓고 파라가 한 말의 의미를 생각했다.

어째서인지 이날부터 파라는 나를 왕자님이라고 부르지 않게 됐다.

꽃구경 당일, 한 사람당 한 가지 메뉴라는 룰에 따라 대강 만든 야키소바 5인분과 돗자리를 바구니에 담고 오랫동안 타고 다녔던 자전거에 걸터앉았다.

이번에 꽃구경을 하는 장소는 동네 서쪽에 있는 커다란 공원이다. 참가자의 대부분이 서쪽에 살고 있기 때문에 이 장소에서 보기로 결정했다. 동쪽에 사는 사람이 엘이었다면 사정은 달라졌을지도 모르지만, 혼자만 동쪽에 살고 있는 밋키는 "자전거로 씽 날아올게!"라며 기쁜 듯이 말했다. 나처럼 운동이라면 사족을 못 쓴다.

자전거를 타고 달리고 있자 오가는 사람들의 머리 위에 여러 가지 마크가 떠 있었다. 오늘은 날씨도 좋아서 기분이 좋았다.

토요일이기도 해서인지 평소보다 '슬픔'의 클로버를 띄운 사람이 적은 것 같았다.

그런데 이렇게 꽃구경하기 좋은 날씨에, 앞쪽 교차로에서 신호가 바뀌기를 기다리고 있는 쿄는 여전히 개운치 않은 감정을 띄우고 있었다.

"여."

"아아, 스카."

여느 때처럼 인사를 대충 나눴다. 쿄의 슬픔이 조금 가라앉았다. 엘과 단 둘이 맞닥뜨리는 것을 걱정하고 있었으리라. 전에 말했던 어색한 분위기를 싫어하는 것도 있겠지만, 분명 그 이상으로 자신을 만나 미야자토의 기분이 불쾌해지면 어떻게 하느냐고 생각하는 것 같았다.

신호가 파란불로 바뀌어 같은 타이밍에 출발했다. 나는 마음속으로 서로의 건투를 빌었다.

잠시 달리고 있으니 기분이 좀 나아졌는지 쿄의 슬픔은 조금이지만 누그러들었다.

"그러고 보니 스카, 뭐 만들었어?"

"응? 야키소바. 면과 가루 소스가 든 거 마트에서 팔잖아? 거기에 야채를 대충 넣었어. 쿄는?"

"야키소바."

"……흐음."

"서로 못 들은 걸로 하자."

"그래."

뭐, 파라와 엘이 있으니까 그런 갈색 라인업으로만 이어지지는 않겠지. 그러고 보니 애초에 엘의 슬픔이 더욱 부풀어 올라서 오늘 오지 않을지도 모른다는 가능성을 생각하지 않았다. 어쩌지. 내가 불안해졌을 때 앞쪽에 보인 형체가 나의 불안을 씻어주었다.

굳이 옆은 보지 않도록 하면서, 느릿느릿 자전거로 달리는 엘을 따라잡았다.

"여, 엘."

뒤에서 말을 걸자 엘은 순간 몸을 떨고 나서 이쪽으로 힐끔 돌아보더니 자전거의 속도를 늦추다가 멈췄다. 우리도 그에 맞춰 자전거에서 내렸다.

"안녕, 즈카랑 쿄."

"아, 안녕, 미야자토."

평소에 밋키와 이야기할 때와는 다른 이유로 긴장하는 쿄의 인사. 그 인사를 받고 엘의 미소는 바뀌지 않았는데 감정 마크가 움직였다. 혼자였을 때부터 끌어안고 있던 '슬픔'의 클로버. 그것이 쿄와 나눈 인사로 커져버렸다. 그것도 조금 전보다 훨씬 크게.

쿄는 그녀의 감정 변화를 전혀 알아차리지 못했으니 다행이지만, 나는 시간이 해결해주지 못했다는 것을 알았다.

쿄는 아무 것도 하지 않았다지만 역시 쿄와의 사이에 뭔가가 있었고, 그것이 엘이 슬픈 원인일 것이다. 그 이유를 똑똑히 알고 싶었다.

하지만 우선 우리는 셋이서 함께 공원 바로 근처에 살고 있는 파라를 데리러 가기로 했다. 어제 일찍 도착하면 데리러 오라고 명령 같은 부탁을 받았기 때문이다. 나를 선두로 해서 자전거로 달렸다. 뒤에 있던 둘이 쭉 아무 말도 없어서 과연 이게 바로 어색한 분위기라는 것을 실감했다. 얼마 전까지만 해도 엘과 쿄는 정말로 사이가 좋아서 밋키는 두 사람이 연애해도 좋지 않을까 하는 착각을 했을 정도였는데.

응? 혹시 그게 정답이었던 거 아닐까?

누구에게도 그다지 좋지 않을 상상을 뿌리쳤을 때쯤 파라의 집에 도착했고, 초인종을 누르자 곧바로 청바지와 파카 차림의 파라가 아이스박스를 들고 나왔다.

"안녕, 아, 자전거 우리 집 마당에 세워도 돼."

그 말대로 자전거를 세우고 바로 약속 장소로 향하기로 했다.

공원에는 상상했던 것보다도 많은 사람이 있었다. 4월도 중순이라 꽤 줄었을 거라 생각했는데, 다들 벚꽃이 좋은가보다.

우리는 처음에 약속 장소로 정했던 분수 쪽으로 향했다.

걷고 있자 분수가 꽤 멀리 있는 지점에서 "어이" 하는 큰 목소리가 들렸다. 보기도 전에 알 수 있었다. 밋키가 분수 가장자리에 앉아 손을 크게 흔들고 있었다.

"안녕!"

"밋키, 일찍 왔네."

"분발했거든! 안 늦었어!"

밋키는 너무 흥분해서 이상하게 말하고 있었다. 그럼에도 밋키가 엘에게 미소 지어주자 엘도 웃었고, 슬픔의 클로버도 조금 누그러든 것 같아서 태클을 걸 마음은 들지 않았다.

사람이 많다고는 하나 공원 자체가 상당히 넓어서 벚나무 아래는 아니지만 괜찮은 자리에 우리는 돗자리를 깔 공간을 발견했다. 남자 둘이서 돗자리를 펼치고 여자아이들이 접시 등을 준비했다.

드디어 물오른 꽃놀이 분위기에도 엘이나 쿄의 기분은 그다지 풀리지 않았다. 파라의 시선을 살펴보니 그녀도 두 사람을 신경쓰는 것 같았다.

이렇게 우리는 저마다 서로의 눈치를 살피며 꽃구경을 시작하게 되었다. 아니, 한 사람 흥분한 바보를 제외하고.

"갈색이다!"

평소보다 목소리가 더 큰 밋키가 옆에 앉은 쿄의 등을 즐겁게 두드리자 근처에 있던 비둘기가 날아갔다. 물론 나와 파라의 불필요한 배려로 그곳에 쿄를 앉혔고, 평소라면 쿄도 긴장하면서 기뻐할 텐데 오늘은 엘에 대한 걱정이 앞선 듯했다. 다른 사람이 보기에는 어디가 그런지 모를 테지만, 내가 보기에는 명백하게 기운이 없었다. 엘도 그랬다.

하지만 두 사람의 마음 상태를 제외하면 돗자리 위에 펼쳐진 광경은 조금 재미있었다. 나와 쿄가 가져온 총 10인분의 야키소

바. 밋키가 가져온 닭튀김. 엘이 가지고 온 것은 예상했던 대로
조금 굳었지만 데미글라스 소스에 졸인 햄버그였다. 그것 역시
갈색이었다. 파라가 아이스박스에 넣어 가져온 밀푀유 아이스크
림은 녹기 전에 얼른 먹었다.

"우리 집 냉장고에 구운 주먹밥이 있는데 전자레인지에 돌려서
가지고 올까?"

파라의 말에 나와 밋키 두 사람이 "갈색이잖아"라고 입을 모아
말했다.

"하긴 뭐 어때, 갈색이지만 맛있잖아. 메뉴까지 쿄와 겹친 내가
할 말은 아니지만. 봐봐, 엘은 역시 대단해. 수제야?"

내가 옆에 앉은 엘에게 묻자 그녀의 대답보다 먼저 건너편에
앉은 파라가 히죽거리는 것이 보였다.

"으, 응, 일단 그래. 하지만 간단한 거야. 이것 봐, 밋키가 만든
닭튀김도 맛있어 보여."

엘이 아담한 손으로 갈색 닭튀김을 가리켰다.

"밋키네 어머니가 만든 닭튀김이라니, 중학생 때 이후로 처음
이네."

"한순간이라도 내가 만들었다고는 생각 안 하는 거야?"

"생각 안 해."

밋키의 머리 위에 작은 '분노'의 다이아몬드가 떠올랐다. 그리
고 어째서인지 엘의 머리 위에도 떠올랐고, 그것은 바로 '슬픔'의
클로버로 바뀌었다. 그 마음의 움직임은 전에 식당에서 쿠키를

먹을 때 내가 밋키에게 악담을 했을 때와 닮았다.

무슨 일인지 생각해보자.

내가 밋키를 깎아내리면 엘이 화를 내는 건 밋키가 상처 입는 것을 염려하고 있어서일까. 하지만 파라가 밋키를 깎아내려도 엘은 분노를 띠지 않는다. 그렇다면 나와 밋키 사이에 무언가 있고, 예를 들어 밋키가 나를 좋아한다고 엘은 착각하고 있으며, 그래서 화를 내는 것이 아닐까. 쿄의 마음을 알고 있기 때문에 밋키와의 엇갈린 마음에 슬퍼하고 있다고 생각하자 일단은 그럴 듯했다.

그렇다면 오해를 풀면 된다. 밋키에게 사정을 설명하고…… 잠깐만. 그러면 쿄의 감정을 눈치채게 만들지도 모른다. 그러면 내가 밋키에게 달리 좋아하는 사람이 있다고 말하면 될까? 아니, 그건 아무리 생각해도 바람직하지 않다.

"역시 맛있네, 미야자토가 만든 요리."

"헤헷, 고마워 파라."

감사 인사를 하면서도 슬픔이 사라지지 않는 엘.

"하핫! 진짜야! 맛있어!"

"고, 고마워."

여느 때보다 더 커다란 기쁨을 머리 위에 띄운 밋키. 엘의 감정과는 너무나도 대조적이지만, 그건 전혀 나쁜 게 아니다. 다른 때라면 그 큰 기쁨이 주위 사람의 슬픔을 삼킬 때도 있다.

하지만 이번에는 그렇지 않은 것 같았다.

"저, 정말 맛있어, 미야자토."

"으, 응."

과감하게 나갔다가 격침된 쿄가 고개를 숙였다. 눈을 내리깐 엘의 무성의한 태도를 파라를 비롯한 아이들이 지적하지 않을까 생각했지만 그렇지 않았다. 그 대신 나는 그녀와 눈이 마주쳤다.

파라는 고개를 살짝 갸웃거리고 젓가락으로 쿄가 만들어온 야키소바를 대량으로 집어다 접시에 덜지도 않고 입으로 집어넣었다.

"먹을 만해."

"먹으면서 말하지 마!"

"……꿀꺽! 쿄가 만들어온 야키소바도 맛있어. 미야자토도 자, 먹어봐."

5인분이나 되는 야키소바가 담겨 있는 큰 밀폐용기를 엘의 앞에 내밀었다. 분명 파라는 화제를 쿄에 대한 것으로 옮겨 엘의 마음을 파헤쳐보려고 생각하고 있겠지. 나도 그렇게 생각했기 때문에 파라의 행동이 고마웠다.

하지만 파라와 나의 의도는 헛수고로 끝났다.

쿄의 야키소바에만 손을 대지 않았던 엘이 고개를 절레절레 흔들었다.

"피, 필요 없어! 저기, 나 배가 그렇게 고픈 것도 아니고!"

"……그럼 대신해서 내가 칼로리를 섭취해줄까?"

또 조금 전과 비슷한 양을 한 움큼 집어서 입으로 옮기는 파라는 이쪽을 한 번 의아한 눈으로 보고, 그러고 나서 평소처럼 졸린 눈으로 야키소바를 씹었다.

두 사람이 이야기하는 동안 쿄의 상태를 죽 살피던 나는, 사실을 말하자면 당장이라도 일어서고 싶은 욕구에 휩싸여 있었다. 하지만 그럴 수는 없었다. 바로 행동으로 옮기면 엘에게 자기 때문에 분위기가 나빠졌다는 생각이 들게 만든다. 그래서 일어서고 싶은 것을 참고 쿄가 침울해지지 않도록 바라는 수밖에 없었다.

잠시 대화를 나누고 닭튀김 몇 개와 햄버그를 먹은 다음 겨우 나는 "화장실 어디더라? 쿄 알지?"라고 말을 꺼냈다. 내가 시선을 보내는 것을 알아차린 쿄는 "그, 그럼 나도 갈래" 하고 신발을 신었다.

나도 스니커즈를 신고 일어나 "이쪽"이라는 쿄를 따라갔다.

돗자리에서 몇십 걸음. 시간은 걸렸지만 우선 쿄를 피난시켰다는 데에 안심했다.

그대로 있다간 쿄가 거대한 '슬픔'의 클로버에 짓눌리지 않을까 걱정했기 때문이다. 마크는 물리적으로 닿는 것이 아니기 때문에 그런 일이 일어나지 않을 것은 알고 있지만, 착각을 일으킬 만큼 그 슬픔은 컸다.

"내가 뭘 잘못했나?"

여자아이들에게 이야기가 들리지 않을 만큼 거리를 두고 나서 쿄는 예전과 같은 의문을 반복했다. 머리 위의 마크를 보지 않아도 쿄의 감정은 분명히 알 수 있었다. 마크는 나에게만 보인다. 쿄가 이 표정을 밋키에게 보이기 전에 떨어뜨려 놓아서 다행이라고 생각했다.

"기분이 나쁘다고 할 수준이 아닌 것 같아."

화장실은 어설픈 거짓말이었지만, 일단 둘이서 공중화장실로 향했다.

"언제부터 그랬지?"

여기서 아무런 근거도 없는 위안을 한들 소용없다.

"내가 삼자면담을 받은 다음 날부터."

"그럼 삼자면담 날에 무슨 일이 있었던 거네. 어쩌면 엘의 마음에만 걸리는 일일지도 몰라."

두 사람 모두 볼일을 마쳤다. 그사이에 쿄는 그날 일을 어떻게든 떠올리려고 하는 듯했다.

"역시 아무 일도 없었던 것 같아. 평소처럼 이야기했고 내용도 그렇게 대수롭지 않았어. 역사 시험의 미술품 문제가 까다로웠다든지 그런 이야기밖에 안 했어. 모르는 게 있다고 미야자토가 먼저 말을 걸었던 거고…… 아침에 등굣길에 만나 쿠키도 받았는데, 그것도 맛있다고 솔직히 말했어."

"쿠키?"

그 쿠키인가?

"응, 공부하다 한숨 돌릴 겸 만들었다면서 줬어."

"어떤 거였어?"

"동그랗고 심플한 거. 즈카도 받았어?"

"응, 먹었던 거 같아. 나도 똑같은 소리를 했어."

"그럼 내가 왜 화나게 만들었는지 점점 더 모르겠는데?"

그렇다, 이유를 알 수 없다.

그러니 이게 정말이라면 쿄는 엘에게 화를 조금 내도 상관없을 지도 모른다. 이쪽은 아무 짓도 안 했는데 저쪽에서 일방적으로 예고 없이 거부하고 있는 거니까.

그럼에도 쿄의 머리 위에 분노의 다이아몬드가 전혀 떠오르지 않았고, 그러기는커녕 상대를 화나게 만들었다는 사실을 진심으로 걱정하고 있다니, 나는 새삼 나와 다른 이 친구를 존경하는 마음이 들었다. 하지만 지금은 그런 말을 할 때가 아니다.

"그러네, 내가 직접 물어볼까?"

이렇게 된 바에는 그 수밖에 없다고 생각했지만, 쿄는 꺼림칙한 표정을 지었다.

"하지만 그러면 내가 신경 쓰고 있다는 걸 말하는 꼴이니까 만약 나한테 책임이 있다면 괜히 긁어 부스럼이 되지 않을까?"

너무 신경 쓴다고 생각했지만.

"너답다."

그렇다면 어떻게 하면 좋을까. 내 목적을 위해서도 두 사람의 사이를 회복시키고 싶다. 유일하다고 말해도 좋을 단서는 쿠키.

으음. 그거, 그러고 보니 엘은 그때 파라와 쿄에게 쿠키를 아직 주지 않았다고 했는데, 거짓말이었다. 어떤 의미가 있는 거짓말일까. 쿄가 먹으면 뭔가 곤란한 거겠지. 으음.

"그럼 내가 밋키한테 은근슬쩍 요전번 쿠키 얘기를 꺼내볼게.

뭔가 알 수 있을지도 모르니까. 그 정도라면 괜찮지?"

"응, 뭐 그 정도쯤이라면."

좋았어, 작전이라고도 말할 수 없는 작전이지만 일단은 정해졌다. 나머지는 모두의 마음의 움직임을 관찰하고 생각하자. 갑자기 실전돌입. 내 취향이다.

우리가 돗자리로 돌아오자 밋키가 '기쁨'의 스페이드를 떠올렸다. 평상시랑 똑같다. 파라도 여느 때처럼 '즐거움'의 하트와 '슬픔'의 클로버의 감정을 동시에 띄우고 있었다. 엘만이 커다란 슬픔을 하나 띄우고 있어서 평소와 달랐다.

앉아서 갑자기 본론으로 들어가면 화장실 간다고 해놓고 몰래 의논한 것이 훤히 드러나니까 우선은 뭔가 적당한 말을 해서 사이를 두자고 생각했다.

내년 이맘때쯤에는 대학생이구나, 그런 대수롭지 않은 이야기를 하려고 했다.

그런데 내 발언을 밋키의 "에헴" 하는 어설픈 헛기침이 막았다.

밋키는 한 번 더 "에헴" 하고 만화처럼 헛기침 흉내를 내더니 죽 떠올리고 있던 '기쁨'의 스페이드를 더욱 부풀리고 모두를 바라보았다.

"자, 두 사람도 돌아왔으니 봐줬으면 하는 게 있어."

뭐야 느닷없이, 라고 생각했지만, 감정을 보면 아무래도 긍정적인 이야기를 할 것 같았기 때문에 지금은 밋키에게 맡기기로 했다. 어차피 그 사이 누가 이야기를 하든 딱히 아무래도 상관없다.

밋키는 어째서인지 주뼛거리고 나서 뒤에 놓여 있던 자신의 가방을 무릎 위에 얹었다.

"에헴, 저기, 실은 나."

밋키는 한 번 더 모두의 얼굴을 번갈아 보고 친구들이 품은 감정의 낌새 따위는 모른다는 기쁜 얼굴로 폼을 잡았다.

"뭐야."

인내심 없는 내가 기다리지 못하고 말하자 밋키는 "네에—" 하고 손을 들었다.

"실은 나 쿠키를 만들어 왔어요! 자, 박수. 짝짝."

밋키의 부추김에 맞춰 엘만 마지못해 손뼉을 쳤다. 우리 세 사람은 밋키의 말에 굳었다.

"잠깐만, 이 반응 뭐야."

기껏 한 서프라이즈가 시들시들하자 납득하지 못하는 밋키에게 파라가 내 기분을 대변해주었다.

"제정신이야?"

"뭐?"

노려보는 밋키를 흉내 내 째려보는 파라. 이상한 광경에 웃지도 못하고 이번에는 내가 쿄와 파라의 마음을 대변했다.

"갑자기 왜 그래."

여기에는 두 가지 의미가 있었다. 한 가지는 말했듯이 쿄를 대신해서 말하는 것이다. 이 타이밍에 어째서 또 쿠키를 끄집어낸 건가. 타이밍이 너무 좋아서 우리 이야기를 들은 게 아닐까 생각했다. 다른 하나는 파라와 나 자신의 마음. 가정적인 일은 전혀 하지 못하는 주제에 어째서 또 과자를 구우려고 생각했던 걸까.

"음, 기분 전환으로 뭔가 해보자 싶어서."

아무리 그래도, 라고 생각했다.

중학교 때부터 어울린 나나 쭉 붙어 다니는 파라는 알고 있다. 밋키에게 가정적인 면이 없다는 사실을. 파라가 운동 신경이 없어서 자전거를 타지 못하는 것보다 훨씬 심하다.

그야 실내화에 난 아주 작은 구멍을 기우려다가 너덜너덜하게 만든 다음 "새로운 멋이라고 생각하지 뭐"라고 말하는 녀석이다. 당연히 요리는 하나도 못한다.

우리의 표정이 너무 복잡했을지도 모른다. 밋키는 뭘 어떻게 생각했는지 느닷없이 "하하" 하고 웃고 내막을 공개하기 시작했다.

"뭐, 내가 요리하는 게 흔치 않다는 건 확실해. 실은 말이지."

그쯤에서 엘이 작게 "아" 하고 말했지만 밋키는 알아차리지 못했다. 혹은 알아차렸을지도 모르지만 다른 의미로 받아들였다.

"엘이 시험 삼아 만들어보라고 권해줬어. 즈카가 전에 식당에서 걸신들린 듯이 훔쳐 먹었던 거, 그거 엘이 견본으로 만들어 와줬던 거야. 그걸 이 녀석이 마음대로 먹어서, 아, 생각했더니 다시 열 받네."

정말로 머리 위에 분노의 다이아몬드가 떠오른다 싶더니만 밋키는 바로 웃으며 "그래서 말이지" 하고 이어서 말했다. 밋키의 정신세계가 엉뚱한 거야 늘 있는 일이니까 그러려니 했다.

"그 쿠키의 레시피를 말이지, 받아서 만들어봤습니다!"

"아, 그렇구나. 엘의 레시피니까 안전하겠네."

"안전하다니 무슨 소리야!"

납득과 자리를 누그러뜨리기 위한 말이었는데, 엘의 슬픔은 조금 전의 "아"부터 팽창을 멈추려 하지 않았다. 나는 고민했다. 레시피를 가르쳐준 것은 그렇게 슬픈 일이 아닐 테다.

엘과는 전혀 반대의 감정을 띠는 밋키는 활짝 웃으며 설명을 계속했다.

"뭐, 요 일주일간 몇 번인가 연습했으니까 맛있을 거야."

"아아, 늦지 않았다는 게 그거였었어?"

"그래그래, 먹어봐."

"전에 엘이 만든 걸 집어먹어봤으니까 내 기준은 완전 높을 거야. 밋키의 쿠키가 넘을 수 있을까?"

여느 때처럼, 평소처럼 밋키와 대화를 주고받았다.

밋키와는 중학교 시절부터 변함없이 편해서 자꾸만 놀리게 된다. 딱히 상대를 싫어한다거나 상처를 입히려는 마음은 전혀 없다.

그런데 내가 말하자마자 엘의 머리 위에 분노의 다이아몬드가 생겼다. 혹시 진담으로 받아들였나? 내가 생각할 틈도 없었다.

"그야 엘과 비교하면 맛있지는 않을 테지만."

밋키가 한 그 말에 엘의 분노는 갑자기 부풀어 오르더니 곧이어 금방 슬픔을 크게 웃돌았다.

그녀는 달아나려 했으리라. 자신을 짓누르려고 하는 감정으로

부터. 엘의 회피 행동은 모두에게는 갑작스러워 보일지도 모르지만, 그녀의 감정을 알고 있었던 나로서는 전혀 이상하게 보이지 않았다.

급격하게 부풀어 오른 감정은 한순간 외부로 새어나왔고, 엘은 강렬한 시선으로 나를 쳐다보았다.

그리고 바로 일어서더니 "손 좀 씻고 올게"라고 말하고 신발을 구겨 신고 빠른 걸음으로 가버렸다.

"응? 갑자기 왜 그래?"

밋키의 목소리를 등으로 받으며 나는 가능한 한 아무 일도 아닌 것처럼 천천히 일어섰다. 눈짓으로 파라에게 뒤를 맡기고 신발을 대강 신었다.

"즈카도? 여기 물티슈 있어."

"잠시만 기다려줘, 미안."

"미키, 기다리는 동안 셋이서 도둑잡기라도 할래? 괜찮아, 트럼프는 모두의 마음속에 있으니까."

파라의 절묘하게 엉뚱한 발언에 밋키가 웃고 있는 틈을 타 나는 엘을 쫓아갔다.

어떻게 된 일인지는 이제 생각하지 않았다.

괜한 참견이 될지도 모른다는 생각도 하지 않았다.

쫓아가고 싶어서 쫓아갔다.

그녀의 모습은 바로 발견할 수 있었다.

아담한 등은 작은 보폭으로 걸으면서 공원의 출구 쪽으로 향하고 있었다.

"엘."

다가가 등에다 대고 말을 걸자 그녀는 몸을 떨었다. 머리 위에
는 이미 분노는 사라져 있었고, 그 몸에 너무나도 어울리지 않아
보이는 크나큰 슬픔만이 태양을 가리듯이 보였다.

엘은 내 목소리를 듣고 돌아보지 않은 채 나무들 사이로 도망
치려 했다. 망설이지 않고 그녀의 뒤를 쫓았다.

"왜 그래?"

무례라는 것을 알면서도 그런 질문밖에 할 수 없었다. 엘은 답
하지 않고 점점 사람이 없는 풀숲을 나아갔다.

이대로 가게 내버려둬서는 안 된다는 느낌이 들었다. 여차하면
힘으로 막으려 했다.

하지만 나의 그 바보 같은 결심이 실행되는 일은 없었다.

나를 배려해준 건지 아닌지는 모른다. 엘은 걸어가는 속도를
점점 늦췄다.

그리고 이윽고 힘이 다한 듯이 멈춰 섰다.

그녀보다 몇 걸음 더 걷다가 나도 멈춰 섰다.

뭔가 이야기해주고 싶은 마음이 든 걸까.

기대와 불안을 가슴에 안고 아담한 등을 바라보고 있자 작지만
가느다란 목소리로 들려온 것은 "내버려둬"였다.

그 말은 나약하고 짧았지만 날카롭게 내게 꽂혔다.

아무 말도 하지 못하고 우두커니 서 있자 다시 한 번 더 작은

목소리로 이번에는 "미안" 하는 말이 들렸다.

나는 어떻게 해야 좋을지 몰라서 우선 고개를 힘껏 가로지었다.

"아니, 사과하지 않아도 괜찮아. 나야말로 뭔가 잘못을 저지른 것 같아서 쫓아왔어. 만약 그랬다면 미안해."

대답은 좀처럼 들려오지 않았다. 그러나 가까운 길에서 아이들이 뛰어가자 그 소리가 신호인 것처럼 엘은 "즈카는 아무 잘못도 없어. 미안" 하고 한 번 더 사과했다.

"……그렇구나, 그럼 무슨 다른 일이라도 있어? 만약 괜찮다면 이야기해줘."

"즈카는 관계없어."

분명한 말에 여느 때라면 물러섰을 거라 생각했다. 도움을 바라지 않는 그녀에게 내가 물고 늘어질 필요는 없다면서. 하지만 그렇게 생각할 수 없었다.

"관계없을지도 몰라. 하지만 뭔가 할 수 있는 일이 없을까 생각했어. 그래서 괜찮다면 이야기를 해줬으면 좋겠어."

스스로도 무슨 말을 하고 있는가 싶었다. 조금 전에 거절당한, 같은 말을 반복하고 있을 뿐이었다. 아무리 그래도 상대를 너무 배려하지 않은 게 아닐까.

그런 내 후회를 곁눈질하고 엘은 다시 작디작은 목소리로 대답을 해주었다.

"딱히 무슨 일이 있었던 건 아니야."

우선 거부당하지 않은 데 안심했다. 하지만 어째서 방금 전과 다른 대답을 해준 건지는 전혀 알 수 없었다.

1분? 5분? 10분? 어쨌거나 무척이나 길게 느껴지는 침묵이 있었던 후, 지금까지보다도 깊은 호흡을 몇 번 하고 엘이 단념한 듯한 분위기를 띠었다.

"……못됐어."

"응?"

나한테 한 말이라고 생각했지만, 아니었다.

"못되게 굴었어."

그쯤에서 엘은 나를 돌아보았다.

그녀의 얼굴을 보고 나는 지독한 짓을 했다고 생각했다.

따라오는 게 아니었다. 분명 아무에게도 이 얼굴을 보이고 싶지 않아서 돗자리에서 일어났을 것이다, 아까 쿄가 나와 함께 나왔던 것처럼. 겨우 알아차렸지만 늦었다.

"나 밋키에게 못되게 굴었어."

"못되게 굴었어?"

엘은 고개를 확실히 끄덕였다.

"비법."

"……."

"비밀이라고 했어……."

솔직히 말해서 나도 귀를 의심했다.

"……어라."

당연히 믿을 수 없었다.

그 큰 슬픔의 이유가 고작 그런 거였어?

나는 그런 식으로 가볍게 보고 말았다. 그래서 무신경하게도 해결법을 제멋대로 지껄이고 말았다.

"밋키는 그런 거 신경 안 쓸 거야. 다음 기회에 가르쳐주면 어때?"

"아니야, 아니야."

고개를 가로젓고 엘은 가슴에 품고 있던 것을 털어놓았다. 나로서는 전혀 예상치도 못한 고민을 가르쳐주었다.

"소중한 친구를 빼앗길 것 같은 느낌이 들었어……."

"소중한 친구?"

엘은 아무 말 없이 고개를 끄덕였다. 목이 뚝 떨어지는 게 아닐까 걱정이었다.

"밋키 말이야?"

엘은 고개를 가로저었다. 데구르르 떨어지는 게 아닐까 걱정이었다.

"쿄."

"쿄?"

갈수록 영문을 알 수 없었다. 그럼에도 한 가지 짐작 가는 바를 용기를 내서 물어보았다.

"엘, 쿄 좋아해?"

"그게 아니라."

그 말에 마음을 놓은 나 자신은 나중에 처리하자며 일단 뒤로 미뤄놓았다.

"저기 말이야, 나도 이상하다는 거 알고 있는데."

"응" 하고 고개를 끄덕이고 어떤 말이든지 들을 각오를 다졌다.

"친한 친구가 만약 좋아하는 사람이랑 잘되면 외로울 거라 생각했어……. 딱히 쿄를, 걔가 밋키를 좋아하는 것처럼 좋아하는 건 아니야. 친구인데 외롭다고 생각해서, 그래서 나 쿠키를."

조금 알아듣기 힘든 말을 나는 필사적으로 쫓았다. 엘이 숨을 돌리기를 가만히 기다렸다.

"쿠키를 쿄에게 줬는데 비법을 비밀로 했어. 내가 더 잘 만든다는 걸 알고 비밀로 했어. 밋키가 좀 못하게 보이도록. 왜 그런 못된 행동을 해버린 건지는 모르겠어. 그냥 불안해져서."

…………나는 뭔가 말하고 싶어서 머릿속에 뭔가 적당한 말이 없나 찾았다.

하지만 사실 머릿속에 그녀에게 할 말 따위는 처음부터 없었다.

엘이 말하는 감정을 나로서는 이해할 수 없었기 때문이다.

겪어본 적 없는 일이었다. 단순히 사이가 좋은 친구인데 그 녀석의 연애가 잘되면 불안해진다고? 상상조차 할 수 없었다.

예를 들면 노는 시간이 줄어들지도 모른다든가, 그런 건가?

하지만 하루 종일 같이 있을 수 없다는 건 지금도 마찬가지잖아.

예를 들어 자신을 생각해주는 시간이 줄지도 모른다든가, 그런 건가?

날 늘 생각해줘도 곤란하잖아.

만약 정말로 조금 소원해졌다고 해도 친구라는 사실은 변함없다. 그 녀석이 행복하면 그게 가장 좋은 일일 테다. 게다가 나에게도 연인이 생길지도 모르는 일이고. 거기에 슬픔이든 뭐든 끼어들 틈이 있겠는가.

내가 아무 말도 못하고 있자 엘은 다시 고개를 가로저었다.

"이상한 소리 해서 미안. 이런 데 신경 쓰는 게 이상하다는 것도 알고 있지만, 잘못됐다는 것도 알고 있지만, 미안."

"아니, 나한테 사과할 필요는…… 나야말로 미안해."

아무 말도 할 수 없었다.

"그래서 어떻게든 해보려고 쿄에게 쌀쌀맞게 굴었지만 그것도 잘되지 않았어."

그랬구나.

"무서워. 친해져도 언제 버림받을지 몰라서 두려워서."

두렵다고?

이 아이는 그런 걸 두려워하며 살고 있는 건가.

이 자리에 걸맞지 않게 나는 상대가 자신을 어떻게 생각할지가 무섭다고 말할 만큼 친구를 생각하는 엘에게 다신 한 번 감탄했다.

"……뭐랄까."

엘은 공중으로 향한 시선을 움직였다. 달아난 말을 찾듯이.

"분명 자의식 과잉이라고 생각해, 미안."

자의식 과잉. 자기 자신, 더 나아가서는 자신을 향한 사람의 마음을 지나치게 신경 쓰는 것이다.

그건 즉, 내가 가지고 있지 않은 것의 이름이다.

"나만 생각하지 말고 변해야 한다고 생각하는데."

나는 무심코 고개를 가로저었다.

"변하지 않아도 괜찮아."

"안 돼……."

"아니, 변하지 않아도 괜찮아."

두 번이나 연속으로 내 입에서 제멋대로 말이 나왔다. 엘의 말을 듣고 그만 생각이 그대로 나온 말을, 며칠 전 진로에 대해 엘과 이야기했을 때처럼 하고 말았다.

그때와 마찬가지로 어떤 의미로 받아들여줬으면 하는지 처음에는 스스로도 알 수 없었다.

전하고 싶은 게 너무 많아서 말을 제대로 할 수 없었다.

생각해보면 아마도 이런 말을 하고 싶었던 거라 생각한다.

변하지 않아도 괜찮아. 우리는 지금 이대로의 엘에게 도움받고 있는 면이 많다.

예를 들어 밋키의 시선을 자신과는 다른 종류의 반 친구들에게 향하게 한 것은 엘이다. 등교 거부 따위를 생각한 적도 없었던 그 녀석에게 자신과는 전혀 다른 분위기를 풍기는 아이들과도 즐거움을 공유할 수 있다는 것을 똑똑히 이해시켰다. 밋키의 세계를 넓혔다.

파라도 엘 덕분에 변했다. 나는 그 녀석이 엘이 등교를 거부한 이유를 "언젠가 본인이 가르쳐줬으면 좋겠다"고 말할 줄은 생각지도 못했다. 파라의 말에는 언제나 목적이나 농담이 섞여 있다.

그런데 내게 한 말임에도 불구하고 그 말에는 아무 의도 없이 파라 본연의 마음이 담겨 있었다. 분명 밋키 말고는 내보이지 않았던, 그 녀석이 가진 마음의 부드러운 부분이다. 실은 엘과 친구가 되고 나서 파라는 전보다 훨씬 학급에서 받아들여지는 존재가 됐다.

쿄는 말할 것도 없다. 엘이 있음으로 쿄가 얼마나 기뻐하는지 모른다. 쿄는 분명 내가 공감하지 못하는 것을 엘에게 느끼고 있다. 그리고 엘이 등교 거부를 극복하고 학교에 오게 되고 나서부터, 조금이긴 해도 쿄는 무언가에 발을 내디딜 용기를 전보다 확실히 키웠다.

모두가 엘에게 도움을 받고 있다. 그러니 바뀌지 않아도 괜찮다.

그렇게 전하고 싶었다.

게다가 나 역시…….

내 차례에 이르자 마침내 깨달았다.

"……이래서는 안 되겠지, 미안."

"아니야, 엘."

"그렇지 않아."

"아니, 그게 아냐."

나는 알았다. 그것은 엘의 슬픔을 지우는 방법이라든가 하는 그런 것이 아니라. 쿄와의 관계를 엘이 어떻게 하면 좋을까, 그런 게 아니라.

엘에 대해서 생각해보다가 나도 모르게 나에 대해 깨달았다.

어째서 내가 엘을 특별히 여기는 걸까. 어째서 계속 신경 쓰는 걸까.

그 사실을 이제 와서 깨달았다.

"사과할 일이 아냐."

간단한 일이었다.

그렇다, 즉 나도 엘에게 배우려 하고 있었던 것이다. 밋키나 파라나 쿄가 엘로부터 배웠던 것처럼, 그녀에게만 배울 수 있는 것을 필사적으로 매달리듯이.

이 아이에게 배우면 가지게 될 수 있을지도 모른다고 생각했다.

지금까지 나에게 없던 마음을 알 수 있을지도 모른다고 생각했다.

"이상한 게 아냐. 엘은 이대로 충분해."

실은 이제 와서 깨달은 것이 한 가지 더 있었다.

이것도 엘과는 관계없는, 나 자신에 대한 것이다.

사실은 그때 슬펐다.

처음에는 선배가 먼저 좋아한다고 고백했다. 함께 있을 때 즐거웠다. 하지만 차였을 때 아무렇지 않을 수 없었다. 슬펐지만 괜찮다고 생각하려 했다. 상대가 바라는 거라면 그걸로 충분하다고 생각했다.

하지만 사실은 알고 싶었다. 만일 나 자신과 마주했더라면 그녀를 붙잡을 수 있었을까. 다 아는 듯한 얼굴을 하고 상처 입지 않은 척을 하지 않아도 됐을까.

사실은 제대로 싱처 입고 싶었다. 어떻게 했으면 좋았을까.

그것을 엘에게 배우려고 했다.

모든 것을 자신과 연결시켜 생각하는 마음을 가진 엘에게.

쿄도 비슷하지만, 그것보다 훨씬 완고한 마음.

"나나 밋키는 그렇게 생각 못해."

분명 엘은 이렇게 생각했으리라. 만약 자신이 아주 좋아하는 사람과 함께하게 된다면 다른 모든 것을 잊을지도 모른다. 만약 다른 사람도 그렇다면 쿄는 자신 따위를 잊어버릴 것이다. 그게 싫다.

만약 내가 아주 조금이라도 그렇게 생각할 수 있었더라면 좀 더 슬프지 않은 이별을 했을까.

"그러니까 엘은 이대로 충분해. 엘만이 가지고 있는 거야. 사과 안 해도 돼."

본심이었다. 엘은 이대로도 충분하다. 이대로 있어줬으면 한다. 그게 내 마음의 전부였지만, 물론 그런 말만으로는 엘이 마음을 정리하는 데는 아무런 도움도 되지 않는다는 사실을 알고 있었다. 엘이 마음을 들려주었기 때문에 알고 있다. 그래서 이어서 말했다.

"바꿔 말하자면, 나나 밋키는 그렇게는 생각 못하니까 괜찮아. 밋키는 만약 그 사실을 알아도 아무 신경도 안 쓸 거야. 파라를 봐봐. 못된 수준을 넘어선 말을 늘 하는데도 친구잖아."

"하지만 나는 일부러 못되게 굴었는걸."

"그럼, 그런 게 쌤쌤이 될 만큼 지금부터 밋키한테 과자를 만들어주면 될 것 같은데."

"하지만 만약 또 같은 행동을 한다면."

그렇구나, 그렇게까지…….

확신하고 있을 것이다. 이 슬픔이나 두려움이 사라지는 일이 없다고. 자신의 마음이 어떤 의미에서 굳건하다고. 교실에 있기 힘들어졌을 때, 교실을 바꾸는 게 아니라 자신이 사라지는 고집을 보인 자신을 어떤 의미에서 믿고 있는 것이다.

마음이 짓눌리는 듯한 감각이 들었다. 부족한 부분에 형태가 다른 것을 가득 채웠을 때처럼.

"그래도 괜찮아. 중학교 때부터 밋키와 친구인 내가 하는 말이니까. 나도 그 녀석을 폭발시킨 적이 여러 번 있어."

"쿄에게도 불쾌한 행동을 해버렸어……."

"쿄도 그런 일로 엘을 싫어할 녀석이 아니야."

"……스카는."

"응."

"스카는 생각한 적 없어? 밋키가 어딘가로 가버리지 않을까 하고."

갑작스런 질문에 멍했다. 조금 생각해봤지만 역시 여전히 엘처럼은 생각할 수 없었다.

"없어. 부끄러우니까 그 녀석 앞에서는 절대로 말 못하지만, 무슨 일이 있어도 친구라고 생각해."

"그런 걸 모르니까 불안하지 않아?"

"괜찮아."

그래, 괜찮다. 내 경험상, 친구라는 건 그런 존재다.

거짓말이 아니다.

거짓말이 아니지만 엘의 슬픔이나 불안은 고작 이런 말로 사라질 리 없었다. 그게 당연하다. 내 말에 무슨 근거가 있냐고 생각할지도 모른다.

근거가 있기는 하지만.

"…………."

정말로?

그렇게 말이 아니라 눈빛으로 묻는 엘의 눈을 보고.

불안하고 불안해서 참을 수 없다는 그녀의 마음을 보고.

나는 이야기해주기로 했다.

마음속으로 미안하다는 한마디로 사과했다. 엘이 아닌 다른 이에게.

알고 있다. 이건 내가 멋대로 말해서는 안 되는 일이다.

하지만 이게 내 첫걸음이라고 생각하고 스스로에게 허락했다.

그렇게 제멋대로 사과하며 나는 엘의 눈을 보고 미소를 지었다.

"응, 괜찮다고 생각해."

똑바로 쳐다보는 엘의 눈동자에서 시선을 피하지 않았다.

엘의 사고방식을 이해하고 대신 나의 생각을 나눠준다. 이런 식으로 서로 채울 수 있다면. 그렇게 생각했을 때 마음의 형태가 분명 결정되는 것이겠지.

"아니, 저기 실은 나."

마음에 숨기고 있을 때는 딱히 아무렇지도 않았는데.

오랜만에 누군가에게 비밀을 드러내자 조금 부끄러운 마음이 들었다.

마크가 아니면 몰랐을 그 녀석의 마음을 조금 알 것도 같았다.

"짠! 어때! 맛있겠지!"

"오오, 밋키가 만들었다고 해서 어떤 게 나올까 싶었더니. 동그래!"

내가 칭찬하자 밋키는 한순간 이쪽을 노려보고 나서 바로 의기양양하게 가슴을 폈다.

"하하, 대단하지?"

"응, 저거 근데 엘의 레시피로 만든 거지? 좀 다르지 않아?"

"눈치챘어? 비법으로 초콜릿을 넣어봤어."

마찬가지로 갈색인 쿠키를 가리키며 흥분한 밋키. 파라의 "혹시 이게 숨은 맛이라는 거야? 바로 병원에 예약해"라는 비아냥에 웃음과 펀치로 답하고 작은 봉지에 담긴 초콜릿 쿠키를 저마다 나눠줬다.

파라에게, 엘에게, 나에게 그리고 쿄에게.

쿄는 특별하진 않아도 어쨌거나 미키의 선물을 받았다는 것에 긴장한 듯한 모습이라 재밌어서 팔꿈치로 쿡쿡 찔렀다.

"어때, 남자 두 분은 여자아이한테 쿠키를 받으니 두근거리지 않아?"

기쁜 듯이 미키가 쿄의 정곡을 찔러서 "뭐, 발렌타인 때 받은 초코볼 몇 개보다는 낫네"라고 쿄 대신 대답했다. 그 말에 여느 때라면 만족할 텐데, 더 커진 밋키의 흥분은 쿄를 놓아주지 않았다.

"쿄는?"

"아, 어."

"쿄는?"

"기, 기뻐. 굉장히 기뻐. 맛있을 것 같아."

"하하하, 다행이야."

기쁨의 스페이드가 밋키의 머리 위에서 더욱 부풀어 올랐다. 쿄는 칭찬에 서툴기 때문에 얼굴을 마주하고 칭찬하는 건 드문 일이었다. 응원하는 파라나 엘의 머리 위의 스페이드도 동시에 커졌다. 모두를 대표해서 용기를 낸 쿄의 팔꿈치를 다시 한 번 더 쳤다.

"자, 먹자, 먹어!"

밋키의 재촉을 신호로 우리는 일제히 리본으로 묶인 봉투를 열고 안에서 쿠키 한 개를 꺼내 입에 집어넣었다. 모두가 입을 닫자 한순간 고요해졌다.

솔직히 조금은 각오하고 있었지만 그 걱정은 훌륭하게 어긋났다.

"어라, 맛있어."

무심코 내 입에서 나온 말에 "응" 하고 파라가 고개를 끄덕였다.

"미키가 생산 과정에 관여했다고 생각할 수 없어."

"관여고 자시고 재료 조달, 생산, 배송, 전부 내가 했다고!"

"밋키, 정말 맛있어. 초콜릿이 아주 좋아."

야유도 그 무엇도 없이 웃는 엘에게 칭찬받고 밋키는 굉장히 만족한 듯이 다행이라며 양팔을 올렸다. 그리고.

"쿄는?"

또 엮인 쿄가 이미 두 개째를 입에 넣고 서둘러 삼키는 모습이 무척이나 재미있었다.

"으, 응, 맛있어. 엄청."

"다행이다, 엘이 말한 대로 열심히 만든 덕분이야."

또다시 만세하는 밋키에게 나는 말없이 다행이라고 생각했다. 칭찬받은 밋키가 아니라 쿄와 엘에게.

그리고 다행인 일은 거기에서 그치지 않았다.

"쿄, 야키소바 잘 먹을게."

웃는 얼굴로 엘이 접시에 담긴 쿄의 야키소바를 더는 것을 보고 무신경한 밋키가 "어라?" 하고 괜한 소리를 했다. 무의식적으로 그게 특별한 일이라는 사실을 알고 있는 것이리라.

"배부르다고 하지 않았어?"

"기분 탓이었던 것 같아. 게다가 단걸 먹었더니 짠 음식도 먹고 싶어졌어. 음, 맛있어."

미소를 받은 쿄는 어리둥절해하다 바로 웃음 지으며 머리 위에 기쁨의 스페이드를 떠올렸다.

다행이다, 그렇게 진심으로 생각했다.

이로써 문제는 전부 해결되었다.

"꽃구경 와서 다행이네."

갑자기 내가 말하자 제안자인 밋키가 "그렇지?!" 하고 으스댔다. 그때 파라가 "미키가 입시 실패하면 다 같이 웃어주자"라고 찬물을 끼얹었다. 작렬하는 춉에 쿄와 엘이 웃었다.

모두의 머리 위에 스페이드와 하트가 떠올랐다.

아, 또 하나 깨달았다.

그렇구나, 누군가를 위해서가 아니다. 나는 이것을 보는 게 기쁘다.

그렇게 깨닫자 마침내 그때 선배의 목소리가 귓가에서 사라진 듯한 느낌이 들었다.

자, 비밀이지만. 실은 이건 대수롭지 않은 이야기다.

인생에서 처음으로 여자 친구가 생긴 건 중학교 2학년 무렵이었다.

지금과 마찬가지로 운동에 몰두하던 나는 연애 따위는 특별히 몰랐고 그런 데 흥미도 없었지만, 상식적으로 사이좋은 아이와는 보통 사귄다는 인식을 가지고 있었다.

그래서 특별히 사이가 좋았던 여자아이와 어쩌다보니 사귀게 됐다. 그 아이와 있으면 마음이 편안했고, 다른 아이와 있는 것보다도 즐거웠다. 좋아하는 걸지도 모른다고 생각했고, 어쩌면 이게 사랑일 거라고 생각했다.

상대도 아무래도 그렇게 생각하는 듯해서 우리는 "사귈까" "응" 하는 두 마디로 연인이 되기로 했다.

하지만 사귀게 되고 나서 한 달이 지나고, 분명 둘이 거의 동시에 깨달았을 거라 생각한다.

어라? 이거 아닌 거 같은데?

내가 동아리 활동을 끝내고 같이 아이스크림을 먹으며 갑자기 그런 생각을 했을 때 그녀가 말했다.

"어라? 이거 아니지 않아?"

그때 처음으로 깨달았다. 사이가 좋은 것과 연애는 다르다. 친구로서 좋아하는 것과 이성으로 좋아하는 것은 다르다.

생각해보면 우리는 손을 잡는 것조차 쑥스럽고 싫어서 하지 않았다.

바로 우리는 헤어졌다. 친구를 이성으로 보고 있었다고 서로 착각한 게 부끄러워서 한동안 사이가 어색해졌다.

하지만 그것도 잠깐이었다. 한 달이 지났을 무렵에 나는 그 사실에 웃음이 났다. 바보 같았고, 웃어넘기는 편이 부끄럽지 않다는 사실을 알아차렸다.

그녀도 웃어주었지만 속으로는 꽤 부끄러웠던 모양이다. 나를 남자로 보았다는 사실과, 그게 진심이었다면 몰라도 단순히 사랑이 뭔지 몰라서 그렇게 착각했다는 사실에.

그 부끄러움은 아무래도 해마다 더해가는지, 중학교를 졸업할 때쯤엔 완전히 친구로 돌아간 그녀는 내가 거의 잊어가고 있던 일을 언급했다.

절대로 아무한테도 말하지 않겠다고 약속해.

나는 고개를 끄덕이고 얼굴을 새빨갛게 물들인 그녀와 약속을 했다.

"똥침 백 대는 무린데."

"어? 뭐라고 했어?"

"아니, 아무 말도 안 했어."

공원 수돗가에서 밀폐 용기를 씻으며 밋키는 내 혼잣말에 돌아봤다.

똥침 백 대는 무리라고 해도 언젠가 이단옆차기 한 방 정도는 받아주자.

마지막 용기를 받아 수건으로 닦고 나서 가위바위보에서 진 우리는 돗자리로 돌아가기로 했다.

콧노래를 부르며 기쁜 듯이 공원을 활보하는 밋키. 친구의 뒷모습을 보자 갑자기 이해받지 못한다 해도 전하고 싶어졌다.

나도 모르게 내 감정과 마주하고서 알게 된 자신의 마음.

"다음에는 착각 안 해."

내 말을 들은 밋키는 틀림없이 의아한 얼굴을 하고 "응?" 하고 말할 거라 생각했다.

하지만 밋키는 콧노래를 멈추더니 보폭은 유지하며 머리 위의 스페이드를 힘껏 부풀렸다.

그리고 하늘을 올려다보고 말했다.

"나도."

"어?"

나도 모르게 멈춰 서자 밋키도 멈추고 얼굴만 이쪽으로 돌린 채 "엘이 말한 대로 했어" 하고 이어서 말했다.

그리고 다시 걷기 시작한 밋키는 앞에서 아직 남아 있는 밀폐 용기를 가져오고 있는 내 절친을 보더니 전속력으로 달려갔다.

어리둥절해하면서도 나는 변함없이 아무것도 모르는 우리가 재미있다는 생각이 들었다.

나
↓
만
←
의
↑
비
→
밀

10년 후의 나에게

오랜만이야. 지금 여기는 여름방학 중이야. 거기는 휴가철이야? 넌 이 편지를 기억하고 있었니? 아마도 분명 기억하고 있을 거야. 네가 어떤 어른이 되었는지 상상할 수 없지만, 이 편지는 반드시 기억하고 있을 것 같아. 잊고 있었다면 미안해.

너는

그쯤에서 멈춘 채 이래저래 사흘이 흘렀다. 편지의 다음 내용을 전혀 쓸 수 없었다.

보충 수업이 없는 토요일. 여름방학인 데다 주말이지만 우리 수험생에게는 해야 할 일이 있기 때문에 오늘도 도서관에 와 있다.

수험생이 드문드문 보이는 아침의 고요한 도서관의 자습실. 4인용 책상이 비어 있어서 그곳에 앉아 두 시간 정도 집중해 수학을 공부한 다음, 한숨 돌리려고 편지를 꺼냈다.

오늘이야말로 뭔가 쓸 수 있지 않을까 생각하고 펜을 들었지만, 10분 정도 편지를 노려보아도 역시 아무것도 쓸 수 없었다.

편지 같은 건 친구에게도 쓴 적이 없는데, 내 앞으로 보내려고 하니 상당히 문턱이 높다. 게다가 미래의 자신에게라니, 몇 개월 뒤에 시험 칠 학교조차 확실하게 정해지지 않은 내게는 짐이 무겁다.

마감은 일주일 후다. 어떻게 할까.

그런 생각을 하고 있는데 눈앞에 의자를 쥔 손이 보였다.

"안녕, 쿄."

"안녕, 미야자토."

소곤소곤 인사를 나누고 그는 맞은편 자리에 앉아 가방에서 필기도구와 프린트물을 꺼내 공부를 시작했다. 수험생이 되고 나서 주말에 이 도서관에서 만나는 일이 늘었기 때문에 인사도 점점 간결해지고 있다.

나도 편지를 넣고 이번에는 역사 공부를 시작하기로 했다. 친구 앞에서 편지를 쓰는 일 또한 문턱이 높다.

도중에 화장실에 가거나 음료를 마시기도 했지만, 그 외에는 계속 집중하면서 두 시간을 보냈다.

시각은 대략 오후 한 시. 나와 쿄는 속닥속닥 의논하고는 도서관을 나가기로 했다. 오전 중에 온 멤버는 적당한 시간에 점심을 먹으러 간다. 이것도 수험생이 되고 나서 몇 번이나 반복되고 있는 일이기에 입씨름을 할 필요도 없다.

밖으로 나가자 지금까지 도서관 벽에 차단되어 있던 매미 울음소리나 높은 기온이 드러난 몸에 단숨에 모여드는 듯해서 묘한 고양감을 느껴 나는 힘껏 기지개를 켰다.

갈 곳은 정해져 있다. 걸어서 5분 정도 되는 곳에 있는 마트의 푸드 코트. 그곳에는 맥도날드와 타코야키 가게와 우동 가게가 입점해 있고, 사실 그 셋뿐이지만 일주일에 두 번 정도라면 질릴 정도는 아니어서 늘 오고 있다.

바로 지난주에도 온 참이었기에 가게 메뉴도 전혀 바뀌지 않았다.

변한 것이 있다고 한다면 이쪽이다.

"아, 죄송합니다."

뭔가에 몰두하고 있던 쿄는 거스름돈을 받으려다 맥도날드 계산대 앞에서 잔돈을 떨어뜨렸다.

나는 그것을 우동 가게 앞에서 줄을 서며 지켜보고 있었다. 최근 쿄에게는 그런 실수가 잦은데, 어떻게 된 걸까.

분명 밋키와 무슨 일이 있었나 보다. 그가 불안정해질 이유는 그것밖에 없다.

감자튀김이 튀겨지기도 전에 나온 유부 우동과 같이 자리에 앉아 기다리고 있자 잠시 후에 무사히 햄버거 세트를 구입한 쿄가 쓴웃음을 띤 채 다가왔다. 그리고 "창피해"라고 한마디 했다. 정말로 부끄러운 듯했다.

"무슨 일이야? 쿄, 요즘 보면 실수가 잦은 거 같아."

조금 짓궂게 물어봤다.

애초에 내가 그의 짝사랑을 전혀 모른다고 생각하는 쿄는 "그게" 하고 얼버무리듯이 말을 꺼내고 "아무것도 아니야"라고 이어서 말했다.

"비밀이구나."

"아니, 그러니까 아무것도 아니라니까."

"그렇구나, 비밀이구나."

쿄는 무척이나 곤란한 듯한 얼굴을 했다. 최근에 나도 짓궂게 구는 즐거움을 알기 시작했다. 아직은 쿄에게만 그러지만.

내가 방긋방긋 웃는 표정을 지으면서 보고 있자 그는 "그러고 보니"라고 노골적으로 화제를 바꾸려고 했다.

"도서관에서 쓰던 편지, 타임캡슐이야?"

"응, 맞아. 뭘 쓸지 아무 생각도 전혀 안 나서 진전이 없어. 쿄는 다 썼어?"

"아니, 아직. 10년 뒤의 나라니 상상도 안 가서."

"그렇지, 스무 살의 나도 상상이 안 가는데. 좋아하는 사람 정도는 생기려나? 쿄는 어때?"

"어, 으, 으음."

쿄는 얼버무리는 데 서툴다.

문득 차라리 먼저 이쪽에서 말할까 생각했다. 알고 있다고. 그 편이 여러모로 이야기도 들어줄 수 있어서 고민도 줄지 않을까. 맥도날드 언니가 쓴웃음을 지을 일도 없어지지 않을까. 그래그래, 수험생에게 고민이란 바람직하지 않지.

그런 생각을 하고 요 몇 달간 계속 모르는 척해왔던, 쿄가 좋아하는 사람에 대한 이야기를 꺼내보려고 했지만, 갑자기 그가 내 뒤편을 힐끗 보자마자 그의 몸에서 튀어나온 화살표가 나를 꿰뚫었다.

아, 우리뿐만이 아니었구나. 그렇게 생각하고 "왜 그래?"라고 말하며 뒤를 돌아보았다. 예상대로 밋키와 파라가 아이스크림 포장지를 들고 마트 밖으로 나가려 하고 있었다. 그다지 목소리가 크지 않은 내가 크게 손을 흔들자 먼저 파라가 알아차리고 손을 들었다. 그녀의 몸에서도 화살표가 나오고 있었다.

파라의 움직임으로 드디어 우릴 알아차린 밋키도 이쪽으로 손을 크게 흔들었고, 동시에 몸에서 화살표가 튀어나와 나를 꿰뚫었다.

마치 어제 텔레비전에서 본 장어 꼬치구이처럼 꼬치에 찔려도 아무렇지도 않은 나는 쿄에게 제안해 근처 4인용 자리로 이동했다.

내가 쿄와 대각선 자리에 앉자 밋키가 종종걸음으로 와서 "안녕!" 하고 말하며 내 옆에 앉았다.

조금 늦게 포장지를 벗긴 수박바를 베어 먹으며 파라가 다가와 내 정면에 앉았다.

"청출어람이네."

파라가 인사도 없이 꺼낸 말에 쿄와 밋키가 '응?' 하는 얼굴을 했다. 밋키는 심지어 목소리도 냈다.

파라가 하고 싶은 말을 어렴풋이 알 것 같았다. 나는 만약 틀렸으면 어쩌지 하는 생각을 하면서도 한번 그 생각을 말해보기로 했다.

"수박보다 수박바가 더 맛있다는 거야?"

"역시 미야자토네. 이 두 사람 좀 봐봐, 하나도 모르잖아. 둘 다 바보 같은 얼굴을 하는 게 잘 어울려. 그냥 사귀지 그래."

파라가 한 말의 뜻을 맞혀서 다행이라고 생각하는 것과 동시에 파라가 아슬아슬할 정도까지 깊이 파고들어서 가슴이 덜컥했다. 하지만 가슴이 더 철렁했을 두 사람은 둘 다 노골적으로 당황했고, 동시에 화제를 바꾸려고 했다. 결과 "그러고 보니"라는 말이 충돌해 대화가 정체를 일으켰다.

히죽대는 파라와 눈이 마주치자 나도 큭 하고 웃었다.

나는 그 다음에도 잠시 귀여운 두 사람이 당황해하는 것을 보면서 우동이 퍼지기 전에 먹기로 했다.

도서관에는 오후 여섯 시까지 앉아 있었다. 동쪽으로 자전거를 타고 냅다 달려가는 밋키와 도서관 근처에서 사는 파라를 배웅하고 나와 쿄는 다시 단 둘이 남았다.

집이 같은 방향에 있기 때문에 도서관에서 만나면 늘 함께 돌아간다.

둘만 남자 쿄는 "휴" 하고 가볍게 한숨을 쉬었다. 나를 편한 상대라고 생각해주는 것이 매번 조금 기뻤다. 나도 쿄와 둘이 있으면 마음을 놓게 된다. 그런 말은 부끄러워서 할 수 없지만.

"밋키는 오늘도 활기차네."

"응, 그래. 맑은 날에도 비 오는 날에도."

쿄야말로 맑은 날에도 비 오는 날에도 밋키의 이름을 꺼내면 상기된 목소리로 대답한다.

그저 대단하다는 생각이 든다. 그렇게 사람을 좋아한 적이 난 지금까지 없으니까.

아, 맞다 맞다. 두 사람이랑 마주치기 전에 쿄의 그 마음을 안다고 말하려고 했었다. 깜빡했다.

음, 이번 기회에 말해볼까.

내가 한번 결심하고 쿄에게 "저기 말이야" 하고 말을 걸자 완전히 같은 타이밍에 쿄 또한 "저기 말이야" 하고 말해서 마치 화음을 이루듯이 목소리가 포개어졌다.

한순간 어리둥절해져서 우리는 웃었고, 나는 쿄에게 선공을 양보했다.

"쿄부터 말해."

"고마워. 저기 고민이 조금 있는데, 아니, 잘 모르겠다면 대답 안 해도 전혀 상관없지만, 음, 저기 가벼운 마음으로 들어줄래?"

"응, 좋아."

고민을 풀게 도와준다는 것이 기뻤다.

"저기 실은 미키와 같은 대학에 시험을 보라는 소리를 들었는데, 어떻게 생각해?"

"누구한테?"

"미키한테. 요전번에 갑자기 들었는데, 무슨 뜻인가 싶어서. 그래서 여자아이의 의견을 좀······."

"······."

그런 걸로 고민하는 거야? 라는 생각은 전혀 하지 않았다. 아마 내게 비슷한 일이 발생한다면 분명 나도 쿄와 다르지 않은 반응을 보일 것이다.

최근에 무언가에 정신이 팔려 있다는 느낌이 들었는데 그 탓이었구나.

"잘 모르겠지만, 학부는 어때?"

"미키가 자료도 줬는데, 내가 전공하고 싶은 분야도 분명 있는 것 같아."

"그럼 괜찮지 않아?"

"근데 커트라인이 지금의 제1지망보다 좀 높아."

"그럼 어떻게든 필사적으로 공부하면 되지 않을까?"

"······애초에 어째서 이런 시기에 느닷없이 그런 말을 했는지 신경 쓰여서. 스승님에게 뭔가 꿍꿍이가 있는 건가?"

처음에는 고분고분하게 파라의 지시로 스승님이라고 부르던 쿄는, 최근에는 그 호칭을 장난치듯 부르고 있었다. 그 변화가 겉보기엔 아무 의미도 없겠지만 왠지 재미있다.

"미야자토는 조금 전에 무슨 말 하려 했어?"

사실은 자신의 고민을 더 늘어놔도 될 텐데 쿄는 착실하게도 내게 대화의 기회를 주었다.

238

나는 네가 물었으니까 말하는 거야, 라는 장난스러운 마음으로요 몇 달간 비밀로 삼고 있던 비밀을 밝히기로 했다.

"파라의 꿍꿍이가 어떤지는 그렇다 치고, 밋키와 같은 대학에 간다면 쿄는 엄청 기쁜 거 아냐?"

나는 쿄가 놀랄 거라 생각했고, 그 표정을 받아들일 마음도 먹고 있었는데 그의 반응은 예상했던 것과는 꽤 달랐다.

"응, 그건 그렇지만."

평소와 다르지 않은 그의 담담한 모습에 내가 놀랐다.

"어라, 내가 쿄의 마음을 알고 있다는 거 놀랍지 않아?"

"……어? 그야, 어라?"

쿄의 반응에 김이 샜다.

"뭐야, 좀 더 일찌감치 괴롭힐 걸 그랬어."

"관둬, 즈카나 스승님한테 잔뜩 당하고 있어. 그렇다면 모르는 걸로 해줬으면 좋겠어."

"싫어. 같은 대학에 가자고 말을 꺼냈다는 건 좋은 일이잖아. 고백을 예약하는 게 어때? 수험이 끝나면 고백한다고."

"그거 이미 말했어."

"그럼 그걸로 된 거 아냐?"

"어, 그런 식으로 괴롭히는 거야? 내가 입시에 실패하면 즈카나 스승님 탓이라고 생각했는데, 미야자토 탓이 될 수도 있어."

"그것도 괜찮네. 1년 뒤에 반드시 데리러 갈 거라고 밋키와 약속하는 거지."

"아, 친구한테 입시 실패해도 괜찮다는 말을 들었어."

쿄는 양손으로 얼굴을 덮고 침울한 척했다. 조금, 아주 조금 놀랐지만 괜찮다. 쿄는 어디까지나 침울한 척이라는 것을 내가 알수 있도록 바로 웃어주었다. 나도 쿄를 걱정시키지 않도록 웃는 얼굴로 답했다.

"이유는 어찌됐든 밋키에게 그런 제안을 들었으니 열심히 해보는 게 어때?"

"음, 그렇게 순수하게 받아들여도 괜찮을까."

"밋키, 순수하잖아."

우리와는 태도가 다르다는 사실을 쿄도 깨달았겠지. 쿄는 밋키의 그런 심각하지 않은 추진력을 좋아하는 것이다. 그래서 너무 좋아서 어찌할 바를 모르는 것이다. 생각하다보니 내가 부끄러워졌다.

"뭔가 숨기는 게 있는 줄 알았어."

아, 샴푸 향기 사건을 떠올리고 있는 걸까. 미안하다는 생각이 들었다. 사과를 해도 이미 때는 늦었겠지만, 한 가지 진실을 가르쳐주었다.

"밋키는 지금 그런 생각할 틈이 없을 거야. 지금 목표를 향해 몰두하고 있을 테니까."

"확실히 미키는 집중력이 대단하지. 스승님이 집적거려도 알아차리지 못할 정도니까. 그런 건 역시 육상에서 단거리 달리기를 하고 있기 때문일까?"

밋키의 이야기를 하고 있을 때 얼마나 기쁜 얼굴을 하는지 쿄 본인은 알아차리지 못한다. 알아차리면 부끄러워서 앞으로 밋키에 대한 이야기는 하지 않을 것 같았기 때문에 오늘도 지적은 하지 않기로 했다.

그래서 그의 소소한 착각도 바로잡지 않기로 했다.

숨기는 것은 아무것도 없다.

정확하게 말하자면 숨기지 못한다.

지금까지 들키지 않은 건 쿄가 나와 마찬가지로 스스로에게 자신감이 전혀 없어서 그런 제안을 받으리라 생각도 못해서일 테다. 아슬아슬했어, 밋키.

대학 이야기는 나는 처음 들었지만, 어쩌면 파라가 부추긴 게 아닐까 그런 생각을 했기 때문에 월요일 보충 수업이 끝나고 도서실도 닫힌 뒤 집으로 돌아가는 길에 그 사실을 파라에게 물어보았다.

"그 애 사전을 봐봐. 신중이라는 말로 도배가 되어 있을 테니까. 그리고 고민이라는 말도."

"그럼 파라도 몰랐구나."

"몰랐어! 그래서 쿄가 흠칫흠칫했던 건가. 초등학생인가, 걔는. 미야자토, 아이스크림 먹을래?"

"아, 응, 잘 먹을게."

파라는 조금 전에서 편의점에서 산 아이스크림의 종이 뚜껑을 열고 세 개를 손가락으로 집어 연속으로 입에 넣더니 "나머지 먹어"라고 말하고 남은 절반을 용기째 나에게 주었다. 전에도 같은 방식으로 준 적이 있었기 때문에 고맙게 미니 포크도 받았다. 친구에게 불필요하게 사양하지 않는 편이 좋다는 사실을 요즘 들어 마침내 이해하기 시작했다.

터벅터벅 걸어 돌아가는 길은 이미 여섯 시인데도 밝았다.

"어떤 의미에서 밋키와 쿄, 둘만의 비밀이네. 앞뒤 바꿔 입은 티셔츠 같지만."

"미야자토는 시인이네. 분명 주변에서는 모두 알고 있는데 두 사람만 꽁꽁 숨겨서 서로 알아차리지 못하니까 무대 뒤만 보이는 뮤지컬 같아. 음, 이 예는 나도 이해 못 하겠지만."

파라는 늘 어제처럼 오늘도 즐거운 듯 하다. 여름이 되어 아이스크림이 맛있어지는 계절이기 때문만은 아니겠지.

"파라에게도 의논하지 않았다니 의외네."

진심을 담아 그렇게 말하자 파라는 "의외라고 해야 하는가?"라고 묘하게 예스러운 말투로 말했다.

"그 애, 보시다시피 순수하니까 그런 말을 자기가 먼저 꺼내는 걸 부끄러워해. 뭐, 훤히 들여다보이지만."

"훤히 들여다보이긴 해."

"하지만 들키지 않았다고 생각하고 있고, 실제로 서로한테는 들키지 않았으니까. 가장 곤란해지는 경우는 두 사람 다 마음을 꽁꽁 숨겨놓고는 그 장소를 잊어버리는 거야. 마음과 타임캡슐은

묻은 장소를 흔히 잊어버리기 때문이지!"

"화, 확신에 가득 찬 얼굴이네."

그 얼굴 그대로 어째선지 가까이 다가오는 파라는 둘째 치고, 확실히 그 말이 맞을지도 모른다. 타임캡슐에 대해 이야기하면 어른들은 모두 묻은 장소를 잊어버렸다고 말했다. 시간이 너무 지났거나 다른 것에 흥미를 빼앗겼기 때문이겠지.

두 사람이 그렇게 되는 것은 너무나도 슬프다.

"그래서 이쯤에서 입시는 둘째 치고 한 번 어떻게든 마음을 확인할 수 있으면 좋을 텐데, 미키가 쿄에게 아슬아슬한 제안을 한 건 쿄를 생각해서일 테지. 입시가 끝날 때까지 말할 마음은 없는 거야."

"응, 나도 그렇게 생각해."

"룰을 변경하자!"

"깜짝이야!"

파라의 큰 목소리는 너무 커서 나는 늘 흠칫하고 몸이 들썩인다. 근처에서 자고 있던 고양이도 벌떡 일어나서 도망갔다.

파라는 신경 쓰지 않고 이어서 말했다.

"타임캡슐에 넣기로 한 자기 자신에게 쓴 편지 있잖아. 그거 말이야, 다른 네 사람에게 쓰기로 하자."

"어, 그걸 10년 후에 교환한다는 뜻이야?"

"아니, 그러면 진심을 쓰지 않을 가능성도 있으니 어디까지나 10년 후에 그 편지를 읽는 건 자신이고, 10년 후에 볼 때는 자신이 다른 사람을 향한 마음이 이렇게 달라졌구나 하고 즐기는 거지. 그러면 그 두 사람도 지금의 마음을 쓰겠지. 여기서 자신의 마음을 형태로 만들면 잊지 않을 거야."

그렇구나 하고 나는 손뼉을 쳤다.

"아, 하지만 이미 모두 자신에게 편지를 쓰지 않았을까? 나는 아직이지만."

"그럼 다행이잖아. 나머지 세 사람도 썼을 거 같진 않아. 솔직히 자기 자신에게 쓰고 싶은 말은 딱히 없잖아."

"앗, 파라가 제안한 주제에."

"제안한 주제에 아무것도 실행하지 않는 게 정치가 같지?"

자신이 한 말에 폭소하는 파라는 주눅 드는 기색도 없었고, 나도 기껏 낸 아이디어인데, 라는 생각은 하지 않았다. 다른 사람에게 향한 마음을 쓰는 편이 훨씬 즐거울 것 같았다. 안 보여줘도 된다면 있는 마음 그대로 쓸 수 있을 테고.

우선 누구 앞으로 쓸까 생각하고 있자 히죽거리며 파라가 다 안다는 표정으로 말했다.

"폼 잡는 그 녀석도 여러모로 잊지 않겠지. 아, 이거 혼잣말이야! 의미심장하게 미야자토 머리 한편에 남기려고 한 말이 아니야!"

"어, 어, 그게 뭐야!"

의미를 몰라서 곤란해하는 내 얼굴을 본 파라는 특히 즐거운 표정을 짓고 있었다. 이 아이는 대체 어떤 어른이 될까. 지금부터 쓸 편지가 기대되었다.

그 녀석이란 스카를 말하는 거겠지. 파라와 둘 사이에 무슨 일이 있었던 건가.

그런 생각을 하면서 우리는 서로의 집으로 가는 갈림길에 도착했다.

룰 변경이라는 소리를 듣고 반론한 것은 밋키뿐이었다.

"난 이미 썼는데!"

그 말을 듣고 우선 굉장하다고 생각했다. 분명 그녀에게는 반짝이는 자신의 미래가 또렷이 보이는 거겠지.

파라의 양 뺨을 꼬집는 밋키가 너무나도 애처로워 보였기 때문에 내가 그럼 자신에게도 편지를 짧게나마 쓰자고 제안해서 그 절충안으로 합의를 봤다.

하지만 밋키도 모두에게 편지를 쓰는 것 자체는 무척이나 기쁜 기획이라고 생각하는지 공부하다 쉴 때 딱 좋겠다고 기뻐했다.

곤란해한 쪽은 밋키가 없을 때 파라로부터 벽에 몰려 협박처럼 취지를 전해 들은 쿄였다.

"보여주자는 게 아니니까 마음대로 쓰면 되잖아."

스카의 가벼운 말을 들은 쿄는 난처한 듯이 "음" 하고 신음했다.

스카가 하는 말도 맞다. 하지만 쿄의 마음도 이해할 수 있었다. 입 밖으로 내지 못하는, 그래서 상대에게 전하지 못하는 마음을 자신이 형태로 남겨도 될까 생각하는 거겠지.

그런 생각을 하면서도 쿄의 마음은 말로 남겨도 된다고 생각했기에 나는 웃으면서 "맞아"라며 그 등을 떠밀었다.

돌아오는 길에 나와 쿄, 그리고 파라는 문구점에 들렀다. 쿄가 노트 조각에 편지를 쓰려고 했다는 사실을 알고 제대로 된 편지지를 사게 하려는 거였다. 물론 내가 아니라 파라가.

"노트 조각에는 정서란 게 없잖아, 정서란 게."

그렇게 파라에게 혼이 나면서 쿄가 고른 것은 하늘색 바탕에 앞으로 펼쳐진 미래를 연상시키는 편지지였다. 나도 그 김에 아기 고양이가 페이지를 알려주는 포스트잇을, 파라는 딸기향이 나는 지우개를 사서 문구점을 나왔다.

집으로 돌아온 나는 서둘러 네 사람에게 쓸 편지 중 첫 번째를 썼다.

자신에게 쓰는 편지는 그렇게 힘들었는데 친구에게 쓰는 편지는 이렇게 수월하다니, 나 자신보다도 다른 모두를 좋아한다는 사실을 확실히 알 수 있어서 기뻤다.

하지만 그 후 모두가 나에 대해서 어떻게 쓸지 신경 쓰여서 여느 때보다 잠드는 시간이 조금 늦어졌다.

스카에게

지금의 마음을 확실히 말하려니 부끄럽기만 하네. 4월에 스카가 내가 우는 모습을 본 이후, 무척이나 추한 내 모습을 본 이후, 정말이지 부끄러워서 참을 수가 없었어. 물론, 그렇게 부끄러운 마음보다 아주 감사하는 마음을 더 많이 가지고 있어. 나를 위로하기 위해 스카는 비밀까지 말해줬지. 스카는 설렁설렁해보여도 실은 누구보다도 모두를 잘 살펴보고 있어. 나는 네 그 야무진 부분을 무척이나 존경해. 야무지니까 10년 후에는 꿈을 이뤄서 어쩌면 타임캡슐을 열기 위해 외국에서 돌아올지도 모르겠네. 의외로 여자 친구나 부인에게 휘둘리며 난처해하고 있을지도 모르고. 네 명 중에서 나와 가장 다른 점이 많다고 생각하는 스카. 10년 후에도 친구로 지내자. 그때까지 나도 간혹 스카가 우울해져도 위로할 수 있을 만큼 성장할게. 그러고 보니 친구가 되고 나서 스카의 화살표를 한 번도 본 적이 없어. 꿈과 함께 그쪽도 응원할게.

그 주 일요일은 서술형 모의고사가 있었다. 아침 일찍부터 가까운 학원에 많은 사람이 모여 모의고사를 쳤다. 자리는 따로따로였지만 같은 교실에 스카가 있었다. 점심시간에 나는 도시락을, 그는 편의점에서 사온 샌드위치를 먹고 있자 다른 교실에 있던 세 사람도 한 사람씩 찾아왔다.

"데이트 중에 미안, 옆에 앉아도 돼?"

속살거리는 목소리로 말을 걸어온 파라는 무척이나 여유로워 보였고, 정식 시험도 아닌데 긴장하던 내 마음은 그녀의 표정에 순간적으로 누그러들었다.

곧바로 밋키와 쿄도 도착했다. 이렇게 평소와 다른 환경에서 평소 멤버가 모이자 소심한 나는 마음이 무척이나 든든했다.

잠시 동안 그 문제가 어려웠다는 둥 그 영어 해석은 어떤 구문을 사용해야 하냐는 둥 수험생다운 이야기를 했지만, 어느새 화제는 타임캡슐에 대한 것으로 넘어갔다. 규칙이 변경되면서 마감은 이틀 전 금요일에서 2주일 후로 연장되었다.

"다들 사랑의 고백은 다 적었어? 얼른 안 적으면 내가 사랑을 독점할 거야."

명백하게 즐거워하며 놀리는 파라의 말에 늘 조마조마하지만, 무의식중에 쿄와 밋키를 쳐다보는 나도 공범자다. 게다가 파라에게는 확실한 각오가 있어서 하고 있는 행동이라는 사실을 알기 때문에 말릴 수가 없었다.

"나, 나는 아직 즈카에 대해 악담밖에 안 썼어."

쑥스러움을 감춘 밋키의 말에 즈카 또한 "나도 밋키 네 악담만 썼어"라고 웃으며 대답했다. 그런 상황에서 "나는 둘 다 좋아해"라며 이상하리만치 온화한 미소를 띤 파라가 끼어들었고, 그 모습을 보는 쿄는 싱글벙글 웃고 있었다.

평소 같은 광경 속에 있었던 것이 마음을 무척이나 차분하게 만든 것 같았다. 오후에 친 시험은 순조로웠고, 나는 입시에 대한 자신감을 한층 더 가지게 되었다.

돌아오는 길, 근처 햄버거 가게에서 30분 정도 이런저런 잡담을 하고 나서 그날은 해산했다. 수험생에게 진정한 의미의 휴식은 없다. 모두 집에 가서도 또 공부를 해야 한다.

아침에 엄마가 차로 바래다줬던 나는 돌아갈 때 쿄의 자전거 뒤에 타게 되었다. 원래는 해서는 안 되는 일이지만 가까운 거리였으니까.

파라를 뒤에 태운 즈카의 자전거와 나란히 차가 다니지 않는 길을 달렸다. 밋키도 이쪽 방향에 살았다면 쿄 뒤에 탈 수 있었을 텐데, 라고 생각하고 나서 그런 일이 정말로 벌어진다면 쿄가 긴장해서 넘어질지도 모른다는 생각에 혼자 웃고 말았다.

즈카와 파라와 손을 흔들며 헤어지고 나서 여기서부터는 걸어갈 수 있다고 말했지만, 쿄가 기껏 태워준 김에, 라며 집에까지 바래다주었다.

도중에 "조금 전에 왜 갑자기 웃었어?"라는 질문을 받았다.

"내가 아니라 밋키가 이곳에 앉아 있었더라면 쿄가 긴장해서 넘어졌을 것 같아서."

"말도 안 돼. 그치만 뭐, 음."

"그렇지? 쿄, 밋키한테 편지는 썼어?"

정확하게는 상대에게 보내는 게 아니라서 편지라는 말은 안 어울릴지도 모르지만.

쿄는 "아직"이라고 고개를 가로저었다.

"진심을 다해 써야 돼."

"응."

"농담으로 하는 말이 아니라 정말 진심을 다해야 된다고 생각해."

내 마음을 전하자 쿄는 잠시 아무 말도 하지 않았다. 어쩌면 괜한 참견이라고 화를 내려나. 살짝 조마조마해하고 있는데 쿄가 서서히 자전거를 세웠다. 우리 집이 바로 앞에 있었다.

"고마워."

그렇게 말하고 자전거 뒤에서 내리자 쿄는 내 쪽을 보지 않고 "두려워서"라고 말했다.

사실은 알고 있었다. 하지만 물어보지 않을 수 없었다. 그래서 정말 미안했다.

"뭐가?"

쿄는 평소 파라에게 괴롭힘을 당할 때처럼 난처하게 웃는 얼굴로 이쪽을 쳐다보더니 "여러모로"라고 대답했다. 그렇겠지, 라고 생각했다. 여러모로 두려울 테다.

손을 흔들며 헤어지고 그의 등을 배웅한 후, 그가 이 마음을 짐처럼 무겁게 느끼지 않도록 그의 반대 방향을 향해 잠시 기도했다.

파라에게

얼마 전까지 나는 파라를 조금 무서워했었어. 왜냐면 마음속을 전부 꿰뚫어보고 있는 듯한 느낌이 들어서였어. 파라는 늘 밝고 장난기가 많아 보이지만 실은 깊숙한 곳에서 사람의 마음을 빤히 보고 있는 게 아닐까 싶어서 그게 두려웠었어. 하지만 지금은 그렇지 않아. 그렇게 생각했다는 걸 파라가 알게 된다면 혼이 날지도 모르겠지만, 분명 파라도 나와 같은 면이 있어 조금 사람을 두려워하는 게 아닐까 싶어. 과도한 생각이려나. 어찌되었든 지금의 나는 표면의 즐거운 파라도, 깊은 곳에서 사람을 빤히 바라보고 있는 파라도 둘 다 좋아해. 10년 후에도 파라는 분명 파라일 거라 생각해. 모쪼록 지금처럼 매력적인 어른이 되기를 바랄게.

이건 나만 알고 있는 거지만, 자신의 마음을 억누르면서까지 좋아하는 사람의 행복을 바라는 파라의 행복을 나도 진심으로 기도하고 있어.

오늘도 보충 수업이 있는 날, "단게 필요해!"라고 말을 꺼낸 밋키와 어울려서 방과 후에 평소처럼 도서실에 가지 않고 식당에서 간식을 먹기로 했다. 멤버는 즈카를 제외한 평소 멤버. 즈카는 오늘도 교정을 달리고 있다.

밋키는 초콜릿맛 소라빵을, 나를 포함한 나머지는 셋이 각자 아이스크림을 사서 식당 끄트머리에 자리를 차지하고 각자의 뇌를 당분으로 달랬다.

"편지 쓰기는 잘되고 있어?"

아이스크림을 작은 나무 스푼이 아니라 카레용 큰 스푼으로 볼이 미어지도록 먹으며 파라가 그 이야기를 꺼냈다.

여느 때라면 밋키가 씩씩하게 대답하겠지만, 그녀는 지금 다람쥐처럼 입안을 빵으로 가득 채우고 있기 때문에 내가 대신 대답했다.

"응, 벌써 절반 썼어. 나한테 쓰는 편지랑 달리 술술 써지더라."

"역시 미야자토. 난 실은 하나도 안 썼으니까 참고로 삼게 보여줘."

"반칙!"

소라빵을 삼킨 밋키가 휘파람을 불었다. 파라는 "쳇, 안 걸리는군" 하고 즐거운 듯이 아이스크림을 파먹었다.

"아니, 미야자토의 속마음이 신경 쓰여. 밋키를 얼마나 바보라고 생각하는지 읽고 싶거든."

"엘은 그런 거 안 쓰거든!"

"맞아, 난 밋키를 바보라고 생각 안 해. 좀 아슬아슬한 애라고 생각할 뿐이지."

"뭐라고?!"

내 농담에 밋키는 천장을 올려다보고 "아, 아슬아슬하다는 소리를 들었어"라고 언젠가 한 연극처럼 읊조렸다. 물론 정말 충격을 받은 것은 아니겠지만 해명은 제대로 해두고 싶다.

"농담이야 농담. 아직 밋키 편지는 안 썼지만, 이상한 내용을 쓸 마음은 없으니까 보여줄 수도 있어."

정말 아무 악감정도 없다고 만회할 생각으로 말했다.

하지만 정말이지 나란 애는.

모두와 허물없이 말할 수 있게 되었다고 해도 어째서 이렇게 또 아무 생각도 없이 말하는 걸까. 나중에 후회해봤자 이미 늦었는데.

"오, 그럼 그렇게 할래?"

파라가 농담처럼 쳐준 맞장구. 나는 그에 또 "농담이야 농담"이라고 대답하면 된다고 생각했다.

하지만 대화라는 건 웅덩이처럼 하나하나가 끊어져 있어서 제각각을 보고 한 걸음을 내디뎌가는 동작을 반복하면 되는 것이 아니다.

좀 더 큰 것, 예를 들어 강 같은 것이다.

"그러자! 그편이 재미있다니까!"

모두가 흐름을 만들어내고, 그 흐름을 거스르는 데는 큰 힘이 필요하다는 사실을 나는 알지 못했다.

"그래그래, 그게 좋아!"

밋키는 눈을 반짝반짝 빛내며 몇 번이고 고개를 끄덕였다. 예상외의 방향으로 흐르려는 대화에 당황해서 나는 어떻게든 그 흐름을 거스르려고 했다.

"하, 하지만 보이고 싶지 않은 진심이라는 게 밋키한테도 있잖아."

"아니, 나한텐 없어. 전부 다 말할 수 있어. 부끄러운 건 있을지도 모르지만 10년 후잖아? 편지를 받는 본인한테 보여주는 거라면 전혀 상관없어."

밋키의 대답에 나는 할 말을 잃었다.

새삼스럽지만, 알고 있었던 것을 다시 확인했다.

이 아이는, 이 밋키라는 아이는 정말 어쩜 이렇게 맑고 투명할까.

분명 정말로 모두에게 질문을 받고 내용을 보여도 상관없다고 생각하는구나.

자기 마음에 확고한 자신감이 있구나.

무척이나 눈부신 밋키에게 할 말을 잃은 나는 무심코 파라를 쳐다보았다. 그러자 파라는 쿄를 보고 있었다. 그렇다, 이건 원래 쿄와 밋키를 위한 아이디어였다. 따라서 쿄에게 달렸다고 파라는 생각하고 있는 것일 테다. 쿄가 만약 좋다고 말한다면 말이다.

나도 쿄를 쳐다보았다. 내가 그의 표정을 들여다보고 무언가를 알아내기 전에 밋키의 커다랗고 쩌렁쩌렁한 목소리가 화살표와 함께 쿄를 꿰뚫었다.

"쿄는 어때?"

그건 분명 이 놀이의 규칙을 어떻게 하면 좋겠냐는 뜻 이상의 의미를 담고 있는 걸 테다. 그래서 나는 쿄가 어떻게 대답할지 내심 걱정했다. 그저 자신의 마음에 거짓말을 하지 않기만을 바랐다. 이를테면, 나는 쿄가 밋키의 제안에 평소처럼 고개를 끄덕이고 편지에 거짓된 마음을 쓰는 것을 걱정했다.

하지만 실제로는 그렇지 않았다.

"……싫어."

그 말소리는 작았다. 하지만 밋키에게는 제대로 도달했으리라 본다. 쿄는 망설임을 숨기지 않는 눈빛으로 또렷하게 밋키의 눈을 쳐다보고 고개를 가로저었다.

쿄는 곧바로 밋키에게서 시선을 돌려 이쪽을 쳐다보았지만 그의 말에는 흐름을 멈추는 힘이 있었다. 그것이 성실한, 마음에서 우러나온 거부라는 것을 누구나 알기 때문에 나는 두려웠다. 밋키가 기분이 상하면 어쩌지 하고, 사람과 사람간의 충돌이 두렵다기보다 밋키의 마음이, 화살표가 조금이라도 모양을 그릇된 방향으로 바꾸면 어쩌냐는 생각에 두려웠다.

"응, 그렇구나."

밋키는 아쉬운 듯했다. 입술을 삐죽이는 모습이 정말로 아쉬운 듯했다. 그리고 조금 상처도 받은 것 같았다. 그다음 파라가 평소처럼 장난스럽게 대화를 여느 때처럼 되돌렸지만 밋키와 쿄는 그때부터 한 번도 대화를 나누지 않았다.

돌아오는 길, 밋키와 헤어진 나는 오늘은 아직 형태가 바뀌지 않았던 화살표가 내일도 그 형태를 유지하도록 진심으로 빌었다.

파라와 쿄와 나, 셋이서 돌아오는 길에 파라가 먼저 말문을 열었다.

"그냥 삐진 거지 내일이면 홀랑 까먹을 테니까 신경 쓰지 마."

아무 일도 아니라는 양 웃으면서 말했다. 쿄에게 있어서는 아무 일도 아니라는 것을 알고 있기 때문에 그러는 듯했다.

쿄는 "응" 하고 말했다.

"이야, 다시 봤어. 그때 고개를 끄덕인 다음 무난한 내용을 쓰고 10년 후에 건넸어도 됐는데, 싫다고 직설적으로 말하다니. 제법인데."

나도 그렇게 생각했다. 하지만 그렇게 생각하는 것은 쿄의 마음을 알고 있기 때문이다. 모르는 밋키의 입장에서 보자면, 쿄가 밋키에게 부정적인 감정을 품고 있고 그것을 알리고 싶지 않기 때문에 거절했다고 받아들였을지도 모른다. 그래서 그 후 결국 마지막까지 쿄와 직접적으로 대화를 나누지 않고 헤어졌을지도 모른다.

쿄는 다시 "음" 하고 말했다.

분명 파라의 위로하는 말을 듣고 이해는 했겠지만 받아들일 여유가 없겠지. 그의 마음속은 분명 지금 폭풍우가 지난 듯 엉망진창일 것이다. 나와 쿄는 그런 아이다. 누군가의 사소한 행동에 마음이 흔들리고 그것이 형태가 되어 드러나기라도 한다면 내용물을 확인하기 전에 분명 상처를 입는다.

이런 때 자신이라면 어떤 말을 듣고 싶을까. 밋키처럼, 파라처럼, 스카처럼. 나는 그 누구도 될 수 없다. 따라서 건넬 말을 떠올리지 못한 채 위로하는 역할을 파라에게 맡기고 말았다.

하지만 이윽고 우리는 기로에 섰다. 인생의, 아니 평범하게 집으로 가는 방향이 다르기 때문에 나와 쿄는 파라와 헤어져야 한다.

Y자 길에 섰을 때, 여느 때라면 손을 흔들고 경쾌하게 사라질 파라가 망설이는 것을 알았다. 하지만 지나치게 배려하는 것이 쿄에게 부담이 된다고 생각했는지 한 번 시선을 보낸 후 파라는 "그럼 내일 또 봐" 하고 손을 흔들고 가버렸다.

한순간 풍경이 스쳐지나간 듯한 침묵 후, 쿄가 우리 집이 있는 방향으로 걷기 시작했다. 나도 따라갔다.

신중하게 말을 고르려고 했지만 몇 걸음 걸어갔을 때쯤 쿄 쪽에서 말을 걸었다.

"괜찮아."

어색하게 웃으며 말했기 때문에 콧속이 시큰해졌다. 연기가 서툴렀다.

"내 짐작이지만, 거짓말이지?"

그 질문에는 대답하지 않고 그는 또 "음" 하고 말했다. 나는 재차 질문했다.

"좀 물어봐도 돼?"

"뭔데?"

대답 자체를 원한 게 아니라 쿄에게 있어서 그것이 얼마나 중요한 것인지 알고 싶었기 때문이다.

"왜 싫다고 했어?"

대답해주지 않을 거라 생각했다. 그리고 그 예상은 절반은 틀렸고 절반은 맞았다.

쿄는 내 질문에 직접적으로 대답해주지 않았다.

대신, 전혀 관계없어 보이지만 실은 이 문제의 이면에 담긴 일에 대한 해답을 여기서 말해주었다.

"지망 대학, 안 바꿀 거야."

어, 하는 말조차 내지 못하고 무심코 멈춰 섰다. 폭풍우 속에서조차 다정다감하게 귀를 기울여주는 쿄는 몇 걸음 앞에서 멈춰서 돌아보고 다시 미소 지었다.

"정했어."

"어, 어째서?"

쿄가 이번에 말한 "음"은 그것으로 끝나지 않았다.

"역시 힘들 것 같아서."

"확실히 등급이 조금 높기는 하지만."

사실은 아니라는 것을 알고 있었다. 등급이라든지 성적이라든지 지금의 우리에게 있어서 중요하긴 해도 시시하고 뻔한 이야기는 지금껏 일부러 하지 않았다는 것은 알고 있었다. 하지만 말하는 대로 상황이 바뀌는 경우도 있기 때문에 모른 체해왔다.

의미는 없었지만.

"어떻게 해야 할지 처음으로 생각해봤어. 편지를 쓰고 나서 말이야. 하지만 역시 안 된다는 생각이 들었어. 나 같은 애는."

쿄는 거기서 말을 잠시 끊은 게 아니다. 그 뒷말을 더 이상 꺼내지 않으리라는 것을 알았다. 두려워서, 이해하지만 인정하고 싶지 않아서 말로는 할 수 없다는 사실을 알 수 있었다.

"미야자토한테만 하는 말이지만."

그 말의 의미를 나는 알고 있다. 쿄는 공감을 얻기 위해 나에게 말했다. 미야자토라면 이해하지? 라고. 안타깝게도 나는 그의 마음과 흡사한 것을 상상할 수 있었다. 나 따위, 나 같은 게, 그런 식으로 생각하며 나 역시 살아왔으니까. 물론 다른 아이들도 다 콤플렉스가 있다는 것 정도는 알고 있다. 하지만 나나 쿄는 어째서인지 선천적으로 그 부분을 아주 크게 가지고 있었다.

그래서 알 수 있다. 하지만 그 콤플렉스를 알고 있다고 말하며 그걸 인정해주는 사람만이 친구라고는 더 이상 생각하지 않는다. 쿄나 다른 모두와 친구가 되고 알았다.

"안 돼."

숨을 크게 들이쉬었다.

"포, 포기한다면 확실하게 포기해. 보여주지 않는다고 말하지 말고, 아무런 감정도 없다고 써서 지금 당장 밋키에게 건네줘."

목소리가 높아지고 떨렸다. 지나친 말을 했다고 생각했다. 나 같은 게.

"나한테 말해봤자 의미, 없어."

실은 쿄가 하는 말은 애초에 틀린 사실이기 때문에 그걸 지적해 쿄의 마음을 바꾸게 하는 것은 간단했다. 그냥 나만 미움받으면 된다. 하지만 그 방법을 쓰지 않은 것은 결코 내가 미움받고 싶지 않은 마음 때문이 아니었다. 다만 아무런 결심도 하지 않고 소원을 이룬다면, 그저 타성으로 이루게 된다면 여태까지 쿄가 계속 뻗어온 화살표가 정말이지 무의미해진다고 생각한다. 그렇게나 큰 마음은, 남이 이뤄주어선 안 되는 것이었다.

"쿄가 그렇게 생각한다면 다들 10년 후에 만날 수 없게 될 거야."

닮았으니까 알 수 있다. 이대로 쿄가 자신의 마음에 거짓말을 하고, 결심을 한 척하고, 밋키와 단순한 친구 관계를 이어간다면 분명 그는 10년 후 타임캡슐을 파러 오지 않을 것이다. 타임캡슐 안에 담은 자신의 후회를 들여다보러 오지 않을 것이다.

그렇구나, 어쩌면 어른들은 타임캡슐을 묻은 장소를 잊은 척하고 있을 뿐인지도 모른다는 생각이 문득 들었다.

입을 다물고 있는 쿄의 말을 기다리는 동안 정말로 두려웠다. 기껏 마음먹고 늘어놓은 말도 되돌아보니 나 같은 애가 해도 되는 말이 아닌 것 같은 느낌이 들어서 후회가 밀려왔다.

후회와 불안과 약간의 체념, 마치 짝사랑 같은 마음을 끌어안고서 우리는 살아간다고 생각했을 때, 쿄는 내 말을 받아들인 난처한 얼굴에서 일변해 슬픈 얼굴로 나를 빤히 바라보았다. 잠시 후에 그것이 슬픔이 아니라 두려움이라는 사실을 알았다.

쿄는 해서는 안 되는 말을 할 때처럼, 숨을 살짝 토했다.

"미야자토 덕분에 미키와 친해져서 말이야."

내 덕분이 아니라고 생각하지만 그의 말을 듣기 위해 고개를 끄덕였다.

"이미 충분하다고 몇 번이고 생각했어."

그래서는 안 된다고 내가 입을 열기 전에 그가 이어서 말했다.

"하지만 그때마다 매번 생각해."

뭘?

"이미 충분하다는 말은 사실은 거짓말이야. 친해져서 만족하는 게 아니라 점점, 점점."

더 좋아진다고 이어졌어야 할 테지만, 그 말은 밖으로 나오지 않았다. 그것으로 충분하다고 생각했다. 그것이야말로 내가 해서는 안 되는 말이다.

나는 쿄의 표정에 담긴 의미를 알 수 있었다. 수많은 두려움 속에서 특별히 무엇을 두려워하는지를 알 수 있었다. 그는 자신의 마음을 두려워하고 있다. 충분하다고 타일러도 말을 듣지 않는 마음이 어디로 가버릴지를 몰라서.

갈 곳은 사실 하나밖에 없는데. 그 갈 곳이 너무나도 멀게 느껴지고 너무나도 깊게 느껴진다.

"어떻게야 좋을까."

마음 깊은 곳을 파고들다보니 결국 그 말밖에 찾을 수 없었다는 것처럼 쿄는 말했다.

나는 그에게 건넬 조언 같은 특별한 것은 가지고 있지 않았다.

"잘 모르겠지만 내 생각을 말해도 될까?"

조심스럽게 확인하자 쿄는 다정하게 고개를 끄덕여줬다.

"그 애는 분명 기뻐해줄 테고 분명 고민해줄 거야."

그런 진부한, 순정만화에라도 쓰여 있을 법한 대사를 말하고 나서 생각했다. 쿄도 그런 건 알고 있겠지. 알고 있으면서도 두려운 걸 테지.

우리는 둘이서 고민하며 터벅터벅 같은 방향을 향해 걸었다.

오늘은 걸어왔기 때문에 집 앞까지 바래다주지 않아도 되었다. 이윽고 우리는 갈림길에 멈춰 섰다.

무슨 말을 해야지, 라고 생각하자 내 입에서 말이 흘러나왔다.

"밋키를 다른 사람한테 빼앗기는 거 싫어."

마음속에서 무심코 나온 진심이었다. 하지만 그것은 쿄에게 있어서 압박으로밖에 느껴지지 않을 거라서 어째서 그런 말을 했는가 하고 바로 후회했다. 하지만 마음 어딘가에서 진심을 말했다는 사실이 기쁘기도 했다.

분위기에 어울리지 않는 밝은 마음의 조각이 쿄에게도 전해졌을지도 모른다. 그는 살짝 웃고 "나는 괜찮고?"라고 말했기 때문에 나는 바로 고개를 끄덕였다.

그날 하루 중 가장 난처한 얼굴을 하고 있던 쿄에게 손을 흔들고 우리는 각자의 집으로 돌아갔다.

밤이 되어, 평소에 자는 시간이 되어서도 잠들지 못한 나는 편지를 한 장 더 썼다.

밋키에게

너는 사람의 마음을 바꾸는 힘을 가지고 있어. 밋키는 전혀 몰랐겠지만, 밋키가 작년에 우리 집에 왔을 때 처음에는 정말 불쾌했어. 친하지도 않은데 갑자기 밀고 들어와서 이 애는 정말 뭔가 싶었어. 뻔뻔스럽고 눈치도 없는 애라고 생각했어. 하지만 나와 친해지고 싶다고 올곧은 눈빛으로 말해준 너를 믿어보려는 마음이 어느샌가 생겼어. 그리고 믿어서 다행이라고 생각해. 친구가 되고서 알게 된 것은 씩씩하고 티 없이 맑고 히어로가 되고 싶은 여자아이란 귀엽다는 사실이야. 그리고 예쁘고 운동도 잘하고 말이지. 치사해. 하지만 물론 장점만 있는 건 아니야. 밋키에게는 단점도 몇 가지 있어. 친구니까 알고 있어. 하지만 그것도 전부 포함해서 아마 내가 남자아이였다면 밋키를 좋아하게 되었을 거라고 생각해. 다시 한 번 더 쓸게. 치사해. 밋키는 히어로야. 모두가 밋키를 믿고 싶어져. 만일 자신에게 자신감이 없는 남자아이라면 밋키처럼 인기 있는 사람을 좋아한다고 쉽게 전하지 못할 거야. 하지만 밋키라면 진지한 마음을 무시하지 않는다고 믿어. 누구나 미키는 안심하고 좋아할 수 있을 거라고 생각해. 그런 점도 포함해서 우리는 밋키를 좋아해. 마지막으로 지금의 마음을 솔직하게 쓸게. 너무 둔해! 바보!

학교 가야 하는데! 잠에서 깨어나 자명종 시계를 보고 벌떡 일어나서 서둘러 교복을 입다가 알아차렸다. 그러고 보니 오늘은 선생님들 사정으로 보충 수업을 쉬는 날이었다. 그래서 한 시간 늦게 알람을 설정해놓았던 것을 잊고 있었다.

입고 있던 교복을 벗고 엄마가 준비해둔 아침을 먹다가 오늘 보충 수업이 없는 건 그렇게 좋은 일이 아니라는 것을 깨달았다. 평소라면 쉬는 날에는 자연스럽게 도서관에 모두가 모인다. 즈카는 동아리 활동 때문에 있기도 없기도 하지만, 어쨌든 도서관에 가면 대체로 모두를 만날 수 있다. 그것은 지금까지 모두가 우연찮게도 자신의 의사로 도서관에 발걸음을 옮겼기 때문이다. 내일 도서관에서 만나자고 정해둔 게 아니니까 누가 오지 않아도 어쩔수 없다. 하지만 누군가가 오지 않았다 해도 신경 쓰지 않을 만큼 우리의 도서관 행차는 습관이 되어 있었다. '늘 하는 일이니까'라는 규칙 하나로 우리는 간단히 그날의 행동을 결정했다. 그것은 매우 편하고 마음을 편안하게 해주는 규칙이었다.

그래서 만약 오늘 누군가가 오지 않는다면 그건 습관을 거스를 만한 사정이나 이유가 있었다는 것으로, 어느 쪽이 됐든 좋지 않다.

모쪼록 적어도 네 명, 가능하다면 다섯 명이 모일 수 있도록. 그런 바람을 가지고 집을 나섰고, 평소에는 자전거로 가지만 오늘은 별 뜻 없이 걸어서 가기로 했다.

날씨가 좋았다. 아니, 평소보다 더웠다. 자전거로 오지 않은 것을 바로 반성하면서 수분 보충을 하고 도서관으로 곧장 향했다. 가는 길에 쿄를 만나면 좋을 텐데, 라고 기대했다. 딱히 자전거 뒤에 태워달라고 하기 위해서는 아니었다. 둘이라면 든든하다는 생각이 들었고, 그가 오지 않을지도 모른다는 불안감을 빨리 지우고 싶었기 때문이다. 하지만 역시 이런 날만큼은 마주치지 않는 법이다.

누구와도 마주치지 않은 혼자만의 시간, 기껏 찾아온 시간이니 생각할 거리가 많았다. 예를 들면 사립은 몇 군데나 원서를 낼 수 있을까라든가.

그런데 이런 크고 작은 온갖 고민 가운데 내가 고민하려고 선택한 것은 어째서인지 지금 바로 직면해 있는 것이 아니라 어릴 적부터 쭉 의문이었던 것에 대해서였다.

어째서라 할 것도 없었다. 최근에 특히 이것과 관련된 현상을 관찰하고 있기 때문일지도.

몇 개월에 한 번, 이유를 생각한다. 평소에는 딱히 신경 쓰지 않지만, 어제 일로 특히 민감해진 걸까. 스쳐지나간 커플의 모습을 보고 다시 의문이 들었다.

어째서 나한테는 사람들의 좋아하는 마음이 보이는 걸까. 방해가 된다고 생각한 적은 없지만 도움이 된다고 생각한 적도 없다.

언젠가 나 말고 다른 사람들에겐 그 화살표가 보이지 않는다는 사실을 알았을 때의 그 충격이란. 온 세상의 색이 달라 보이는 것 같은 기분이 들었다.

그 후 이상한 애로 보이지 않도록, 화살표가 보이지 않는 것처럼 조용히 살아왔다.

하지만 또렷하게 보인다.

몇 개월 전부터 시작된 그녀의 변화도 확실히 보였다.

'전혀 내 타입이 아니야. 그러니까 그런 거 아니라고!'

새빨간 얼굴을 한 그녀가 그렇게 말한 것이 2월 무렵.

'아니, 저기, 응, 아니라니까. 단지, 아니, 응, 아니야.'

우물쭈물대며 말한 게 3월 무렵.

'고백받으면 두근거려야 하잖아. 그런데 왜일까, 별로 두근거리지 않았어. 차라리 그 애한테 방울을 받았을 때가 더 그랬어.'

사실은 스스로도 답을 알고 있었다는 얼굴을 하고 말했던 것이 4월 무렵. 본인에게는 나에게 털어놓고 있다는 자각이 전혀 없었던 것 같았다.

귀엽다는 건 둘째 치고 얼굴을 보는 것만으로도 알 수 있던 그녀의 변화는, 물론 능력이 있는 나에게는 훤히 들여다보였다. 들여다볼 수만 있었지만.

아쉽지만 이 능력을 가지고 있어도 내가 할 수 있는 일은 기껏해야 응원 정도였다. 내가 아니라 좀 더 귀엽고 밝은 아이가 이 능력을 가지고 있었더라면 능수능란하게 사용할 수 있었을 텐데, 신도 보는 눈이 없다.

그래서 가끔 생각한다. 언젠가 이 능력을 사용해 누군가에게 도움이 되는 일이 있을까. 신은 나에게 어떤 임무를 부여하고 싶어서 이 능력을 준 것일까.

그렇구나, 즉 나의 크고 작은 온갖 고민이라는 것은 따지고 보면 결국 한 가지다. 미래의 자신에 대해서 상상이 되지 않는 것도, 진로를 정할 수 없는 것도, 능력의 정체를 알 수 없는 것도, 그리고 자신감이 없는 것도.

그것들은 결국 나는 대체 누구일까라는 거대한 고민에 도달한다.

17년간 생각해봐도 답이 나오지 않았던 고민이 더욱 커졌다. 누구인지 모를 상대에게 보내는 편지라니, 쓸 수 있을 리가 없다.

당연히 15분 만에 답이 나올 리도 없었다. 그렇게 고민하며 걸어가자 바로 도서관이 보였다.

그러고 보니 능력을 일에 사용한다는 생각을 한 적은 없었지만, 만약 유용하게 쓸 수 있다면 어떤 직종이 좋을까. 음, 중매. 결혼정보회사? 아냐 아냐 아냐, 안 해. 누군가의 인생을 좌우할지도 모르는 일 같은 걸 하다간 내 심장이 몇 개나 있어도 부족할 거다.

도서관 입구에 서자 자동문이 열려 시원한 바람이 온몸을 지나갔다. 기분이 좋았다. 1층에는 큰 접수대와 수많은 책들이 진열되어 있어서 굉장히 재밌어 보인다고 늘 생각한다. 그러나 수험생인 내가 가야 하는 곳은 자습실이 있는 2층이다.

아직 오전이라서 큰 플로어의 3분의 1 정도를 차지한 자습실에 서는 여유 있게 자리를 확보할 수 있었다. 어디에 앉을지 주위를 둘러보다 나는 곧바로 그의 존재를 알아차렸다.

왠지 평범하게 말을 거는 게 부끄러웠다. 이유는 당연히 어제 헤어질 때 나눴던 대화 때문이다. 메모장을 한 장 찢어서 '안녕' 하고 쓴 것을 뒤로 가만히 다가가 그가 앉은 4인용 자리에 떨어 뜨렸다.

내가 한 짓이지만 묘하게 시건방진 등장을 해서 괜히 부끄러워 하고 있자 쿄는 이쪽을 보고 빙긋이 웃더니 내가 떨어뜨린 메모 지에 '안녕'이라고 적어주었다.

어제 일을 섣불리 언급하지 않고 우리는 잠시 동안 평온하게 각자의 시간을 보낼 수 있었다.

20분 정도가 지났을 무렵에는 마음의 준비도 왠지 된 것 같았 다. 이제 어느 정도 사태에 대응할 수 있을지도 모른다고 생각했 다. 하지만 그런 나의 그릇된 자신감은 바로 짜부라졌다.

댕댕댕댕 하는 효과음이 우리 등 뒤에서 울리고 있었을지도 모 른다.

괴수가 나타났다.

어제는 히어로라는 둥 뭐라는 둥 쓴 주제에 미안하지만, 정말 로 괴수가 나타났다고 생각할 만큼 가슴이 쿵 내려앉았다.

그녀가 눈앞에 나타나자 조용한 자습실 안에서 나는 무심코 소 리를 지를 뻔했다.

쿄의 옆, 내 맞은편에 앉은 밋키는 몹시 생글생글 웃고 있었다. 평소에 기분이 좋을 때와 다르게, 과도하게 웃는 얼굴로 우리의 필담을 발견한 그녀는 자신도 스스럼없이 '안녕'이라고 쓴 다음 보여주었다.

그녀의 웃는 얼굴에 딱히 놀란 게 아니다. 밋키도 여자아이이며 웃는 얼굴도 멋지다는 사실을 일러두고 싶다.

나를 놀라게 한 것은 나만 볼 수 있는 것 때문이었다.

이렇게나 공격적이고 뾰족한 화살표를 나는 태어나서 본 적이 없었다.

대체 밋키의 무엇이 그렇게 만들고 있는 것일까. 그녀의 등장만으로도 긴장한 모습인 쿄와 그의 또렷한 화살표를 곁눈질하면서 우선 밋키를 향해 미소 지었다.

밋키는 내가 미소 짓는 얼굴을 향해서도 생글거렸다. 무서웠다.

무언가가 일어날 것 같은 예감이 팽팽하게 들었다. 바라건대 그 전에 파라나 즈카가 왔으면 했다.

그런 나약한 생각을 한 게 잘못이었는지도 모른다. 폭주 기관차 밋키의 돌격을 멈추기에는 내 마음은 너무 무르고 약했다.

밋키는 기껏 자습실에 왔는데도 책과 노트를 펼치려고 하지 않았다.

어째서일까. 고요한 자습실 안에서는 내 마음속 의문조차 들리는 것 같았다. 그 의문에 답하는 것처럼 밋키는 마침내 필통을 꺼내더니 함께 책과 노트를 꺼내는 게 아니라 핑크색 편지지를 한

장 꺼냈다.

내 머리 위에는 만화처럼 의문부호가 떠올랐을지도 모른다.

무엇을 하려는 걸까. 그런 생각을 하고 있자 밋키는 옆에서 공부하는 척하던 쿄의 어깨를 콕콕 찌르더니 눈을 맞추고 편지지를 가리켰다.

그리고 썼다.

'쿄에게'

나는 소리 없는 비명을 질렀다. 만약 내 감정을 나타낼 수 있는 바가 있다면 격렬하게 오른쪽으로 왼쪽으로 기울었을 거라 생각한다.

밋키는 여전히 생글생글 웃고 있었다. 파라라면 더 능수능란하게 대처했을지도 모른다. 하지만 밋키에게는 불가능하다.

조금 알 것 같았다. 밋키가 묘하게 미소 짓는 이유를.

그녀는 어떤 감정을 미소로 억지로 감추려 하는 게 아닐까.

슬픔이나 분노 같은 바람직하지 않은 감정과 쿄에 대한 마음이 뒤섞여서 그녀의 화살표를 내가 본 적 없는 것으로 바꾼 것일지도 모른다.

쿄는 굳어 있었다. 눈앞에서 자신에게 보낼 편지를 쓰려고 하다니, 어떤 마음으로 있는 건지 상상도 가지 않는다.

이렇게 직접적으로 보란 듯한 행동을 밋키가 취하다니, 상상도 하지 못했다.

어쩌지. 나는 고민했다. 여기서 이런 형태로 진심이 전해져도 되는 걸까. 하지만 여기서 억지로 말리면 밋키의 마음이 다시 나쁜 방향으로 움직이지는 않을까.

어쩌지 어쩌지, 라고 초조해하다가 문득 궁금증이 스쳐 지나갔다.

잠깐, 밋키가 그런 애였던가? 자신의 의견이 통하지 않으면 일부러 상대를 곤란하게 만드는 행동을 취하는 그런 이기적인 사람이었나?

아니면 사람이란 역시 속을 알 수 없는 걸까.

초조함에 엉뚱한 방향으로 향한 내 생각을 곁눈질하며 밋키는 한 번 깊은 숨을 내쉬고 종이에 펜을 갖다 댔다.

동시에 쿵 하고 소리를 내며 쿄가 일어섰다. 그 소리는 주위에 있던 사람들의 시선을 단숨에 빼앗았지만, 바로 다들 도서관에 있을 법한 일로 치부하고 넘어갔다.

넘어가지 못한 건 밋키뿐이었다.

그녀는 고개를 갸웃거리고 책상 위에 있던 메모지에 '왜 그래?'라고 쓰더니 쿄에게 내밀었다. 무섭다니까!

달리 눈 돌릴 데가 없어 메모지를 보고 있자 쿄는 자신의 펜을 쥐려다 한 번 떨어뜨리고 다시 주워들더니 '화장실에'라고 적었다. 그에 대해 밋키는 즉시 '기다릴게'라고 적었다. 무서워, 무서워, 무서워.

실룩거리는 사냥감의 표정도 떨리는 어깨도 개의치 않고 과격한 웃음을 계속 짓는 밋키로부터 우선 도망친 쿄의 등을 배웅하고, 나는 용기를 내서 맞은편에 있는 미키에게 몸을 내밀었다.

"무, 무무, 무슨 일이야?"

혀를 깨물 뻔하면서 작은 목소리로 묻자 밋키는 교의 등으로 향해 있던 눈을 내게 돌리고 웃는 채로 펜을 쥐었다.

'별일 아냐!'

나는 글을 보자마자 아니라며 고개를 저었다. 그럴 리 없잖아.

내 표정과 고개의 움직임을 보고 얇은 입술에서 조심스럽게 웃음소리를 낸 밋키는 펜을 더욱 휘갈겼다.

'숨바꼭질, 확실히 하러 왔어.'

숨바꼭질?

밋키는 내 의문에 대답하듯이 덧붙여 썼다.

'이미 알고 있어.'

내 심장 소리가 도서관 안에 울려 퍼지는 게 아닌가 싶을 만큼 심장이 강하게 고동쳤다.

알다니, 뭘?

심장 박동이 점점 빨라졌다. 머릿속에 생각이 탁류처럼 흘러서 아무 말도 못한 채 입을 뻐끔거리고 있자 시야 가장자리에 교가 보였다.

타이밍을 딱 맞춰 돌아온 게 다행인지 아닌지 아직 알 수 없었다.

다만 그의 눈이 우리가 뭔가 대화를 나눈 흔적을 발견하고 무척 동요한 것은 알 수 있었다. 숨겨둘 걸 그랬다고 생각했지만 어쩔 수 없었다.

쿄가 옆에 다시 앉자 밋키는 기다렸다는 듯이 펜을 편지지로 향했다. 나는 다급히 '잠시만' 하고 메모지에 덧붙였다. 애초에 어째서 "잠시만" 정도는 입으로 말해도 됐을 텐데 왜 안 그런그러지 않은 걸까. 마음이 진정되지 않은 데다 뭐가 뭔지 모르겠지만, 우선 확인했으면 하는 것이 하나 있었다.

'나 여기 있어도 돼?'

쓰고 나서 밋키의 눈과 쿄의 눈을 쳐다보았다. 밋키는 한번 생각하듯이 턱에 손을 갖다 댔다. 쿄는 고개를 살짝 두 번 끄덕였다.

이윽고 '괜찮아'라고 밋키가 쓴 것을 보고 눈을 한 번 꼭 감은 다음, 나는 다져지지 않은 각오를 그냥 이미 다진 것으로 치기로 했다.

알고 있다. 알고 있다. 알고 있다.

몇 번 생각해도 쿄의 마음을 알고 있다는 것 정도밖에 떠오르지 않았다. 그야 나나 쿄가 밋키에게 숨기고 있는 것이라 하면 그것과 나의 능력 정도일 것이다. 하지만 내 능력은 누구에게도 말하지 않았으니 들킬 리가 없다.

만약 내 예상대로 밋키가 이미 쿄의 마음을 알고 있고, 이제 서로의 마음을 확인하면 된다고 생각하고 있다면 일단 배드엔딩은 되지 않을 테지만, 과연 어떨까. 화가 난 듯이 보이는 것은 사실 안타깝다고 생각하고 있기 때문이지 않을까.

어찌되었든 결말은 밋키가 쥔 펜이 알고 있다. 나는 온 힘을 다해 말릴 수도 없이 그저 지켜보는 수밖에 없었다. 만약 힘으로 말려야 한다면 그건 쿄가 해야 할 일이다. 물론 쿄가 그런 행동을 하지 않을 거란 것도 알고 있다.

마침내 밋키의 펜이 편지지에 닿았고, 잉크는 종이에 점으로 머물지 않고 선을 만들며 글자를 그려나갔다.

'너는 나를'

적은 것은 오로지 그것뿐이었다.

나는 놀랐다. 밋키도 놀랐다.

쿄도 놀란 얼굴을 하고 있었다. 그것은 이상한 일이지만, 그의 표정에 담긴 의미를 나는 조금이나마 알 수 있었다. 자신이 그런 행동을 할 줄은 생각지도 못했을 테지.

밋키가 펜을 쥔 손을 쿄의 손이 뒤덮고 있었다. 그는 다급히 손을 움츠렸지만 했던 일을 무를 수는 없었다. 손을 오므렸다 폈다 하며 "미안" 하고 정말 작은 목소리로 사과했다.

잠시 멍하니 있던 밋키는 그래도 세 명 중에서는 제일 빨리 정신을 되찾았다. 그런 분야에서의 경험이 지금 힘을 발휘했다. 그녀는 메모지에 '왜 그래?'라고 적었다.

쿄의 눈앞에도 그의 펜이 있었다. 그럼에도 밋키는 굳이 자신의 펜을 그에게 내밀었다.

그 펜을 바라본 그는 체념한 듯이 받아서 메모지에 자주 그가 떠올렸을 말을 썼다. 딱 세 글자로.

'그만둬.'

그 세 글자에 담긴 쿄의 마음을 상상하자 여러 감정이 소용돌

이쳐서 왜인지 눈물이 나올 뻔했다. 물론 꾹 참았다.

밋키는 숨기지 않고 뾰로통한 얼굴을 하고 펜을 빼앗아 들고 '왜?'라고 적은 다음 그에게 다시 펜을 내밀었다.

대답하는 쿄는 밋키 쪽을 일절 보려고 하지 않았다. 그 얼굴은 마치 외치고 싶은 마음을 억누르고 있는 듯이 보여서 왠지 이제 전부 그만뒀으면 하고 바랐다.

'미안.'

쿄의 펜 끝이 자아내는 말은 사죄부터 시작되었다.

'미키가 알고 있을지도 모른다고 생각했어. 그래서 그걸 일부러 말하러 와준 건 고마워. 미키는 지금 매듭을 지으러 온 거지? 하지만 곤란하게 만들고 싶지 않으니까 괜찮아. 대학도 미키랑 같은 곳에 시험을 볼 생각은 없어. 안심해. 나 같은 게, 미안.'

사죄로 끝난 쿄의 고백에 나는 진심으로 놀랐다. 쿄가 밋키가 알아차렸다는 사실을 알고 있었던 것에. 그리고 그것이 알려졌는데 쿄가 밀어붙이지 않고 물러서는 말을 했다는 사실에도.

다만 마지막 한 문장의 의미만큼은 나도 충분히 알 수 있었다. 나 같은 게와 미안의 사이에 들어갈 말은 좋아해서다. 그것만큼은 잘 알 수 있었다.

밋키는 대체 어떤 반응을 보일까. 쿄가 쓴 문장을 읽는 모습을 지켜보았다. 나는 밋키가 그를 상처 입히지 않기를 바랐다. 어떤 의도로 오늘 본인 앞에서 편지를 쓰려고 했는지는 전혀 알 수 없지만, 하지만 틀어지지 않는다면, 이상한 방향으로 흘러가지 않는다면 두 사람은 분명.

"미안하다니, 뭐가?"

그것은 이곳이 도서관이라는 사실을 완전히 잊은 듯한 밋키의 목소리였다. 딱히 공격적인 말도 뭣도 아니었는데도 그 목소리는 나를 떨리게 했다.

괴수가 불을 내뿜는다고 생각했다.

"있잖아, 미안하다니, 뭐가?"

분노하고 있었다. 화가 난 밋키나 열 받은 밋키는 지금까지 몇 번인가 본 적이 있다. 하지만 진심으로 화가 난 밋키를 나는 처음 보았다.

"우습게 보지 마."

그 목소리도, 의자를 밀치며 일어선 난폭한 소리도 이미 도서관 풍경 중 하나로 치기에는 너무나도 이질적이어서 밋키는 주변의 시선을 받고 있었다. 그럼에도 그녀는 당연히, 라고 해야 할까, 개의치 않고 책상 위에 있던 것을 자신의 가방에 집어넣더니 마지막으로 편지지를 구겨 책상 위에 떨어뜨렸다.

밋키는 더 이상 아무 말도 하지 않았다. 마지막으로 내 쪽을 한 번 보고 큰 발소리를 내며 빠른 걸음으로 가버렸다.

계단을 내려가는 등을 나와 쿄는 멍하니 배웅했다. 그리고 눈을 마주치고 십몇 초간 멈춰 있었다.

그 십몇 초 사이에 서로 여러 가지를 생각했으리라. 어째서 밋키가 화가 났는지, 떠날 때 한 말은 어떤 의미였는지, 쿄와 나눈 대화가 그녀의 역린을 건드린 건지, 지금 어떻게 해야 하는 건지.

단 한 가지도 답이 나오지 않았지만, 정신을 차리고 보니 입이 움직이고 있었다.

"가봐."

어라, 하는 얼굴을 하는 쿄를 보며 나도 이곳이 도서관이라는 사실을 잊고 말았다. 자신이 누구라든가, 나 같은 게라든가, 주제넘은 짓이라든가, 그런 것도 전부 잊어버렸다.

"밋키를 쫓아가. 지금 반드시 가야 해."

주변의 시선을 받는 일 따위는 절대로 하고 싶지 않았는데, 지금 나는 큰 소리를 내고 있었다. 쿄 한 사람에게 전달하기 위해서.

그로부터 다시 몇 초, 쿄가 정지하고 있다가 일어나서 쫓아가는 모습을 보면서 나는 가만히 그를 배웅했다.

그리고 주위의 눈총을 받으며 어깨로 숨을 들썩이면서 문득 무언가를 떠올렸다.

이거였을지도 모른다. 앞으로 남은 내 인생에서 무슨 일이 일어날지는 모른다. 하지만 오늘 이때를 위해서 나는 다른 사람이 가지고 있지 않은 능력을 가지고 태어났을지도 모른다.

내가 쿄에게 단언할 수 있었던 것은, 다름이 아니라 보였기 때문이다.

아직 밋키로부터 뻗어 나온 화살표가 변함없이 쿄에게 향하고 있는 것이 보였기 때문이다.

나는 기도했다. 전처럼 쿄가 간 방향의 반대편을 향하는 게 아니라 이번에는 그의 등에 내 마음을 더할 수 있도록 간절함을 담아서.

그다음 나는 자리에서 일어나 주변 자리에 있던 사람들에게 몇 번이고 사과하고 나서 그 자리를 떠났다. 2층에 있던 사서에게도 사과하고 1층으로 내려가니 그곳에 두 사람의 모습은 없었다.

그 대신 마침 그 타이밍에 자동문이 열리며 들어오는 낯익은 모습을 발견했다.

재빠르게 다가가자 바로 나의 존재를 알아차린 즈카는 상쾌하게 웃으며 "수고"라고 말을 걸어주었다. 두 사람에 대해서 알고 있는지는 모르지만, 그의 평소 같은 모습에 안심한 나는 무심코 한숨을 크게 쉬었다.

쿄에게

오늘 낮에 있었던 일 있잖아. 그 일에 대해 먼저 아마 누구도 이해하지 못할 내 마음을 쓸게. 쿄는 10년 후에 이 편지를 읽고 너희가 내게 얼마나 힘든 일을 겪게 했는지 떠올려줬으면 좋겠어. 꼭 괴롭혀줄 테니까.

우선 네가 너—무 좋아하는 폭주 착각 괴수 밋키. 그 아이는 바보야. 정말로. 되도록이면 직접 말하고 싶지만 오늘은 그럴 상황이 아니었어.

이참에 확실히 말하겠는데, 쿄도 바보야. 그래서 이번 이야기는 두 바보가 쿵짝이 잘 맞았던 것에 지나지 않아. 어른이 되면 책임지고 우리

세 사람에게 고기를 쏘길 바라.

우선 쿄의 바보 같은 점을 쓸게. 넌 여러 가지를 너무 작게 보는 경향이 있어. 내가 도서관에서 여러 사람에게 사과하게 만들었던 네 비밀. '미키가 내 마음을 알고 있다'는 착각. 너는 밋키가 얼마나 둔한지를 너무나도 과소평가했어. 그 애는 그런 사실을 알아차릴 만큼 감이 좋지 않아. 그 감은 착각이 지나치면 지나칠수록 둔해져. 이번 같은 일을 일으키지 않기 위해서도 10년 후의 너는 그 사실을 확실히 이해해야 돼.

밋키의 둔감함 말고도 네가 과소평가한 게 또 있어. 이것도 꽤 중요한 일이라고 생각하니 똑똑히 읽어줘. 너는 자신을 너무 과소평가하고 있어. 아니, 알고 있어. 사람과 엮일 때 '나 따위가' '나 같은 게'가 따라붙는다는 거. 나도 그러니까 이해해. 하지만 너는 자신이 이곳에 없어도 되는 존재라고 생각하는 것 같아. 그건 나와는 달라. 나는 미움받으면 어쩌지, 라고 생각하고 넌 나 따위는 아무래도 상관없어, 라고 생각해. 이건 전혀 다른 거야.

나는 나 자신에게 조금도 자신감이 없어. 하지만 밋키나 파라나 스카나 쿄가 친구가 되어준 덕분에 조금씩, 정말 조금씩 자신이 모두와 함께 있어도 된다고 생각할 수 있게 되었어. 10년 후에는 내가 좀 더 야무진 사람이 되었으면 좋겠어. 그러니까 너도 10년 후에 그렇게 되도록 해. 이것도 이번 같은 일을 일으키지 않기 위해서야.

나는 오늘 일이 있고 깨달았어. 우리는 한 사람 한 사람 성격도 취향도 사고방식도 전혀 다르듯이, 한 사람 한 사람 각각 다른 역할이 있지 않을까 하고.

각자가 각자의 임무를 부여받고, 그렇게 모두가 서로 지탱하는 게 아닐까 하고 생각하기 시작했어. 내가 주변의 모두에게 무엇을 해줄 수 있는지 아직 잘 모르겠지만, 함께 있어준다는 건 조금이라도 뭔가 할 수 있는 일이 있다는 뜻이 아닐까 믿어보기로 했어. 그리고 앞으로 더 모두가 베풀어준 여러 가지 일들에 보답해야겠다고 생각해. 내가 모두에게 해줄 수 있는 일이 무엇일까, 그것이 자신은 누구인가 하는 문제의 해답일 거라고 생각해. 우선 오늘은 두 사람을 대신해서 도서관 사람들에게 사과했어.

쿄가 나에게 해준 것도 물론 있어. 쿄는 나에게 있어서 말을 제일 걸기 쉬운 친구야. 이런 건 다른 사람에게는 아무것도 아닌 일일지도 모르지만. 내게 있어서 말 걸기 쉬운 사람이 있어준다는 건 중학생 때까지는 없었던 일이기 때문에 무척이나 고마웠어. 가끔 쿄 주위를 스카나 파라나 밋키가 종종 둘러싸고 있잖아? 말을 걸기 쉽다는 건 말을 잘 들어준다는 거야. 그런 작지만 큰 쿄의 친절함을 모두가 알고 있어서라고 생각해. 그 사실을 알아차리지 못한 것도 포함해서 넌 바보야.

그런 네가 널 뛰어넘는 바보를 좋아하니 우리는 응원할 수밖에 없어.

도서관에서 일련의 사건이 벌어질 때, 나는 정말 두려웠어. 두 사람의 사이가, 우리 모두의 관계가 달라질지도 모른다고 생각했으니까. 그런데 오해가 풀리고 밋키가 뭐라고 말했는지 10년 후의 너는 기억하고 있니?

그 아이는 편지를 10년 후에 교환하자는 제안을 거부당했을 때 이렇게 생각했대. '쿄는 엘에게 편지를 보이고 싶지 않구나'. 그 이유는 이래서야. '거절할 때 엘을 봤고, 게다가 쿄는 늘 엘과 있을 때만 편안하고 즐거워 보여. 걔는 엘을 좋아한다고 생각했어. 어쩌면 서로 좋아한다면 방해해서는 안 된다고 생각했어'. 그렇게 착각하고는 그 애는 '그래서 내 짝사랑은 이미 끝났다고 생각하고 입시 공부에도 방해가 될 것 같아서 매듭을 지으려고 했어'. '그랬는데 쿄가 내 이야기를 듣지도 않고 동정하는 느낌으로 나서서 화가 났어'. 전부 틀렸어! 바보야?! 밋키가 연애 이야기를 꺼내서 우리가 당황한 모습을 보고, 그걸 수줍어한다고 철썩같이 생각해선 쿄와 나의 사이를 배려해서 그런 거라니, 생각지도 못했어.

그치만 쿄도 나빠. 나한테 문제의 메모가 있거든. 거기에 네가 '내 마음은 이미 밋키에게 들켰어'라며 착각하고 그 애에게 쓴 글이 있어. 이게 어떻게 보면 자신에게 반한 여자아이를 거만하게 차는 남자의 편지로 보이기도 해. 이 바보! 동봉하니까 보고 창피함에 몸부림치기를 바라.

꽤 길어졌네. 오늘 낮의 들뜬 기분 그대로 이 편지를 썼어. 10년 후에 받아줘.

이런저런 이야기를 했지만, 너에게 지금 하고 싶은 말은 사실 이 한 가지뿐이야. 직접 말하기에는 부끄러우니까 편지를 통해 읽어줘.

자, 말할게.

부디 영원토록 행복하기를!

"결국 한 건 해냈네."

어제는 없었던 파라와 둘이서 걸어 하교하는 길, 우리는 아이스크림을 절반씩 나눠 먹었다. 그녀는 어제 갑자기 친척이 돌아가셔서 가족과 함께 장례식에 가는 바람에 도서관에는 오지 못했다. 일의 전말은 이미 밋키에게 점심시간에 들은 모양이다.

"좋겠다, 그 자리에 있고 싶었어."

"즐거운 일은 아니었지만."

"이러다 걔네가 대학에 정말 떨어지면 비웃어주자."

예전에 파라가 비슷한 이야기를 했을 때는 쓴웃음을 지었지만, 이번에는 나도 "그래, 비웃어주자"라며 고개를 힘껏 끄덕였다.

"와, 미야자토 너무해."

"그야 바보와 어울리는 건 피곤한걸."

꺄하하 하고 웃은 파라는 그 후 농담도 목적도 없는 말투로 "그치만 잘됐다"라고 읊조렸다. 아주 조금 스며든 쓸쓸함을 나는 알아차리지 못한 척했다.

"뭐, 하지만 이게 시작이니까. 그 녀석들한테 달렸어."

"맞아."

그렇다, 시작이다. 두 사람뿐만이 아니다. 지금부터 우리는 1년 이내에 저마다의 길을 걸어가기 시작한다. 앞에 뭐가 기다리고 있을지 알 수 없는 불안과 기대는 우리 모두가 끌어안고 있다.

"아."

"응? 왜 그래, 미야자토."

"갑자기 내 앞으로 보낼 편지를 쓸 수 있을 것 같아."

번뜩이는 생각이란 이런 걸 말하는 걸까. 나는 돌아가자마자 펜을 쥐기로 했다.

고민이 한 가지 해결되자 아이스크림이 한층 더 맛있게 느껴졌다.

"그러고 보니 미키가 어째서 쿄한테만 별명을 안 붙였는지 알아?"

"어, 몰라. 왜?"

"후후후, 요전에 듣고 나도 깜짝 놀랐어."

거드름을 피우는 파라의 모습에 두근거리고 있는데 그녀는 혀를 날름 내밀었다.

"생각나지 않았던 모양이야. 깜짝 놀랐지? 분명 특별한 이유가 있을 거라고 생각했어."

"그, 그게 뭐야."

실은 밋키는 처음부터 쿄를 좋아할 거라는 예감이 들어서 별명으로 부르면 친구가 될 거라는 사실에 본능적으로 꺼린 것이 아닐까, 라고 멋대로 추측한 자신이 부끄러워졌다.

밝혀질수록 점점 바보가 되는 우리들의 비밀. 다들 우리가 멋대로 복잡하다고 착각하고 있었다.

물론 모두에게 나 같은 능력이 있으면 그렇게 엇갈리지는 않을 거라고 생각하지만, 그래도 괜히 심각하게 생각하다 허둥대는 우리들밖에 떠오르지 않았다.

몇 분 후, 오늘도 우리는 갈림길에 섰다.

미래의 나에게

한 가지만 약속해줘.

무엇을 하고 있든, 누구와 함께 있든, 어떤 자신이 되어 있든.

또 웃는 얼굴로 반드시 너와 만날 수 있을 거라 믿고 있어.

그러니 그때까지 건강하게 잘 지내.

P. S.

그리고 그때까지는 자신을 향한 화살표를 볼 수 있도록!

에
필
로
그

"나에 대해서 전부 알고 싶어?"

"어떤 의미로?"

"말 그대로의 의미. 태어났을 때부터 죽을 때까지. 마음 한가운데에서부터 구석구석까지."

"글쎄, 필요 없을지도."

"없을지도, 라니?"

"말해도 괜찮은 일이나 하고 싶은 말이 있다면 듣고 싶지만."

"전부 알 필요는 없다?"

"너무 많이 알았다간 헷갈리는 경우도 있을 것 같아. 하지만 그 점에 관해선 믿고 있어."

"역시 창피하니까 관두자."

"그리고 만나기 전과 헤어진 뒤의 사정을 꼭 알아야 되나 싶어서."

"사람이 말하면 좀 들어."

"네."

"뭐, 그렇지. 사실은 그 사람에 대해서 알기 전에도 그 사람의 인생은 존재했고, 어쩌면 더 이상 알 수 없게 된 후에도 그 사람의 인생은 이어질 테니까 내가 볼 수 있는 건 불과 일부일 뿐."

"그럼 가장 좋은 때를 본다고 생각하는 게 좋을 것 같아."

"그렇구나, 그런 걸 운명이라고 할까."

"그럴지도. 어쩌면 보이지 않았던 부분이 뿅 하고 보이는 일도 있을지도 몰라. 본인이 가르쳐주거나 누군가의 추억담 속에 있거나."

"그런 건 즐거워."

"그래서 본인이 나서서 적극적으로 가르쳐주는 것 말고는, 그 즐거움을 간직해둘까 해."

"그럼 나도 그렇게 할래."

"믿고 있으니까?"

"응."

"우와, 창피해, 관두자. 아, 아아, 여기네, 그럼 또 보자."

"아아, 응, 또 봐."

"안녕."

"있잖아."

"응?"

"근데 여러 가지가 있다는 게 생각났어."

"응."

"알아도 되는 것도."

"알아도 되는 것도."

"저기 말이야."

"응."

"음, 우리 집에 올래?"

"

작가
인터뷰

일러두기
*본 대담은 일본의 월간지 〈나미(波)〉 2017년 4월호에 실린
 스미노 요루 작가와 아야세 마루 작가의 대담 전문을 옮긴 것입니다.

대담자 소개

스미노 요루 : 작가. 2015년 《너의 췌장을 먹고 싶어》로 데뷔. 그 외 작품으로는 《또다시 같은 꿈을 꾸었어》 《밤의 괴물》 등이 있다.

아야세 마루 : 작가. 대표작으로는 《머지않아 바다에 도달한다》 《잠들지 못하는 밤은 몸을 벗고》 《신의 케이크를 먹을 때까지》 등이 있으며 국내 출간 작으로는 《벚꽃 아래서 기다릴게》가 있다.

스미노 요루

《나「」만「」의「」비「」밀「」》

간행 기념 대담

누구에게나 있는 '나만의 비밀'을 찾아 보자.

−스미노 요루−

우리의 '쓰는 일'

스미노 제가 처음으로 읽은 아야세 씨의 작품은 《머지않아 바다에 도달한다(やがて海へと届く)》로, 정말 좋아하는 소설입니다. 그러던 차에 오늘 이렇게 이야기를 나눌 수 있게 되어서 기쁩니다. 다 읽자마자 저와 아야세 씨를 담당하고 있는 담당자 분께 장문의 감상 메일을 보냈는데, 마음의 섬세한 묘사법이 굉장했습니다. 실례되는 말씀을 드려서 정말 죄송하지만, '이분은 사람의 마음

이 섬세하게 너무 잘 보여서 힘들지 않을까요?'라고 썼습니다. 글이 너무도 상냥해서, 쓰신 분이 괜찮을까 그만 걱정이 되었습니다.

아야세 고맙습니다. 저야말로 기쁩니다.

스미노 지진으로 인한 재해뿐만 아니라 뭔가 처참한 일이 일어나면, 예를 들어 모금이라든지 봉사활동 같이 뭔가 도와줄 수 있다 해도 한편으로는 마음속에는 이루 말할 수 없는 감정이 남기도 합니다. 그럴 때 아야세 씨의 책을 펼치면 곁에 아야세 씨가 앉아 손을 포개고 "괜찮아. 모두가 상처 입었으니까"라고 말해주는 듯해서 그 점을 굉장히 좋아합니다.

아야세 스미노 씨의 말씀을 듣고 생각했지만, 더듬더듬 어림짐작해가며 쓴 게 오히려 다행인 것 같기도 하네요. 책이 출간된 건 재해가 일어나고 5년 후였지만[*], 그 이야기에서 그리고 있는 것은 3년 후 정도의 세계입니다. 3년이 지나면 슬슬 소화시켜야 할 감정도 있고, 그와 동시에 잊어서는 안 되는 마음도 있습니다. 이율배반이라고 해야 할까요, 어느 쪽에 귀를 기울여도 마음이 찢어지는 듯했죠. 하지만 글을 쓰다 보니 당연히 잊지 않아야 하

---

[*]《머지않아 바다에 도달한다》는 2011년 일어난 동일본 대지진 5년 후인 2016년에 출간되었다.

는 것도, 살아가기 위해서 잊어야 하는 것도 있는데 그 두 가지는 전혀 반대 지점에 있는 게 아니라는 생각이 굳어져 갔습니다.

스미노 그리고 문학성과 엔터테인먼트 요소, 두 가지를 다 갖춘 게 대단하다고 생각합니다. 저는 데뷔 전부터 멋대로, 엔터테인먼트 노선을 걸어가는 작가와 문학적인 노선을 걸어가는 작가는 완전히 나눠져 있다고 생각했는데…… 작품의 내용이 다르다기보다는 지향점이 다르지 않을까 생각했습니다. 하지만 아야세 씨의 작품은 그 양쪽을 동시에 담고 있죠. 제가 생각하는 엔터테인먼트는, 한마디로 말하자면, 평소에 책을 안 읽는 아이들이 즐길 수 있느냐 없느냐 하는 것입니다. 그리고 그 작품에서 충분히 그럴 만한 재미를 많이 느꼈습니다. 그러면서도 책을 좋아하는 사람이라고 할까, 평소부터 문학을 접해온 분들도 감탄하게 만드는 파워가 있었습니다. 굉장한 작품이라고 생각합니다.

아야세 저 자신은 그렇게 생각해 본 적이 없기 때문에 조금 묘한 기분이 들지만, 바로 지금 평소에 그다지 책을 읽지 않는 분들에게 가장 영향력을 행사하고 있는 스미노 씨에게 그런 말을 들으니 앞으로 희망을 가질 수 있을 것 같습니다. 그런 분들에게 다가가기 위해서 중요하게 여기는 것이 있나요?

스미노 제 나름대로 몇 가지 생각하는 게 있는데, 한 가지는 많은 사람들이 상상하기 쉬운 주제를 다룬다고 해야 할까요.

아야세 그렇군요!

스미노 그리고 어디까지나 개인적인 생각이지만, 결정적인 대사라고 할까, 결정적인 힘을 가진 한 문장이 있느냐 없느냐가 재미로 이어지는 것 같습니다. 아야세 씨의 작품에는 읽다 보면 마음에 와 닿는 한 문장이 담겨 있습니다. 어젯밤에 신간 《잠들지 못하는 밤은 몸을 벗고(眠れない夜は体を脱いで)》을 읽었는데 그 안의 단편인 〈멍이 희미해질 무렵(あざが薄れるころ)〉의 '나를 이상한 아이인 채 있게 해줘서 고마워'라는 한 문장에 통곡하고 싶어지더라고요. 그래서 일단 책을 덮고 방 안에서 혼자 우왕좌왕했습니다(웃음).

아야세 고맙습니다. 저는 지금까지 자신이 쓰고 싶은 것에만 집중해서 써왔기 때문에 사실 거기까지 신경을 쓰고 있다는 자각이 없었습니다. 그래서 독자에게 가까이 다가가고 있다고 말씀해주시니 기쁩니다. 스미노 씨의 작품은 이번에 출간된 《나「만」의「비「밀》도 그렇지만, 알기 쉽게 설명하는 데 굉장히 고심하고 있더군요. 글을 쓸 때 다른 작가님들이 보고 있지 않은 것을 보고 있는 게 아닌가 해서 그 사고방식이 굉장히 궁금합니다.

스미노 음, 사고방식이라……. 뭐랄까요. 제가 글을 쓸 때의 전제로 하는 건, 책은 오락 이외에 아무것도 아니라는 거예요. 재미가 없으면 읽지 않아도 되는 오락 작품이라고요. 그러니 경쟁 상대는 스마트폰이나 게임이나 만화가 되겠지요.

그래서인지 저는 글을 쓸 때 주제가 출발점이 되었던 적이 없었던 것 같습니다. 이런 캐릭터가 있으면 재미있겠다든지, 이런 설정이라면 재미있겠다든지……《너의 췌장을 먹고 싶어》는 제목에서 시작됐습니다. 굉장히 거만한 표정으로 '다들 분명 놀라겠지?'라고 생각했죠(웃음). 만약 뭔가 있다고 한다면 그런 부분일지도 모릅니다.

아야세 글쓰기에 냉정함을 가지고 있으시네요. 저는 반대로 주제에서부터 작업하는 경우가 많습니다. 그러면 그에 맞는 형태로 인물을 배치시켜 나가게 되죠. 다만, 그 배치 방식이 잘못되면 처음 설정한 결론에만 치중하기 위해 쓴 굉장히 이상한 소설이 됩니다. 그래서 주제를 결정하면 작품 속에서 그 주제에 문제제기를 해 싸워나가도록 합니다. 《머지않아 바다에 도달한다》에서는 마나와 도노라는 전혀 다른 사상을 가진 두 사람을 설정해 작품 속에서 의견을 나눠나갔습니다. 그렇게 함으로써 제가 처음에 상정하지 않은 결론까지 도달할 수 있지 않을까, 바라는 거죠. 그렇게 해서 최종적으로 좋은 결과가 나오기도 하지만, 그러다 보면 글을 쓰는 동안에는 좀처럼 절 제어할 수 없어서 전개가 독선적이지 않은지 두루 살펴볼 수가 없습니다. 스미노 씨는 아마도 주제에서 출발하지 않으니 안정된 시선으로 곳곳을 살펴볼 수 있는 거겠지요.

독자에게 어떤 방법으로 전달할 것인가

스미노 '이해하기 쉽다'는 점에서는 데뷔작 담당자 분의 영향도 크다고 봅니다. 제 데뷔작 담당자는 평소에 만화와 라이트노벨을 담당하는 분입니다. 문학 단행본은 제 작품 말고는 담당하고 있지 않습니다. 그래서 엔터테인먼트에 대한 기준이 높습니다. 읽기 쉬워야 한다든지, 독자에게 어떻게 전달되는지 같은 데에 굉장히 엄격합니다. 원고를 넘겼을 때 '이 부분은 이해하기 힘들어'라고 말하곤 하죠.

아야세 이 부분의 감정이 잘 전달되지 않아, 하는 지적인가요?

스미노 그보다는 전체를 지적합니다. 예를 들어 《밤의 괴물》은 처음 원고에서는 무슨 일이 있었는지 밝혀지지 않고 끝나는 부분이 더 많았습니다. 그랬더니 '스미노 씨의 팬이 되어 처음으로 스스로 책을 샀다고 말하는 그런 독자들에게는 이래서는 아마도 뜻이 전달되지 않을 것'이라고 해서 수정했습니다. 그런 독자님들께 어떻게 전달할지 더 생각하는 편이 좋지 않을까 하더군요.

아야세 《밤의 괴물》에서 감춰져 있던 진실을 알려주던 방식은 굉장히 적절하다고 느꼈는데, 더 감춰진 상태였더라면 확실히 이전까지 출간된 스미노 씨 작품과 차이를 느꼈을지도 모르겠네요. 처음 두 작품과 《밤의 괴물》에는 상당한 차이가 있지요? 앞의 두 작품은 이야기의 형태에 따라 쓴 것 같았다면, 《밤의 괴물》에서는 스미노 씨가 상당히 자유로워졌다는 인상을 받았습니다. 그건 굉장히 멋진 일이라고 생각하고, 또 저는 그 이야기를 제일 즐겁게 읽었습니다. 다만 솔직히 말해서 제가 그렇게 생각했다는 건 평소에 책을 읽지 않는 사람에게는 조금 읽기 어렵지 않을까 하는 생각이 들었습니다. 저는 굉장히 좋아하지만, 앞의 두 작품을 통해 처음으로 독서를 즐겨본 사람에게는 어쩌면 조금 버거웠을지도 모르겠네요. 그 점에서 이번에 나온 《나「만」의「비」밀》은 처음 두 작품과 《밤의 괴물》의 중간 지점에 있는 것 같아서 좋았습니다. 스미노 씨는 어떤 작품을 쓸 때가 즐겁나요?

스미노 괴짜에 대해서 쓸 때가 가장 즐겁습니다. 《또다시 같은 꿈을 꾸었어》의 주인공 나노카라든가, 《밤의 괴물》의 야노라든가 말이죠. 저 자신이 괴짜가 되고 싶어서일지도 모릅니다. 실제 저는 평범한 사람이지만 연예인이나 밴드 멤버처럼 특이한 사람들을 예전부터 굉장히 동경해서, 뭐랄까요, 제가 그리는 '이야기 속 인물'의 기준이 아마도 거기에 맞춰진 것 같습니다.

아야세 스미노 씨의 작품을 읽으면 이 세상에는 특이한 형태의 내면을 가진 사람이 많은데 내가 제대로 파악하지 못한 채 글을 쓰는 게 아닌가 하고 반성을 합니다. 곰곰이 생각해보면 제 이야기 속의 등장인물보다도 더 괴짜 같은 편집자 분들도 많이 있는데 말이죠.

스미노 저는 데뷔한 지 2년밖에 지나지 않았지만 정말 그런 것 같습니다(웃음).

아야세 작가님들 중에도 괴짜가 많고, 저 자신도 아마 제가 생각하는 것 이상으로 옆에서 보면 괴짜일 거란 생각이 듭니다. 스미노 씨도 꽤 괴짜라고 생각해요. 그러니 괴짜를 그린다는 것은 어쩌면 사람의 개성을 잘 파악하고 묘사한다는 것일지도요. 그건 굉장한 일이자 부러운 일이에요.

스미노 그렇게 말씀해주셔서 기쁩니다. 고맙습니다.

아야세 괴짜에 대해 써나가는 걸 좋아한다면, 이번 작품에선 파라 스토리를 쓸 때가 가장 즐거웠나요? 파라 귀여웠어요!

스미노 네, 그렇습니다. 다만 파라의 시점에서 쓰는 건 저에게 있어서 도전이었습니다. 데뷔 전부터 '괴짜를 보는 평범한 사람'은 자주 써왔지만…… 예를 들어 《너의 췌장을 먹고 싶어》에서 사쿠라를 보고 있는 주인공이라든가 말이죠.

아야세 사쿠라도 괴짜 카테고리에 들어가네요.

스미노 제 안에서는 그렇습니다. 괴짜를 바라보는 쪽의 이야기는 어떤 의미에서 굉장히 편하죠. 그냥 상대에게 기발한 행동을 취하게 하면 되니까요. 하지만 막상 괴짜가 어떤 생각을 해서 이상한 행동을 취하는지를 쓰려고 하면 엄청나게 고민이 됩니다.

아야세 하지만 저는 파라의 시점으로 그려진 장을 읽었을 때가 마음에 제일 와 닿았어요. 개성이라고 할까, 개개인이 바라보는 세계가 이만큼이나 다르다는 사실이 이 작품이 담고 있는 주제 중 하나라고 생각하는데, 그렇기에 스토리를 끌고 갈 힘을 주는 인물이라고 생각합니다.

스미노 고맙습니다. 그 이야기를 써서 다행이네요. 파라는 다섯 명 중에서 자신을 제일 특별하다고 생각하는 아이예요.

아야세 모두 저마다, 타인에게는 없는 능력을 자신만 가지고 있다고 생각하는데, 어째서 다섯 명에게 그런 능력이 있는지는 전혀 설명하지 않으셨죠? 그래서 처음 이야기를 읽기 시작했을 때는 특별한 능력을 가진, 특이한 상황의 사람들의 이야기인 줄 알았지만, 책을 덮고 나자 전혀 특이한 능력이 아니라고 깨달을 수 있었습니다. 《밤의 괴물》에서 주인공 남자아이가 괴물이 되는 것처럼, 《나「」만「」의「」비「」밀「」》의 등장인물들이 타인은 볼 수 없는 것을 보는 것도 일부러 알기 쉽게 눈에 보이도록 설정한 것일 뿐, 사실은 정도만 다르지 우리 일상에서 매일 일어나는 일이더군요. 그 점이 굉장하다고 생각했습니다.

스미노 그렇게 말씀해 주셔서 정말 기쁩니다. 괴물을 품고 있는 건 아다치뿐만이 아닌 것처럼, 그 다섯 명의 능력도 사실 우리가 상대의 표정을 보고 마음을 예상하는 것과 비슷한 수준이에요. 독자 분들도 그렇게 생각해주셨으면 좋겠습니다.

성욕도 제대로 표현하고 싶다

아야세 그리고 드물게도 즈카 같은 아이가 등장하더라고요.

스미노 즈카의 이야기를 쓸 때 굉장히 고생했습니다. 잡지에 실린 후에도 그 부분만 계속 마음에 들지 않아서 책으로 출간될 때 제일 많이 수정했습니다. 간단히 말하자면, 꽃미남에 인기남인 사람의 마음을 전혀 모르겠더라고요. 쓰면서도 '이 녀석, 웃기고 있네'라고 생각하기도 했습니다(웃음). 저 자신과 다른 인물을 쓰는 건 어려웠어요.

아야세 그 말씀 굉장히 공감 갑니다. 동성이면서 학급 내 계급이 높은 인물보다도 이성이면서 계급이 높은 인물 쪽이 그나마 쓰기 쉽지 않나요?

스미노 네, 그나마 쓰기 쉬운 것 같습니다.

아야세 저는 돌이켜보면 남성이 주인공인 이야기를 많이 썼는데, 오히려 저와 같은 여성보다도 쓰기 쉬운 순간이 있어요. 이유를 따져보자면, 동성이면 괜히 지나치게 감정이입을 하기 때문인 것 같아요. 너무 감정이입을 해서 이야기를 전개하기 힘들다고 할까. 생략해도 될 부분을 생략하지 못한다고 할까요.

스미노 정말 공감합니다.

아야세 남자 주인공일 경우 그만큼 주의 깊게 쓰려고 하니까 캐릭터의 성격이 과잉되지 않아서 전달해야 하는 주제를 전하기 쉬워집니다. 하지만 즈카 군, 멋있었어요. '왕자님'이라는 말도 비아냥이 잘 드러나서 굉장히 좋았고요.

스미노 고맙습니다. 그건 제 입장에서 즈카에게 던진 비아냥입니다. 전 아야세 씨가 쓰는 남자 주인공을 굉장히 좋아합니다. 《잠들지 못하는 밤은 몸을 벗고》의 첫 번째 이야기를 읽고 남성이 가진 여성과는 다른 성(性)의 느낌을 적나라하게 묘사하지 않으면서도 독자에게 느끼게 하는 게 정말로 굉장했습니다. 전 다음 작품에서는 성욕을 제대로 표현해보려고 합니다.

아야세 오오! 실은 그런 글은 쓸 생각이 없는지 묻고 싶었어요. 기대되네요.

스미노 편집자에게 "데뷔작은 어떤 의미에서 남녀 간의 성욕을 부정하는 것이었다"라는 말을 들었습니다. 그래서 이번에는 성욕이 있는 상태에서 서로를 어떻게 생각하는지도 확실히 쓰려고 합니다.

아야세 확실히 스미노 씨의 작품은 전체적으로 성욕을 부정하고 있죠. 하지만 그게 사람들이 좋아하는 요인이기도 하지 않나요?

스미노 분명 그렇겠죠. 이를테면 《너의 췌장을 먹고 싶어》의 주인공은 여성 분들에게 인기가 좋은 편이에요. 그래서인지 그 주인공이 자기 취향이라고 하는 여학생들도 자주 봤지요. 하지만 저는 '거짓말! 현실에 존재했더라면 절대로 그렇게 생각 안 할 거면서!'라고 쭉 생각해왔습니다(웃음). 그래서 독자 분들께 한 번 제대로 스미노 요루는 순수하지도 결백하지도 않다는 것을 보여주고 싶다고 생각했습니다.

아야세 하지만 스미노 씨는 사람과 사람 간의 유대감의 결정적 요인이 성욕이지 않도록 표현하고 싶다고 생각하는 마음도 있지요?

스미노 있습니다. 남녀 두 사람의 관계의 종착점이 연애뿐이라고 보지는 않습니다. 다만 최근에는 그렇다고 해서 연애가 나쁘다고 생각하는 것도 아니고요. 《머지않아 바다에 도달한다》의 키스신 타이밍이 너무나도 완벽했던 것에도 영향을 받았을지도요. 어른이라면 연애에는 물론 성욕도 **빼놓을** 수 없으니, 그걸 엔터테인먼트로 제가 소화해낼 수 있을지 없을지 도전해보고 싶다고 생각하게 되었습니다.

아야세 기쁜 일이네요. 예전에 라이트노벨 작가님과 이야기를 나눴을 때 성욕을 둘러싼 글을 쓴다면, 예를 들어 여주인공에게 과거에 남자가 있었다는 것만으로도 아웃이라고 들었어요. 하지만 그래선 이야기가 심심하지 않을까 생각했지요. 그런 욕구에 휘둘리기 때문에 생기는 괴로움이라든가, 반대로 욕구가 있기 때문에 생기는 인간관계도 있으니까요. 그걸 엔터테인먼트에 녹여내는 것은 어렵겠지만 굉장한 시도라고 생각합니다. 읽어보고 싶네요!

스미노 고맙습니다. 잘 쓸 수 있을지 없을지는 모르겠지만 노력해보겠습니다.

'가진 자'의 괴로움과 아름다움

스미노 아야세 씨의 소설에서 한 가지 더 굉장히 좋아하는 것이 있다면, 무언가를 '가진 자'의 괴로움도 쓰여 있다는 점입니다. 슬픔이나 초조함을 쓰고 싶다면, 가지지 못한 자의 이야기를 쓰는 편이 절대적으로 편하다고 생각합니다. 하지만 남들이 가지지 못한 걸 가졌기 때문에 괴로워하는 사람도 많이 있습니다. 《머지않아 바다에 도달한다》의 주인공에겐 친구는 이미 목숨을 잃었는데 자신은 아직 살아 있다는 괴로움이 있지요. 그건 어떻게 보면 '넌 복 받은 거야'라는 말을 들을 만한 일인데도요. 아야세 씨의 작품에는 그런 점에 대해서 번뇌해도 좋다고 말하는 작품이 많은 것 같아요.

아야세 굉장히 중요한 점을 짚어주셨네요. 실은 요 몇 년간 가진 자의 괴로움에 대해서 자주 고민하고 있어요. '노블레스 오블리주'라는, 가진 자는 그만큼 사회에 환원하는 의무를 다해야 한다는 개념이 있지만, 일본에서는 그 인식이 그다지 뿌리를 내리고 있지 않죠. 그래서 가진 자가 괴로워진다고 생각합니다. 왜 자신만 남들이 가지지 못한 것을 가지고 있는가, 고민하다 보면 그게 부당한 일이라고 느껴질 수도 있지 않을까요?

스미노 정말 공감합니다.

아야세 그런 것들은, 예를 들면 운이나 재능과 같은 여러 가지가 있겠지요. 하지만 그게 어째서 그 사람에게만 많이 주어졌는지는 개인이 알 수 있는 게 아니죠.

다만 가진 자는 괴로움을 짊어져도 할 수 있는 게 많아요. 방금 떠오른 건데, 학창 시절에 학교에 적응하지 못하는 여자아이가 있었어요. 대화를 능숙하게 하지 못하는 아이로, 누구도 그 아이와 적극적으로 친해지려 하지 않았죠. 그러던 어느 시기에 한 남자애가 우쭐한 마음에 그 아이를 괴롭혔어요. 그랬더니 제 친구였던, 비교적 얼굴도 예쁘고 반에서도 계급이 높아 남학생이든 여학생이든 사이좋게 지내던 아이가 중재에 들어갔어요. '이 아이는 책무를 다하고 있구나' 하고 감동했어요. 계급이 낮은 편인 아이나 전학생이었던 저는 남자애를 막을 용기가 없었지만, 그 아이는 반에서 제일 마찰이 적은 형태로 해결할 수 있는 사람은 자신이라는 사실을 알고 있었던 거겠죠.

스미노 그렇군요. 무척이나 훈훈한 이야기네요.

아야세 그게 가진 자의 굉장한 점이고 괴로운 점이기도 하죠. 남자애를 막는 건 그 아이에게도 두려운 일이었을 거예요. 무언가를 가지고 있으면 가지고 있지 않은 것과는 또 다른 종류의 괴로움이 있어요. 하지만 그 사람이 책무를 다했을 때 생기는 아름다움도 있다고 봅니다.

스미노 이해한다고 말하면 주제넘겠지만, 저는 《또다시 같은 꿈을 꾸었어》를 쓸 때 주인공인 나노카를 가진 자의 괴로움을 가진 아이로 설정하고 싶었습니다. 나노카는 예쁘고 부잣집 딸인 데다 머리가 좋아서 미움을 받죠. 예전부터 그런 글을 굉장히 쓰고 싶었습니다. 그래서 작가님이 그런 말을 해주셔서 지금 굉장히 안심하고 있습니다.
그리고 개인적으로 굉장히 좋아하는 게 《신의 케이크를 먹을 때까지(神様のケーキを頬ばるまで)》의 〈진흙눈(泥雪)〉 마지막에 나오는 '나는 이 그림을 사랑하는 게 아니라, 이 그림에 대한 자신의 해석을 사랑한다'는 한 문장입니다. 그 문장을 읽었을 때 계속 마음에 걸렸지만 뭐라고 해야 좋을지 알 수 없었던 것을 깔끔하게 언어로 정리해준 것 같았어요. 예를 들자면, 좋아하는 밴드나 작가가 "내 최고의 걸작이야"라고 발표한 작품이 이전까지의 성향과 다르다면, 저 같은 팬들은 그게 아닌데, 뭔가 아닌데, 하고 반발하기도 할 거

예요. 하지만 그건 사실 자신의 해석을 사랑하고 있을 뿐인 거죠.

아야세 쏠쏠한 이야기네요.

스미노 그러네요. 하지만 그 한 문장을 읽은 후 그 사람이 왜 이전까지와 다른 것을 창작했을지 그 이유를 곰곰이 생각해보려 합니다. 자기 내면에 있는 형상과 비교해보는 것이 아니라 전체를 봐야 하며, 그것이 어떤 의미인지 보다 깊은 곳까지 파고들 수 있었으면 좋겠다고 생각했죠. 그 문장을 읽었을 때 소설이란 대단하다고 느꼈습니다.

아야세 고맙습니다. 하지만 그 한 문장만으로 그렇게까지 생각을 뻗어나갈 수 있는 건 스미노 씨의, 자신의 해석을 넘어서 타인을 이해하고 싶다는 굉장히 건전한 욕구에서 비롯되었다고 봅니다. '사람에 따라서 해석은 가지각색으로 달라진다'는 생각 정도로 끝나는 게 보통이니까요.
평소에는 그다지 또렷하게 생각할 수 없는 것을 스미노 씨가 꼼꼼하게 클리어해서 열심히 소화해 소설을 써준다고 생각하니 앞으로도 기대하겠습니다.

스미노 고맙습니다. 노력하겠습니다!

아주 특별한 러브레터

어느 날 누군가 내게 번역과 글쓰기의 차이를 물었을 때 나는 이렇게 대답했다.

"번역을 할 때는 틀이 있으니 중력 때문에 지구로 이끌려오는 느낌이라면 내 글을 쓸 때는 무중력 공간에서 뛰어노는 느낌이에요."

《나「」만「」의「」비「」밀「」》을 번역과 역자교정을 하고 이제 역자후기만 남겨놓고 있다. 즉 무중력 공간에서 뛰어노는 시간만이 남았다. 실컷 뛰어놀기 위해 잠까지 푹 잤다. 지금은 커피를 마시며 그동안의 시간을 천천히 정리하고 있다.

《나「」만「」의「」비「」밀「」》은 초능력자 이야기가 아니다. 꿈과 사랑에 예민할 수밖에 없는 고등학생의 심리를 눈에 보이는 형태로 그려낸 작품이다. 고등학생 시절의 나에게도 한 가지 능력이 있었다. 내가 좋아하는 사람의 마음이 어디로 향해 있는지 보였던 것이다. 그리고 보면 내가 좋아했던 사람들의 마음은 늘 다른 곳을 향해 있었다(웃음). 지금은 웃으며 이야기하고 있지만, 그 시절의 나는 밋키처럼 꽤 과감하게 행동하기도 했고, 그 방법이 실패하면 침울해하기도 했다. 하지만 과감했던 나 자신을 조금은 칭찬하고 싶다. 그 덕분에 7년째 화살표가 내게로 향해 있는 남자를 만났으니 말이다.

그러고 보면 나는 내가 좋아하는 사람의 화살표가 나에게 향해 있지 않아도 열심히 러브레터를 썼다. 나도 밋키처럼 사랑 앞에서는 무턱대고 직진하는 아이였기 때문이다. 그리고 그 덕분에 지금 번역을 하고 있다. 내 마음을 번역해서 썼던 러브레터가 이제는 작가의 마음을 번역하는 일로 이어졌으니 말이다. 역시 내게 있어서 내가 한 첫 번째 번역은 러브레터다. 그리고 《나「만」의「비」밀」》은 스미노 요루 작가님과 내가 독자님들께 보내는 합작 러브레터이다. 이 러브레터가 독자님들에게 무사히 도착할 수 있기를 바란다. 그리고 이 러브레터를 받은 독자님들이 어떤 반응을 보일지 벌써부터 기대된다.

다섯 친구들이 가진 힘은 서로가 서로에게 솔직하지 못했기 때문에 가지게 되었다고 생각한다. 내 고등학교 시절을 생각해도 우리는 서로에게 솔직하지 못했다. 그리고 각자가 가진 힘으로 상대를 파악했다. 상대에게 상처를 주고 싶지 않아서이기도 했지만, 내가 상처 입고 싶지 않아서였던 게 더 큰 듯하다. 하지만 어른이 된 지금도 마찬가지다. 나는 나만의 능력으로 상대를 파악하고 행동한다. 상대의 눈치를 본다. 싸워야 하는 순간에도 눈치를 본다. 어쩌면 30대인 내가 가진 능력은 이 눈치 보기일지도 모른다. 그리고 작중의 파라처럼 남들의 눈에 내가 어떻게 비치는지 굉장히 신경 쓰고 있을지도 모른다.

스미노 요루 작가님은 평범한 주제를 굉장히 특별하게 만드는 능력이 있다. 언젠가 작가와 번역가로 작업을 꼭 같이 해보고 싶었다. 그래서인지 이 작품을 맡게 되었을 때 힘이 너무 들어가고 말았다. 하지만 내게 늘 구세주 같은 김다솜 편집자님 덕분에 작품이 균형을 잡을 수 있었다. 김다솜 편집자님이 아니었다면 나는 독자님들에게 이 러브레터를 온전히 전달할 수 없었을지도 모른다. 얼마 후면 스미노 요루 작가님과 내가 보내는 《나「」만「」의「」비「」밀」》이라는 러브레터가 독자님들의 곁에 도착할 것이다. 이 아주 특별한 러브레터가 독자님들의 인생 한편에 자리할 상상을 하며 글을 마칠까 한다.

오랜만에 내리는 비를 즐기며
역자 김현화

나「」만「」의「」비「」밀「 (노블판)

2019년 5월 29일 1판 1쇄 인쇄
2022년 5월 26일 1판 3쇄 발행

저　　자 스미노 요루
옮 긴 이 김현화
발 행 인 유재옥

본 부 장 조병권
편집 1팀 김준균 김혜연 박소연
편집 2팀 정영길 조찬희 박치우 정지원
편집 3팀 오준영 곽혜민 이해빈
미　　술 김보라 박민솔
라이츠담당 한주원 이승희
디 지 털 박상섭 최서윤 김지연
발 행 처 ㈜소미미디어
등　　록 제2015-000008호
주　　소 서울시 마포구 토정로222, 403호(신수동, 한국출판콘텐츠센터)
판　　매 ㈜소미미디어
제 작 처 코리아피앤피
영　　업 박종욱
마 케 팅 한민지 최원석 최정연 한소리
물　　류 허석용 백철기
전　　화 편집부 (070)4164-3962, 3963 기획실 (02)567-3388
　　　　　판매 및 마케팅 (070)4165-6688, Fax (02)322-7665

ISBN 979-11-6389-704-0 (03830)